Du même auteur chez le même éditeur :

*Le dieu des cauchemars*, 2004, collection Arcanes, 2006.
*Personnages désespérés*, collection Arcanes, 2004.
*La légende d'une servante*, 2005.

# Pauvre Georges !

COLLECTION ARCANES DIRIGÉE PAR JOËLLE LOSFELD

Titre original : *Poor George !*



ISBN : 2-07-078943-8

Paula Fox

# Pauvre Georges !

*Roman*

Introduction de Jonathan Lethem

Traduit de l'anglais (États-Unis)
par Rémy Lambrecht

ÉDITIONS JOËLLE LOSFELD

# Un climat de fatalité simple

« Qui écoute ? »

Elle est irrésistible de concision, cette question que se pose Georges, le héros éponyme du livre que vous tenez dans vos mains. Elle est comme une trouée de lumière dans une surface sombre : la seule porte d'entrée que l'on nous offrira. Autant nous y glisser pour voir ce qu'il y a derrière.

Pour commencer, quelques mots d'introduction qui ne devraient pas être nécessaires. Quel degré d'excellence un auteur ou un livre doit-il atteindre pour mériter une nouvelle présentation ? Pour que des éditeurs et des écrivains dévoués (après tout, nous ne sommes tous que des lecteurs) se battent pour le rééditer, au risque de se heurter à la marée déferlante de nouveaux titres ? Je vous le demande. Je suis là pour vous dire combien Paula Fox est un très, très bon auteur.

Il est difficile cependant, lorsque l'on fait une lecture critique d'une œuvre aussi dense, aussi caractéristique et autonome que *Pauvre Georges*, de faire plus que bourdonner tel un moucheron au-dessus d'une pastille. La pastille est destinée indubitablement à être avalée et absorbée, ce que le moucheron est incapable de faire. Mais si on parvient à l'avaler – comme je l'ai fait trois fois en à peine quelques mois – une essence s'infiltre à travers le corps, puis vit à la surface comme un nouveau système nerveux.

Ce que j'essaie de vous dire, tout en tournant autour de mon bureau, c'est que je porte ce livre comme une peau. Cette peau est particulièrement sensible au dégoût social et à la détestation de soi, aux confessions morbides déguisées en bavardage, et, par-dessus tout, aux attitudes d'innocence obstinée dans les relations humaines. Sur ces thèmes, Paula Fox écrit avec une justesse presque écrasante. Je n'ai sans doute pas un profond désir de porter cette seconde peau, mais elle m'est indispensable pour comprendre pourquoi un écrivain de l'importance de Fox peut attendre aussi longtemps avant de toucher le public et le lectorat qu'elle mérite de façon évidente. Il n'y a pas de justice, mais peut-être une certaine fatalité, dans le fait qu'un auteur passé maître dans l'art de révéler tout ce qui se cache derrière le voile des événements humains – et d'évaluer la texture de cette dénégation insistante au point d'en être assourdissante – puisse voir son propre travail rejeté, maintenu à distance, loin des projecteurs.

Alors qui est ce Georges qui se demande qui écoute ? C'est un professeur, un mari, un bon samaritain – un rien du tout, pardonnez-moi l'expression. Georges peut bien tenter d'être une sorte de père et échouer ; il peut bien aussi avoir une tendance au désir bisexuel dont il ne veut rien savoir. Soit dit en passant, il y a probablement aussi quelques désirs, les siens et ceux de ses proches, qu'il ferait mieux d'examiner de plus près. Mais, à vrai dire, voici ce qu'il y a de plus intéressant chez ce pauvre Georges : ne le lui dites pas, mais *il est fait de phrases formidables*. Des phrases qui sont formidables parce qu'elles demandent à être écoutées très attentivement.

Une intelligence éclatante, celle de cet écrivain, rayonne à travers les barreaux de la prison de Georges – en fait, on pourrait dire que les barreaux eux-mêmes sont faits de la lumière dense et aveuglante de la sensibilité littéraire. Voyez par exemple :

> Il fallait qu'il convainque Ernest de – de quoi ? Le convaincre qu'il s'était passé beaucoup de choses auparavant, qu'il n'était pas né des arbres et des pierres pour se retrouver sur une planète morte recouverte de trottoirs qui ne conduisaient nulle part.

ou encore :

> Lorsqu'elle est silencieuse, elle est très silencieuse, se dit Georges, et il se découvrit un intérêt pour elle. Elle vomit des paroles, puis elle se retire, comme une sorte d'habitant de la vase.

ou bien :

> Dans ce paysage vide où seuls les deux arbres et les parois branlantes de l'étable offraient un abri, ils avaient trébuché l'un vers l'autre, tombant en une embrassade lourde et gauche dans la poussière épineuse, leur visage écrasé contre l'épaule de l'autre, tels deux nageurs filant désespérément vers des rives opposées.

La question est : *qui écoute de telles phrases ?* Certainement pas Georges. Georges ne fait qu'hésiter à l'orée de la connaissance, avant de rebrousser chemin. Il n'est pas aussi intelligent que les phrases qui le constituent, et qui définissent les barreaux de sa prison, mais ce qu'il y a de déconcertant et néanmoins crucial, c'est qu'il n'est pas aussi intelligent que les phrases qu'il lui est donné de prononcer. Fox lui attribue le même esprit acide qu'à ses autres personnages, mais la parole de Georges en sait plus que Georges, alors même qu'il parvient au terme du chemin que chaque jour il parcourt, hébété mais tenace. Georges regarde sa femme pleurer :

> Une grosse larme brillait sur sa joue ; hypnotisé par son éclat, il la regarda rouler jusque sous son menton et disparaître. Peut-être était-il fou, songea-t-il. Le poids... le poids de tout était ahurissant.

J'ose affirmer que le poids qui écrase Georges est le même que le poids du sens que l'on est forcé de reconnaître à chaque chose quand on a tenté de nier le sens de ce qui est vraiment.

À présent, le moucheron bourdonnant qui est en moi me suggère de vous dire combien *Pauvre Georges* est drôle. Pas « drôle, aussi », mais drôle de façon essentielle et vitale, dans la veine perverse de Kafka et de Flannery O'Connor. Il y a ici quelque chose des photographies de Diane Arbus, dans la vision qu'offre Paula Fox des corps comme des pantins aux membres grossièrement assemblés :

> Quatre jeunes gens passèrent. Ils étaient physiquement différents, mais leurs visages affichaient tous le même air renfrogné et maussade. Ils étaient maigres, hirsutes, chargés de livres, débraillés, et leurs bras et jambes semblaient avoir été assemblés sans grand respect pour la symétrie. « J'ai vu l'avenir et il marche », dit Georges. Au même moment, l'un deux se retourna et regarda Lila et ses seins proéminents. Son visage n'avait pas la moindre expression.

En voici un autre exemple :

> La femme, rousse et massive, secouait un petit garçon dont la tête était enchâssée dans un casque transparent sphérique portant l'inscription : « Éclaireur de l'Espace ». De l'intérieur, le garçon jetait un froid regard de poisson. Un Noir aveugle qui tâtait le terrain du bout de sa canne blanche hésita et s'immobilisa. La femme lança un regard furieux dans sa direction, puis toqua sur le casque.

Mon instinct de moucheron, auquel je ne résisterai pas, m'amène à présent à comparer *Pauvre Georges* à l'autre chef-d'œuvre de Fox, *Personnages désespérés*, ne serait-ce que pour rallier à ma cause ceux qui connaissent le livre et qui ont justement méprisé cette entreprise de redécouverte à laquelle vous participez en ce moment même, charmant et fidèle lecteur, qui avez choisi ce roman. *Pauvre Georges* fut le premier roman publié de Fox, *Personnages désespérés* le deuxième. J'y perçois des similitudes : Ernest est une sorte de fusion entre le chat errant qui mord Sophie dans *Personnages désespérés* et les pillards qui profanent la maison de campagne, tandis que Walling, dans le rôle du prophète-dans-le-vent-insupportable, à l'opposé du mâle coincé qu'est Georges, est une copie de Charlie Russel dans *Personnages désespérés*. Là où *Personnages désespérés* est dans la retenue, *Pauvre Georges* se permet d'exploser. Il semble que Fox ait employé deux procédés d'écriture dans ses deux premiers romans : serrer les vis dans *Personnages désespérés* et laisser tomber les boulons dans *Pauvre Georges*. Au final, *Pauvre Georges* est en quelque sorte à la fois plus déroutant et plus libérateur – au sens où toute pression est relâchée.

À mes yeux, cette explosion joyeusement désordonnée en drame manifeste qui se produit dans les soixante dernières pages place tout naturellement *Pauvre Georges* au même rang que des romans plus ou moins contemporains de Thomas Berger, Charles Webb, L.J. Davis et Bruce Jay Friedman. Et en repensant à tous ceux-là, je comprends pour la première fois combien il a dû être facile pour les critiques littéraires des années soixante de trouver une étiquette pour décrire une certaine saveur de la fiction américaine de l'époque. Cela dit, celle qu'ils ont trouvée, «Humour noir», était aussi inappropriée que n'importe quelle étiquette que tout écrivain s'est toujours efforcé de rejeter. J'ignore pour quelle raison exacte j'aborde cette question, mais je dois admettre que *Pauvre Georges* est révélateur de son époque. Et je regrette ce climat de fatalité simple qui se développait plus librement, comme chez les romanciers précédemment cités, ou dans des films tels que *Three Women*, de Robert Altman, et *Choose Me*, d'Alan Rudolph, ou encore dans les chansons de Randy Newman, à la même époque.

*Qui lit?* Je n'avais jamais entendu parler de Paula Fox, sauf comme d'un auteur de livres pour enfants, avant qu'un éditeur ne me fasse connaître il y a trois ans *Personnages désespérés*. Trois ans plus tard c'est un de mes auteurs de prédilection, qui exerce une influence sur mon propre travail. Pour vous remettre dans le contexte, il serait mesquin de ma part de ne pas vous répéter ce qu'ont démontré Jonathan Franzen et Andrea Barrett dans leurs élégantes introductions à *Personnages désespérés* et *Les enfants de la veuve* (le quatrième roman de Fox, réédité en 1999) : ces livres furent salués par la critique à leur époque, véritablement. Comparés tour à tour à Tchekhov, Melville, Muriel Spark,

Nathanael West, Batman et Robin ; je vous assure que c'est vrai. Elle est douée, elle est douée, elle est plus que douée. S'il est étonnant de constater ce qui peut être reconnu ou oublié (ou rejeté), il est aussi étonnant de constater ce qui peut être rétabli, et Paula Fox, auteur qui semblait pour toujours relégué à la rubrique des indisponibles, est, selon moi, en passe de vivre la renaissance la plus encourageante depuis Dawn Powell. (Bourdonne, moucheron, bourdonne.) Ce que je veux dire, c'est à votre intention, pas pour moi-même ou Paula ou Georges : lisez le livre. *Écoutez*-le.

Jonathan Lethem
*Traduit de l'anglais (États-Unis)*
*par Emmanuelle Ghez*

*Pour Martin*

# 1

Qui écoute ?

Personne, se dit Georges Mecklin. Il avait placé sa chaise de manière à voir, derrière ses collègues, une fenêtre dans l'encadrement de laquelle les passants s'inscrivaient brièvement tandis qu'ils descendaient la 98e Rue. La réunion avait commencé à trois heures. Il était maintenant quatre heures passées. Quelqu'un fit cliqueter le poussoir d'un stylo à bille. Quelqu'un alluma une cigarette. Quelqu'un toussa. Ils avaient réglé la question de la réunion de prérentrée. Le proviseur, Harrison Ballot, pencha la tête sur ses notes. Ses bras trapus aux mains potelées reposaient immobiles de part et d'autre des papiers disposés devant lui sur la table.

Au-dessus de la rangée d'immeubles de grès sombre qui bordaient l'autre côté de la rue, Georges apercevait une bande de ciel couleur de suif. Les immeubles semblaient flotter en suspension dans une substance grise et visqueuse. Pleuvait-il ?

« S'il n'y avait que les grands, commença Ballot en regardant par-dessus la tête de ses enseignants, mais les petites classes aussi sont touchées. La cinquième est absolument infestée.

— Par quoi ? » demanda Harvey Walling, un professeur de mathématiques.

Le crâne dégarni de Ballot se plissa comme sous l'effet d'un violent remue-ménage intérieur. « Comment ? Qu'est-ce que vous croyez ? Par la collaboration, oui !

— Par la triche, dit une femme du département d'anglais, coiffée à la garçonne .

— Il y a des nuances, fit doucement Ballot.

— Bla-bla-bla », maugréa la femme. Elle paraissait contrariée.

Georges regarda par la fenêtre. Deux hommes à la peau mate et ridée et au cou mince, portant leur tête comme une effigie au bout d'un bâton, traversèrent rapidement la rue. Des Portoricains ? Puis une femme énorme fit une brusque apparition de marionnette, disparut une seconde et resurgit aussitôt comme si un Guignol embusqué l'avait bastonnée.

Georges se leva en marmonnant que l'atmosphère de la pièce était devenue étouffante et alla entrouvrir la fenêtre. La femme, rousse et massive, secouait un petit garçon dont la tête était enchâssée dans un casque transparent sphérique portant l'inscription : « Éclaireur de l'Espace ». De l'intérieur, le garçon jetait un froid regard de poisson. Un Noir aveugle qui tâtait le terrain du bout de sa canne blanche hésita et s'immobilisa. La femme lança un regard furieux dans sa direction, puis toqua sur le casque. L'aveugle fit un pas et son pied atterrit sur un couvercle de poubelle. Décontenancé, il s'arrêta et sembla réfléchir. À cet instant, l'enfant arracha son casque et le jeta dans le caniveau. La femme gifla sa maigre joue bleutée et courut après le casque, tandis que le garçon pleurait dans une main, l'autre bras plaqué contre son flanc. Le Noir se remit en marche. Quelques gouttes d'eau strièrent la vitre, comme si la substance qui figeait la ville avait commencé à fondre. Georges regagna sa chaise.

« Il faut faire cesser cela, disait Ballot.

— Mais comment ? Comment ? » s'écria Lawrence Rubin, qui enseignait l'histoire dans les grandes classes. Il frappa du plat de la main sur la table. Personne ne l'aimait et personne ne lui répondit. Walling, qui était assis en face de Georges, lissa les pointes de sa moustache noire. Il portait une veste en daim rouge. Georges se demanda si c'était pour séduire les femmes. Il avait entendu dire que Walling peignait.

À moitié endormi, Georges écouta le brouhaha qui présidait à la constitution d'une commission – il devrait y avoir une réunion spéciale ; il faudrait informer et consulter le conseil des élèves ; Ballot écrirait un éditorial pour le journal du collège. Rubin s'enfonça dans son fauteuil. « Ce pays est pourri », lança-t-il au plafond. Ouvertement, Walling corrigeait des devoirs de mathématiques. Georges s'efforça d'écouter. Il baissa le regard pour voir quelle cravate il portait.

Ça n'était pas tout : suivirent une dispute sur le choix de la pièce que donneraient les terminales, un rapport sur les distributeurs automatiques du foyer des élèves (ils étaient détraqués), une description du nouveau laboratoire de langues zézayée par le chef du département. Les minutes escaladèrent un côté de la pendule murale de la salle de classe et redescendirent de l'autre. C'en fut alors fini.

Georges se dirigea vers la porte en enfilant son manteau. Ballot s'y tenait, faisant des courbettes de diacre, un léger sourire sur son visage de vieux matou, tandis que les professeurs sortaient l'un après l'autre. Il posa un doigt potelé sur le bras de Georges.

« Comment ça se passe à la campagne ?

— Très bien », répondit Georges.

Rubin se jeta entre eux, sa grande bouche agitée de convulsions avant même que les mots n'en sortent, et Georges s'esquiva dans le couloir.

Il descendit Columbus Avenue jusqu'à la 89e Rue, où sa sœur, Lila, occupait deux pièces au premier étage d'un ancien hôtel particulier. Derrière les hauts immeubles qui bordaient Central Park West, les rues suintaient le délabrement et la désolation. Il s'était mis à pleuvoir violemment ; la pluie tombait sur les façades de grès noircies, sur les poubelles ouvertes où les scories prenaient des couleurs de chair, sur la grisaille atone des rues où les déjections animales se liquéfiaient lentement et les détritus dérivaient paresseusement vers les caniveaux.

De part et d'autre de l'entrée de l'immeuble de Lila, deux jardinières en ciment abritaient une plantation de clous rouillés fichés dans le béton à intervalles de cinq centimètres. Comme Georges sonnait à la porte d'entrée, un gros chat gris tout rond assis sur le rebord d'une des jardinières tendit une patte et donna un coup de griffe à un clou. Conscient seulement d'un grand vide dans lequel le chat et lui se dévisageaient mutuellement sans curiosité, il sursauta au grésillement de la gâche électrique.

Lila Gillis ouvrit la porte de l'appartement ; elle portait une sorte de capuchon sur la tête. Lorsqu'elle se pencha pour regarder dans l'obscurité du couloir, le capuchon glissa sur ses épaules.

« Toi ? Quelle surprise ! Entre. Je parie que tu n'as que cinq minutes. Claude, lâche-moi ! » Elle essaya de se libérer de l'emprise de son fils de sept ans, qui lui enserrait la taille. Aussitôt qu'elle eut dégagé ses doigts de sa ceinture, il attrapa sa jupe à pleines mains. La tête de Claude était enfermée dans un sac en papier. Il ne faisait pas un bruit tandis qu'il se débattait pour s'accrocher à elle.

« J'ai plus de cinq minutes, dit Georges en entrant.

— Nous revenons tout juste de l'épicerie. » Elle fit lâcher prise au garçon.

« Claude, Claude… » appela Georges. Le garçon hocha sa tête encapuchonnée. « Est-ce que tu aimerais avoir un casque d'astronaute en plastique ?

— C'est à moi que tu devrais en offrir un, dit Lila. Comme toujours, tout ne tient qu'à un fil. »

Georges alluma la lampe d'architecte qui serrait une étagère de sa pince rouillée. La lumière inonda la console de marbre d'une cheminée condamnée. Un camion rouge était stationné dans l'âtre peu profond. Le reste de la pièce était plongé dans l'ombre et il régnait une odeur de poussière, comme si les fenêtres étaient fermées depuis longtemps.

« Mon boulot se termine dans une semaine. Ils me l'ont dit ce matin », reprit Lila. Il se tourna vers elle. « Ne t'en fais pas », dit-elle, puis elle sourit. « Je n'ai pas été vidée. C'est simplement qu'il n'y a plus de boulot pour moi.

— Bon débarras.

— Tu n'arrêtes pas de me dire ça pour une chose ou une autre, pas vrai ?

— Tu as besoin d'un vrai travail.

— Tu veux une tasse de thé ? C'est sinistre ici, tu ne trouves pas ?

— Tu te terres toujours dans une de ces associations miteuses d'aide aux débiles.

— Miteuses ? Tout le monde voudrait faire quelque chose pour les malades mentaux. J'ai écrit des belles lettres aux fous riches pour qu'ils donnent de l'argent pour les fous pauvres. Fin de la campagne. Les généraux retournent à leurs bureaux poussiéreux.

— Tu devrais te remarier.

— Je vais préparer du thé. »

Claude tendit les bras et secoua ses poignets de haut en bas. Ses mains tremblotaient devant lui comme des gants de caoutchouc.

« Arrête ! » dit sèchement Lila. Le garçon s'enfuit dans la chambre à coucher. Georges sentit que Lila l'observait. Savait-elle qu'il trouvait Claude répugnant ?

« Que dirais-tu d'enseigner à temps partiel ? Tu as toujours aimé bricoler. Tu pourrais faire des cours d'art plastique. »

Elle fit la grimace. « Cure-pipes et pâte à modeler ? »

Il avait dû émettre un son désapprobateur, car elle tendit soudain les mains, paumes ouvertes, comme pour implorer sa clémence. Il se souvint comment, quand ils étaient petits, lorsque Lila lui avait donné un coup, elle reculait d'un pas et lui tendait les mains dans cette même attitude. Il s'assit.

Elle laissa retomber ses bras, et resta debout à le regarder. « Je me fais vieille, dit-elle. Je pense sans cesse au passé. Je me réveille tous les matins avec l'une des homélies de Maman fichée dans la tête. Elle n'arrêtait pas de parler de protéger les objets. Tu te souviens comme elle recouvrait tout ? La maison entière était un couvre-théière. Mais tout s'abîme, n'est-ce pas ? Elle a dû penser beaucoup à la mort. Tu ne crois pas ?

— Je ne sais pas à quoi elle pensait. Tu as besoin d'argent ? »

Elle resta silencieuse.

« Je peux te faire tout de suite un chèque de cinquante dollars. »

Claude revint. Il avait enlevé le sac en papier. Son petit visage pâle affichait une expression de dégoût concentré, comme si ce qu'il voyait, maintenant qu'il voyait quelque chose, lui était toujours aussi désagréable.

« Je peux m'en sortir toute seule, dit Lila. Tu as besoin de tes sous.

— Viens me voir, Claude », dit Georges.

Claude se précipita dans les jambes de sa mère. « Du jus ! cria-t-il.

— Lâche-moi, alors. » Sans cesser de l'agripper, Claude la poussa vers la kitchenette.

« Tu empêches ta mère de marcher, dit Georges.

— Arrête ! » dit Lila.

Lorsqu'elle se baissa pour tendre son verre au garçon, le gros nœud de cheveux bruns sur la nuque de Lila se défit. Elle avait une peau claire et pâle, et au contraire de ceux de Georges, un peu lourds, ses traits étaient fins et délicats. Pourtant, il la jugeait quelconque. Elle remplit une petite casserole d'eau et la plaça sur le gaz. Il la trouva soudain très fatigante. Il y avait un accroc à sa jupe, et elle se courbait sur la cuisinière comme une vieille femme.

« Que dirais-tu d'enseigner ? Je peux essayer de te trouver quelque chose.

— O.K., répondit-elle sans le regarder. Si tu veux.

— Ah, je t'en prie ! »

Le garçon se mit à courir comme un fou, tout autour de la pièce en criant : « *Alors*[1] *!* » Lila se retourna et l'observa sans émoi.

« Ils leur apprennent le français, dans ce jardin d'enfants épiscopalien où il va. Ou du moins, c'est ce qu'ils prétendent. »

Claude ramassa le camion rouge et le brandit.

« *Alors*[1] toi-même », dit Lila. Tandis qu'ils buvaient leur thé, Lila demanda à Georges comment il trouvait la vie à la campagne. Il était clair que cela ne l'intéressait pas de le savoir.

« Emma ne se sent pas seule toute la journée ?

— Elle avait horreur d'être en ville.

1. En français dans le texte.

— Ça n'empêche pas qu'elle puisse se sentir seule.

— Elle va en ville.

— Oh, ces dimanches à la campagne... Comme je les haïssais quand nous habitions à Huntington ! Parfois des gens venaient nous voir, et lorsqu'ils se préparaient à repartir j'avais envie de les supplier de m'emmener avec eux.

— Cela ne fait qu'un mois. Il est trop tôt pour que nous puissions déjà être déçus. » À la pensée de sa femme, il se tut. Il se dit qu'elle devait être assise quelque part dans la maison. Assise, elle paraissait lointaine. En silence, il lui ordonna de se lever. Il lui semblait étrange de ne pouvoir se la représenter en train de marcher. Claude faisait tourner les roues de son camion.

« Tu as des projets pour moi ? » demanda Lila.

Elle lui sourit, comme s'il était pitoyable avec ses pauvres projets.

« Viens nous voir le week-end prochain, dit Georges. Nous trouverons quelque chose. » Il se leva et sortit dix dollars de son portefeuille. « Prends-les. Tu ne veux rien d'autre ? Un peu de fromage ? Il faut que j'attrape mon train. »

Elle tendit la main et il y déposa le billet. Arrivé à la porte, il s'immobilisa. En dehors du cercle de lumière que projetait la lampe qu'il avait allumée, la pièce était plongée dans l'obscurité. Claude brandit le camion sous son nez. Lila avait sorti un pied de sa chaussure. Que feraient-ils lorsque la porte serait refermée ? Il lui posa la main sur le bras, souhaitant pouvoir l'aider.

« Ne penses-tu jamais à Maman ? demanda-t-elle tristement.

— De temps en, temps, répondit-il.

— Je me souviens d'absolument tout ce qui m'est arrivé jusqu'à dix ans, dit-elle. Mais plus grand-chose ensuite. »

Il ne savait pas quoi dire.

Le train sentait l'humidité. Il avançait lentement dans un paysage blafard au-dessus duquel le ciel crépusculaire semblait palpiter faiblement. Georges pensa à sa mère et se demanda comment les souvenirs que Lila avait d'elle pouvaient être aussi différents des siens. L'hiver de l'année où Georges avait huit ans et Lila treize, Mr. Mecklin était mort d'une crise cardiaque. Il était en train de déblayer la neige du chemin entre la maison et la rue. Georges et sa mère regardaient les pelletées de neige s'envoler et retomber en pluie, lorsque Mr. Mecklin s'était soudain appuyé sur la pelle, comme pour se reposer. Puis il avait brusquement piqué du nez.

Sa mère avait une aiguille à crochet à la main. L'avait-elle plongée dans son autre main à l'instant où son père était tombé ? Sa mère avait-elle réellement cessé de lui parler depuis ce moment qu'ils avaient passé ensemble à la fenêtre jusqu'à ce qu'elle fût vieille et malade ? Un corps abattu comme un arbre, une blessure à soi-même infligée, une maison silencieuse, les amis à l'école qui l'avaient regardé pendant une semaine ou deux comme une bête curieuse... Cela s'était-il vraiment passé ainsi ? Lila ne saurait pas le lui dire. Il n'y avait rien à attendre d'elle, car, d'où qu'elle parte, elle aboutissait toujours à parler d'elle-même.

Les dernières années de sa vie, Mrs. Mecklin souffrait d'une double cataracte. Derrière ses lunettes spéciales, son regard était grossi, et il avait semblé plein de dédain et d'amertume. Le dernier cadeau qu'il lui avait fait avait été un jeu de cartes imprimé en gros caractères, grâce auquel elle avait pu faire des patiences. Elle trichait ouvertement. Lors des visites de Lila, elle avait souvent laissé glisser le paquet de cartes de ses genoux et observé avec un sourire ironique Lila qui rampait à quatre pattes pour les ramasser.

Puis, un soir, Lila était venue à la maison pour faire admirer une bague de fiançailles en diamant. Elle avait un appartement à elle, à New York même, et elle détestait le long trajet en métro, puis en tram, jusque Warburton Avenue à Yonkers. Elle était énervée et agitée. Avec une certaine aigreur, elle avait raconté qu'elle avait caché sa main, dans le métro, pour éviter d'éveiller les convoitises. Mrs. Mecklin avait répondu : « Si tu as si peur qu'on te la vole, pourquoi tu ne l'avales pas ? » Georges s'était levé et, une seconde durant, il avait vu la peur briller dans les vieux yeux malades de Mrs. Mecklin. « Un verre d'eau, s'il te plaît, Georges », avait-elle demandé humblement. Elle lui avait fait pitié, alors.

La bague de diamant de Lila s'était avérée constituer le début et la fin de sa bonne fortune. La bague une fois offerte et leur mariage célébré, son mari, Philip, s'était consacré à la triste entreprise d'enfermer sa vie dans une coque à l'épreuve des tremblements de terre. Agent new-yorkais d'une compagnie d'assurances du Vermont, il voyait tout sous l'angle des risques.

Georges avait toujours voulu aider Lila. Mais il n'avait jamais pu faire grand-chose ; hormis déverrouiller la porte après minuit lorsqu'elle avait commencé, vers la fin de son adolescence, à rentrer aux petites heures du matin, échevelée et fiévreuse, serrant d'une main froide et moite celle de Georges tandis qu'il lui faisait monter l'escalier noir et passer la porte de la chambre de leur mère.

Avec une longue trépidation, le train s'engagea dans la gare de Harmon. Au parking, la Ford anglaise d'occasion de Georges attendait sous une couche de poussière de charbon.

Chemin faisant, il oublia Lila. Tout ce qu'il regardait le consolait : les arbres sans feuilles, les roches noircies par la pluie, une bicoque miteuse dans les profondeurs noirâtres de laquelle il percevait la lueur d'une ampoule nue, le ruisseau qui courait parallèlement à la route, un gosse en ciré jaune qui montait un chemin en poussant une bicyclette. Au milieu du réservoir, assis dans une barque, un homme était courbé sur une canne à pêche. Un chien noir fila devant la voiture et sauta dans l'eau, puis nagea droit sur la barque, telle une ligne plombée jetée dans le lac gris. Georges arrêta la voiture et laissa tourner le moteur. La queue du chien fouettait l'eau. Georges entendit un crissement humide de griffes lorsqu'il essaya de grimper sur le plat-bord. Soudain, le pêcheur tendit le bras et souleva le chien dans le bateau – il y eut un claquement de tolets, un cliquetis de griffes quand le chien s'ébroua. L'homme se pencha en avant et posa son chapeau sur la tête du chien. Georges entendit son rire, un bref éclat, puis l'aboiement du chien qui lui répondait.

La scène le poursuivit durant le kilomètre environ qui lui restait à parcourir. Il enviait la solitude de cet homme. Pouvait-on en acquérir le goût ? Il lisait beaucoup, mais habituellement quand Emma se trouvait dans la pièce. Si elle sortait, son attention vacillait. Il se dit qu'il devait être d'une nature essentiellement grégaire ; même ses rêves étaient remplis de conversations et de visages à demi perçus.

Il tourna à gauche à l'endroit où la route du réservoir coupait Abraham's Lane, puis grimpa un raidillon qui passait devant la maison des Palladino, vaste édifice de style colonial aux fenêtres encadrées de volets verts. Cent mètres plus loin c'était la villa des Mecklin et, derrière la villa, étalé sur une large pente, un verger de pommiers. Il rentra la voiture dans le double garage auquel s'adossait la petite maison.

Il coupa le contact et resta un instant assis derrière le volant, les yeux fixés sur le pare-brise, la respiration ténue. L'immobilité avait quelque chose de voluptueux ; toutes les forces de sa vie étaient suspendues par cet instant pâle et vide. Puis, comme si la nuit proche se déchargeait d'une irritation, il y eut une explosion d'ailes, et Georges se retourna pour regarder par la vitre arrière de la voiture en direction du verger. Un vol de corbeaux traçait une ligne noire au travers du ciel.

Comme Georges sortait du garage, un souffle de vent agita les vieux journaux en lambeaux qui tapissaient les hottes entassées dans un coin ; il fit osciller les toiles d'araignées chargées de poussière qui pendaient à l'échelle à côté de la fenêtre et lui apporta l'odeur du printemps. Elle était légère – un vent humide, un goût de terre humide. Mais debout, seul dans le garage, éprouvant la stimulation de la saison dans l'air, il fut assailli par une impression mal définie, mais puissante, d'ouverture. Il semblait étrange que lui, un homme qui, si loin qu'il se souvînt, avait toujours été vaguement opprimé, pût se sentir touché, même si ce n'était que légèrement, par la chance.

La porte de derrière était ouverte.

« Emma ? »

Il n'y eut pas de réponse. Elle s'était peut-être endormie. Elle était peut-être même partie se promener. Il ferma un robinet qui gouttait dans la cuisine. Lorsqu'il passa dans la salle de séjour, il crut entendre le murmure d'une radio à l'étage et il appela de nouveau Emma. Ne recevant pas de réponse, il ouvrit sa serviette et en sortit un exemplaire fatigué de *Moby Dick*, ainsi qu'une poignée de cahiers bleus, dans lesquels étaient inscrites les réponses à une interrogation qu'il avait donnée à sa classe de quatrième. La plupart d'entre eux auraient écrit trois pages sur le symbolisme de la blancheur de la baleine. La plupart d'entre eux n'auraient pas ouvert le livre. Lui-même ne l'aimait pas ; la passion de la vengeance lui était trop étrangère, pensait-il. Il déposa le livre et les cahiers sur la table de bridge qui lui servait de bureau. La baleine n'était pas du tout blanche – elle était pâle d'épuisement à force d'être pourchassée par un autocrate puritain.

Lorsqu'il s'engagea dans l'escalier, sa nuque le picota légèrement. Il se sentait les jambes épaisses, lourdes. Que lui arrivait-il ? Il s'accrocha à la rampe et monta jusqu'au petit palier de l'étage. Il allait entrer dans la salle de bains quand il surprit un discret mouvement de la porte de la chambre d'amis. Son cœur se mit à battre. Il se sentit mal, et, lorsqu'il entendit sa propre respiration, il fut frappé de terreur.

Il voulait s'enfuir. Mais le danger lui-même le paralysait. « Allez ! » grogna-t-il faiblement. Puis, avec un cri sourd, il se jeta contre la porte et poussa jusqu'à ce que la résistance du corps qui se trouvait derrière l'empêchât d'aller plus loin. Il la martela sauvagement à grands coups de pied et s'entendit conjurer la chose de sortir de là... pour l'amour du ciel... sortez de là !

« Vous m'écrasez la tête », cria une voix. Georges s'écarta en reculant. Quelqu'un renifla bruyamment. Il attendit. Puis, tout en essayant de redonner forme à son chapeau écrasé, un garçon de dix-huit ou dix-neuf ans se glissa en crabe de derrière la porte. Ils se dévisagèrent l'un l'autre, puis le garçon fit la moue et pinça son chapeau.

« Regardez-moi ça ! Ça ne fait que deux jours que je l'ai.

— Ne bouge pas, dit Georges.

— Qui est-ce qui bouge ? Vous savez combien il m'a coûté, ce chapeau ? Il est foutu !

— Assieds-toi ! »

Le garçon s'assit sur le lit, sans cesser de tripoter son chapeau de ses doigts courts et carrés.

« Qui es-tu ? »

Le garçon posa son chapeau sur le lit et le regarda.

« Comment t'appelles-tu ?

— Ernest.

— Ernest comment ? »

Il haussa les épaules.

« Et si j'appelais la police ?

— Allez-y.

— Est-ce que ça en vaut la peine ? De courir ce risque ?

— La peine de quoi ?

— La police. »

Ernest sourit. « Vous laissez toujours votre maison ouverte ?

— Je pourrais te faire arrêter », dit Georges. Le tremblement dans ses jambes avait cessé.

« Je n'ai rien pris.

— Tu n'as jamais entendu parler d'entrée par effraction ni de violation de domicile ?

— J'ai rien cassé ! Je suis juste entré comme ça. »

Georges lui donna une bourrade à l'épaule. Le garçon roula sur le dos et ramassa ses jambes. Inquiet, Georges se pencha sur lui. Ernest lui jeta un regard inexpressif. Puis il baissa lentement les jambes.

« Dehors ! » hurla Georges. Le garçon se redressa et se leva. « Dehors !

— J'ai compris, j'ai compris. Je vous ai dit… je n'ai rien pris. Je prends jamais rien. J'aime voir comment c'est dedans quand les gens sont sortis. C'est tout. »

Ce n'est qu'à cet instant que la pensée d'Emma, fourrée dans un placard, morte, violée, envahit son imagination horrifiée, telles les frondes d'une plante sous-marine. Il courut à la porte. Ernest était sur ses talons. « Elle est sortie, dit-il. Dans le verger. Alors je suis entré. »

Georges désigna l'escalier. Ernest commença à descendre.

« Je suis entré dans toutes les maisons à côté du réservoir, dit rapidement Ernest. Comme chez vos voisins d'à côté… Elle, c'est une soûlarde. Elle boit, et lui, il joue. C'est la seule chose que j'aie jamais prise. Un message qu'une fille lui avait écrit. Vous voulez savoir ce que ça disait ? Je le sais par cœur. » Il s'arrêta et se retourna. « Je vais vous le réciter, proposa-t-il.

— C'est dégoûtant.

— Vous connaissez les Devlin ? Ils ont du gin dans des bouteilles en grès… un millier de disques. Ils doivent de l'argent – plus que vous en avez. »

Georges leva la main. Le garçon fit un geste d'esquive.

« Je ne veux plus t'entendre. »

Parvenu au bas de l'escalier, Ernest pivota en se tenant à la rampe. Il regarda pensivement le bois écaillé.

« Tu as allumé la radio ?

— Oui, répondit Ernest avec un petit rire.

— Assieds-toi ! » dit Georges d'un ton sévère. Ernest se laissa mollement tomber dans un fauteuil.

« Pourquoi n'es-tu pas en classe ?

— À cette heure de la journée ?

— Tu ne te rends pas compte de ce que tu fais. Hein ?

— Je quoi ? » Ernest prit une cigarette dans un paquet écrasé qui se trouvait sur la table à côté du fauteuil. Il vit Georges la regarder. Il la tint immobile durant une minute, puis Georges lui fit signe de la main. Ernest prit une allumette dans sa poche et l'alluma sur l'ongle de son pouce.

« Où vas-tu en classe ?

— On m'a fait redoubler l'année dernière. Alors je n'y vais pas.

— Quel âge as-tu ? Dix-neuf ans ?

— Presque dix-huit.

— Et le service ? »

Le garçon eut l'air modérément intéressé. « Ouais ?

— L'armée.

— Quelle armée ? » demanda-t-il. Il se leva. « Vous allez faire quelque chose ? » Il mit son chapeau. « Parce que je m'en vais.

— Tu habites chez tes parents ?

— Rien qu'un sale poivrot. Vous pouvez tout lui raconter... Il ne fera rien.

— Attends...

— Je suis trop vieux pour aller à l'école. Pourquoi est-ce que vous regardez mon chapeau ? Écoutez... Je *veux* m'en aller maintenant »

Mais Georges ne voulait pas le laisser partir. Il se campa devant Ernest, lui bloquant l'accès de la cuisine. Il vivait quelque chose d'extraordinaire ; il était pris d'une exubérance nerveuse qui l'empêchait de tenir en place. « Je suis enseignant », dit-il. Ernest le regardait impassiblement. « Tu vas te faire attraper, cria Georges.

— Vous m'avez attrapé. »

L'excitation de Georges était telle qu'elle le poussa en avant. Le garçon recula. « Il faut que tu termines tes études », dit Georges. Il perçut la véhémence de son ton. Craignant d'effrayer le garçon, il s'efforça de parler calmement. « Tu ne pourras plus aller nulle part si tu ne termines pas tes études. Ça n'est plus comme autrefois. Je peux t'aider. Je peux te montrer des raccourcis. Qu'est-ce qui t'a fait rater ? Écoute, Ernest, l'éducation c'est la clef, la clef de tout... »

Attentif, mais pas à ce que lui disait Georges, Ernest secoua presque imperceptiblement la tête. Son regard était vague, mais son corps étroit exprimait une sorte de disponibilité nerveuse. Ses cheveux foncés, ses yeux sombres, la teinte légèrement ambrée de sa peau lui donnaient un air imperméable.

Il est presque beau, se dit Georges. Ses traits étaient purement linéaires, comme ceux des saints de bois dans les niches des cathédrales. Sa bouche aux lèvres minces était délicatement tracée, ses joues, longues et plates. Mais lorsqu'il se tournait, comme il était différent ! Alors sa bouche était fine comme un fil ; ses paupières mi-closes suggéraient la dissimulation. On eût dit un animal à sang-froid.

Ernest fit un pas de côté et se dirigea vers l'entrée de la cuisine, mais il battit immédiatement en retraite, arrondissant la main autour de sa cigarette pour la cacher dans son dos. Emma était entrée.

Elle se tenait dans l'embrasure de la porte, dévisageant tour à tour Georges et le garçon.

« Je me demandais où tu étais, fit rapidement Georges. Tu es allée te promener ?

— Oui. Un petit tour, dit Emma en fixant Ernest.

— Pas beaucoup de soleil aujourd'hui...

— Il a plu ce matin.

— La réunion a duré plus longtemps que prévu. Ensuite, je suis passé voir Lila. »

Ernest porta la cigarette à ses lèvres, inspira une longue bouffée et rejeta aussitôt la fumée. Était-ce un message ? L'instant s'étira.

« Emma, voici Ernest, dit enfin Georges. Il a besoin d'aide pour faire ses devoirs. »

Emma parut déroutée ; puis elle hocha la tête et ôta la veste qu'elle portait, la laissant tomber sur le divan. Ernest la regarda.

« Elle est mouillée, dit-il en ne s'adressant à personne en particulier.

— Elle va sécher », répliqua Emma. Elle se dirigea vers la cage d'escalier. Le garçon se glissa dans la cuisine et Georges le suivit. Emma aurait pu être plus gentille. Après tout... un jeune garçon. Parfois il pensait que sa froideur n'était pas tant une défense que l'expression d'un vide. Il n'y avait rien de si étonnant dans la présence d'Ernest qu'elle dût en oublier les bonnes manières, si ?

Ernest était devant la porte de la cuisine, la main sur le bouton. « Tu ferais mieux d'arrêter ces petits jeux », dit Georges d'une voix étouffée. Ernest rit silencieusement. « Ça n'a rien de drôle. Quelqu'un d'autre pourrait appeler la police. »

Ernest le regarda d'un air méditatif. « C'est la première fois que je me fais prendre, murmura-t-il.

— Tu n'as pas entendu le bruit de ma voiture ? demanda Georges.

— Il était trop tard. Je me suis dit que je pourrais sauter par la fenêtre sur le toit de la véranda. Mais la fenêtre était coincée. » Il haussa les épaules. « Je ne sais pas. » Le bouton tourna dans sa main. Georges vit à quel point il avait envie de s'en aller. Il se sentit furieux et soudain épuisé.

« Comment je peux savoir que tu n'as rien pris ? » demanda-t-il rudement. Ernest, les yeux fixés sur le visage de Georges, retourna ses poches, l'une après l'autre. Un petit caillou tomba sur le plancher. Puis il tendit la main, en dépliant lentement les doigts. Deux *nickels* [1] reposaient dans sa paume.

« Tu ferais mieux de ne plus foutre les pieds dans les maisons des autres, dit Georges.

— Pourquoi vous ne lui avez pas dit ? » demanda Ernest. Georges se baissa pour ramasser le caillou. Quelque chose dans la curiosité impersonnelle de la voix d'Ernest l'avait fait rougir. Et il avait honte d'avoir obligé le garçon à vider ses poches. Il resta planté là, le caillou dans la main.

1. *Nickel* : pièce de cinq cents. *(N.d.T.)*

« Si tu as besoin d'aide, si tu veux vraiment terminer tes études, je verrai ce que je peux faire.

— Si vous voulez…

— Si je veux ! D'accord. Je te ferai signe quand j'aurai réfléchi à mon emploi du temps. Quel est ton nom de famille ? Où habites-tu ?

— Je viendrai ici. Si vous êtes sorti, je repartirai.

— Ça ne marchera pas.

— J'aurai du mal, dit Ernest avec indifférence. Ne perdez pas votre temps.

— Combien de fois par semaine peux-tu venir ? »

Ernest garda le silence. Il entrebâilla la porte et plissa un œil en regardant par l'ouverture.

« Tu ne veux pas essayer ?

— Je m'en vais.

— Je m'appelle Georges Mecklin.

— Ouais… Je sais… » Il ouvrit la porte et passa dans le garage.

Tandis qu'il le regardait descendre le raidillon, depuis la fenêtre de la salle de séjour, Georges se rendit compte qu'Ernest avait pu rencontrer une bonne douzaine d'objets portant son nom. Il alluma la lumière et la pièce devint pâle, comme un visage d'où le sang a reflué. Il était frigorifié et dérouté. Emma allait et venait à l'étage. Puis le bruit de ses pas cessa. Elle le regardait du haut de l'escalier.

« Tu as laissé la radio allumée ? » demanda-t-elle. Il porta les yeux sur le caillou, qu'il tenait toujours dans sa main ; il était collant, comme une boule de gomme.

« Je crois bien », répondit-il. Elle continua à l'observer. Elle s'interroge sur ce que je lui ai dit, pensa Georges, parce qu'elle sait que je ne laisse pas les radios allumées. Il laissa tomber le caillou derrière le radiateur.

« Je ne sais pas quoi mettre ce soir. »

Il s'empressa de lui suggérer une robe. Il n'aurait pas supporté de l'entendre égrener une liste de vêtements d'une voix monocorde dans le but de lui assurer qu'elle faisait des efforts tout particuliers pour ne pas lui reprocher l'état de sa garde-robe.

« Pas celle-là, dit-elle. Elle est lustrée.

— Nous allons seulement au cinéma. » Elle quitta le palier et il se mit à feuilleter un cahier bleu. « *Moby Dick* est un classique de la littérature américaine parce que... » Il laissa le cahier se refermer, rebuté par l'écriture grasse et autosatisfaite et ses majuscules bedonnantes et anatomiques. Ce devait être Mary Lou Whimple, dont le perpétuel sourire d'ironie infantile le rendait tout spécialement prudent lorsqu'il notait ses devoirs. Il avait commencé à la haïr. Il fallait être équitable envers les gens que l'on haïssait. Il laissa retomber le cahier sur la table.

Une obscurité moite s'était installée. Une pâle lumière brillait dans la maison des Palladino, navire proche dans une mer noyée de brume. La salle de séjour avait quelque chose de collant. Georges écouta le silence de la campagne. Les péripéties de la journée s'ordonnèrent dans sa conscience, tel un rébus mimé attendant sa solution – le Noir aveugle, le chien nageur, la veste en daim rouge de Walling, les sourires de frustration sournois de Lila, cet instant où il s'était senti de la chance, et Ernest.

Délibérément, il tourna ses pensées vers l'argent – sujet qui éliminait tous les autres. Ils en auraient dorénavant un peu plus, même si Emma ne travaillait plus que trois jours par semaine à l'université de Columbia, où elle était bibliothécaire adjointe. La raison officielle pour cesser de travailler à plein temps était qu'elle pourrait, un de ces jours, retourner à l'université pour y compléter son diplôme afin de devenir bibliothécaire à part entière. En réalité, ils s'étaient tous deux inquiétés de sa fatigue continuelle. Emma avait dit qu'il faudrait certainement qu'elle se repose un peu s'ils voulaient un jour avoir un enfant. Ils avaient décidé qu'ils *sauraient*, d'une façon ou d'une autre, quand ils seraient prêts.

La voiture leur coûterait désormais plus cher en essence et en entretien, mais ils paieraient moins d'assurance. Sur un bout de papier jaune que Georges conservait dans sa poche de poitrine, le transférant à chaque fois dans celle de ses trois vestes qu'il mettait, il avait évalué leur nouvelle situation financière le matin où ils avaient déménagé de la ville. En chiffres minuscules, alignés en colonnes bien droites, les symboles « dollar » inscrits à l'encre verte, il avait couvert toutes les éventualités. Il lui avait donné une immense satisfaction, ce bout de papier. C'était une revendication d'ordre. Oui, le papier couvrait toutes les éventualités, se disait-il à présent, mais l'argent non.

Le mobilier semblait avoir réchappé d'un naufrage. Ils avaient projeté de récupérer ce qui était récupérable et de se débarrasser de ce qui venait d'emprunts ou d'héritages, mais ils avaient fini par tout charger dans le camion de déménagement. Emma avait jeté un poncho mauve sur le capitonnage déchiré du gros fauteuil. Elle avait commencé, sans les finir, plusieurs housses de coussins – les bords non ourlés étaient grossièrement retournes à l'intérieur. Elle avait emprunté une ponceuse électrique et enlevé le vernis noir du plateau d'une table basse, mais elle avait renoncé à faire les pieds tournés. Leur installation tenait avec des bouts de ficelle. Un panier rempli de chutes de tissu avec lesquelles Emma projetait de confectionner une courtepointe en patchwork gisait dans un coin. Deux morceaux d'une flûte à bec alto – le troisième avait disparu au cours du déménagement – traînaient sur un recueil en édition de poche de mélodies de Haendel, et une corbeille en osier, de l'espèce que l'on trouve dans les boutiques japonaises, était posée au milieu de la table, en face du divan. Le seul objet qu'elle contenait était un fétiche aztèque, d'un type particulièrement hideux, trouvait Georges, qu'Emma avait ramassé par terre pendant des vacances dans le Zacatecas. Elle s'arrêtait souvent devant la table pour faire rouler distraitement la statuette d'un doigt indifférent. C'était, disait-elle, son seul souvenir authentique. Il lança un regard furieux à la petite statuette au méchant sourire de pierre dirigé vers le plafond. Il avait espéré qu'elle se perdrait dans le déménagement.

Les mains dans les poches, le dos rond, Georges appuya le front contre la vitre. Pourquoi tout était-il aussi miteux ? À eux deux, ils devraient pourtant avoir assez d'argent pour vivre décemment, correctement. Emma disait qu'ils vivaient comme si la Grande Dépression n'avait jamais pris fin. Mais la pauvreté n'était-elle pas un mal mineur ? Était-ce réellement un sujet de *réflexion* ?

Soudain, il s'imagina en train de jeter dehors tout ce qu'ils possédaient, déblayant jusqu'au moindre recoin de la petite maison pour ne laisser que l'air frais et doux de la campagne dans leurs quatre pièces. Puis, effrayé à l'idée d'une telle nudité – que seraient-ils sans leur misérable petite accumulation d'objets ? –, il monta l'escalier quatre à quatre.

Emma, emmaillotée dans son gros peignoir, était couchée sur le lit et lisait un Simenon. Elle leva furtivement les yeux. Georges prit une chemise propre dans sa commode et ôta le renfort de carton.

« Où as-tu trouvé ce gosse ? demanda-t-elle.

— C'est lui qui m'a trouvé », répondit Georges. Aussitôt,

sa découverte d'Ernest, la résistance charnue de la porte lorsqu'il s'était jeté contre elle lui revinrent, plus poignantes à cet instant qu'alors.

« D'où venait-il ?

— Peekskill, j'imagine.

— Il a marché jusqu'ici ?

— Ça ne fait que deux ou trois kilomètres.

— Comment a-t-il su que tu étais professeur ?

— Tout se sait à la campagne.

— Georges, allons passer un an au Mexique !

— Bien sûr.

— Tu veux dire que tu y as renoncé, alors ? À tout jamais ?

— Un jour, peut-être.

— S'il te plaît. Explique-moi ce qui se passe avec ce garçon.

— Il a laissé tomber le collège. On lui a fait redoubler sa terminale.

— Est-ce qu'il attendait dehors quand tu es arrivé ? Je ne l'avais pas vu avant de sortir. »

Il s'assit sur le lit et chercha ses pieds sous le peignoir. Ils reposèrent dans ses mains, froids, étroits et immobiles.

« Tu es inquiète ? »

Elle retira ses pieds et se releva. Le livre tomba par terre. « C'était tellement sinistre aujourd'hui, dit-elle. Tout était tellement vide. Je n'ai pas réussi à faire grand-chose. La maison me faisait peur. Je ne sais pas pourquoi. Je ne sais pas... j'ai vu un corbeau et j'ai cru que c'était l'automne... tout était tellement gris. » Son visage s'était animé. Il lui pardonna en silence son inélégance avec Ernest.

« Pourquoi n'es-tu pas passée voir les Palladino ?

— Ils n'habitent pas cette maison, répliqua-t-elle. Ils la hantent. Elle n'en sort jamais, et lui part le matin avec ses habits tout froissés comme s'il avait dormi dedans. Elle dépose les enfants sur le seuil comme des bouteilles de lait vides, puis elle referme la porte. Les gosses sont si bizarres. Ils restent assis sur les marches avec des petits trucs dans les mains, des genres de jouets, j'imagine, et ils se les passent et se les repassent jusqu'à ce qu'elle revienne et les fasse rentrer. »

Le jour où ils avaient emménagé, Mr. Palladino avait lentement remonté l'allée et demandé avec une certaine déférence s'il pouvait leur être utile. Il semblait mal à l'aise ; peut-être avait-il craint d'être indiscret. Georges s'étonna du sourire affable, de son curieux air d'incertitude. Il était vêtu d'un costume de velours brun clair, et sa chemise était légèrement tachée. Il avait conclu un arrangement avec Georges – qui prolongeait, disait-il, celui passé avec les précédents locataires – pour utiliser une moitié du garage, en offrant de payer quelques dollars par mois pour l'emplacement. Georges avait refusé l'argent et Palladino avait hoché la tête comme s'il n'en attendait pas moins.

« Il avait l'air sympathique », dit Georges.

Emma renifla avec mépris. « Sympathique ! Un acteur.. Un homme à femmes.

— Comment sais-tu ?

— Minnie Devlin m'a raconté, dit-elle.

— Minnie Devlin médirait de la pluie... Elle déchire tout le monde.

— Elle ne médisait pas. De toute façon, il suffit de regarder son visage. Un visage d'acteur, mûr et pourri. »

Il la regarda avec surprise. « Qu'est-ce qui te prend ? » demanda-t-il.

Elle eut un rire irrité. « Je n'aime pas les hommes mignons. »

C'était Minnie qui leur avait trouvé leur maison. Emma l'avait brièvement connue à Chicago. Fraîchement sortie de l'université, elle avait fréquenté une troupe de théâtre amateur que montait Minnie. Peu après son départ pour New York, Minnie lui avait écrit qu'elle avait abandonné le théâtre et repris le mariage. Un an plus tard, Emma avait reçu un faire-part annonçant la naissance de Trevor, cinq kilos. « Témoigne de ce qu'une race de paysans est capable d'élever », avait écrit Minnie sur le faire-part, quelque peu prématurément. L'année précédente, elle était arrivée à New York. Chicago n'était pas assez grand pour Charlie Devlin. Les Mecklin ne le connaissaient pas encore. Il était souvent en déplacement, à la recherche de gens pour son émission de radio, « À la rencontre des gens heureux ». Minnie envisageait de lancer une agence de conseil en recrutement. Georges la trouvait barbante et méchante, mais Emma disait qu'elle était drôle. Lorsqu'elle les avait appelés à propos de la petite maison à la campagne, Georges avait reconnu, quoique de mauvaise grâce, qu'Emma avait eu raison de garder le contact avec elle. Le week-end suivant, ils devaient enfin rencontrer Charlie. Les Devlin donnaient une fête le samedi.

Gin hollandais et dettes.

« Pourquoi fais-tu la grimace ? »

Georges eut un sursaut coupable. Mais si Mrs. Palladino ne sortait pas de chez elle, comment Ernest avait-il pu entrer ? se demandait-il. Il se leva brusquement, repoussa une chaise dans son coin et tira le store de la fenêtre qui donnait sur la maison des Palladino.

« Tu la prends au sérieux, dit Emma. Ce n'est qu'un clown.

— Qu'est-ce que tu as fait de toute la journée ? » demanda-t-il en pensant à Palladino, son intimité barbotée par Ernest, son personnage disséqué par Minnie la comique.

« J'ai classé les épices. Elles étaient tellement sales, les couvercles des boîtes étaient encore poisseux de la graisse de la ville.

— Tu les as classées ?

— Par ordre alphabétique. » Il rit. Elle le dévisagea avec froideur. Il se dit qu'elle avait voulu illustrer l'ennui de sa journée. « J'ai trouvé ça dans le verger », dit-elle et, glissant la main dans la poche de sa robe, elle en sortit un pistolet à eau rouge, au canon cassé. « Dis donc ! Quelle journée fantastique, hein ?

— Ça prend du temps. Nous avons trop longtemps habité en ville. Attends qu'arrive le printemps.

— Quand j'étais dans le verger, poursuivit Emma, un vieux bonhomme a surgi derrière moi. »

Est-ce une invasion ? se demanda Georges.

« Cela faisait un bon moment qu'il devait m'observer. Je me suis retournée et il était là, accroché à une branche d'arbre et souriant de toutes ses dents.

— Nous ferions peut-être mieux de prendre un chien.

— Il était chétif, dit-elle. Il a marmonné quelque chose. J'ai hoché la tête et il a disparu. Je l'ai peut-être rêvé ! » Elle rit avec excitation et il détourna ses yeux de la porte du placard pour la regarder. Elle ressemblait beaucoup à ce qu'elle était lorsqu'il l'avait rencontrée, huit ans auparavant, car elle avait conservé son allure de jeune fille mince et pâle, son visage encadré, comme au fusain, par un trait de beaux cheveux noirs qu'elle portait attachés sur la nuque. Parfois, lorsqu'elle nouait impatiemment un ruban autour de ses cheveux et enfilait une jupe de coton et des baskets, elle lui faisait penser à ces tristes jeunes filles qui errent à la périphérie du monde bohème de n'importe quelle ville, souffrant si intensément, quoique silencieusement, du déracinement qu'elles en paraissaient héroïques.

Elle était tout à fait différente lorsqu'elle s'habillait pour aller travailler ou pour sortir : soignée, assurée, distante, assise à l'écart de lui, ses chevilles fines et osseuses rangées côte à côte.

« Tu grossis », dit-elle. Il était en train de s'habiller lentement, en pensant à elle, soulagé qu'elle eût apparemment oublié Ernest. Ernest comment ? Il regarda dans le miroir qu'Emma avait cloué au mur. Il lui coupait la tête, à moins qu'il ne se penchât. C'était vrai – il avait toujours été trapu, mais à présent son ventre devenait légèrement proéminent. Il ne voulait pas devenir un de ces blonds replets. Il poussa un profond soupir. Jamais, étant jeune, il ne s'était imaginé à trente-quatre ans. Dans six ans, il aurait quarante ans. Il boutonna rapidement sa chemise.

« Comment va Lila ?

— Bien. » Ce n'était pas la peine de lui dire que Lila avait perdu son travail. Le visage impassible, elle essaierait de savoir combien d'argent Georges avait l'intention de donner à sa sœur.

« Je lui ai dit de venir le week-end prochain. Ça ne te dérange pas, si ?

— Et pourquoi ça me dérangerait ? Si elle pouvait mettre Claude en pension, je serais plus enthousiaste.

— Il n'est pas si méchant.

— Qu'est-ce qu'il te faut ! Il est bon à enfermer. Ou alors, il le fait exprès. Dans les deux cas… » Elle commença à s'habiller, et ils restèrent un instant silencieux, tournant l'un autour de l'autre avec des gestes familiers.

Puis ils furent prêts, face à face devant la porte de la chambre, lui dans son costume sombre, elle dans sa robe noire. Nous avons encore le temps pour tout, se dit-il.

La maison des Palladino était plongée dans l'obscurité quand ils sortirent du garage.

« Ils dorment tous, dit-il.

— Ils sont tous morts », fit Emma.

Ils prirent Abraham's Lane en direction du péage de Peekskill. « Je n'ai pas aimé ce garçon, dit-elle.

— Tu ne le connais pas.

— Et toi ? Je ne comprends pas comment il est arrivé là... ni pourquoi.

— Non, je ne le connais pas. Comment puis-je le juger ?

— Pff! fit Emma. Certains parmi nous sont honnêtes et d'autres sont des salauds ! »

Un coup de vent fit virevolter des feuilles mortes devant les phares de la voiture. « Écoute ! » dit Georges. Dans le silence du vent, il flaira de nouveau l'odeur de la terre.

Ils s'arrêtèrent dans un restaurant du bord de l'autoroute. Il affectait la forme d'un moulin à vent et plusieurs voitures étaient garées tout autour. Comme ils se dirigeaient vers l'entrée, ils virent, dans la flaque de lumière jaune qui tombait d'une fenêtre, une poupée d'enfant, avec ses bras boudinés levés au-dessus de la tête et ses yeux de verre brillants, à moitié enfouie dans le gravier du parking. « Au secours ! couina Emma. Les Arabes m'ont abandonnée ici pour y mourir ! » Georges rit ; il embrassa le cou gracile de sa femme,

Derrière les menus cartonnés, leurs regards couraient des plats aux prix. La serveuse attendait à côté de leur table ; ses bras rougeauds étaient renflés à la sortie des manches de son uniforme, comme si elle les extrudait lentement. Les napperons de plastique, la lampe tempête, la carte prétentieuse maculée de taches, la serveuse avec son air de patience pressée et l'humble poire à ketchup pleine de grumeaux étaient les éléments d'un rituel auquel ils revenaient toujours et encore. Comment aurait-il pu raconter leurs milliers de soirées consacrées aux mêmes sorties sans faire référence à ces manifestations tangibles d'ennui et de routine ?

Plongés dans les débris impersonnels du monde extérieur, Emma et Georges s'individualisaient. Restaurants médiocres, automobiles boursouflées, la campagne ravagée saignant dans les nouvelles autoroutes, la mocheté de la vie moderne conféraient un caractère moral à leur tête-à-tête. Au cours de ces sorties, ils se retrouvaient : les réunissait une même compassion pour des choses qui ne les touchaient pas réellement.

Plus tard, après le cinéma, ils se remémorèrent les films qu'ils avaient aimés étant gosses. Puis ils quittèrent l'autoroute pour la route. Georges tendit le bras pour toucher Emma, et, à la lueur du tableau de bord, il vit sa main rose enserrer son genou étroit. Soudain, il sentit de l'eau sur son visage et, tournant la tête avec surprise, il vit qu'Emma riait silencieusement, le pistolet à eau à la main. Il s'essuya le visage du dos de la main. Le rire d'Emma éclata.

« Pourquoi as-tu fait ça ?

— Je croyais que ça te ferait rire.

— Et pourquoi ?

— Oh, s'il te plaît !

— Qu'est-ce que je suis censé faire maintenant ?

— Te sécher... Je suis désolée, mais tu en as partout sur la figure.

— C'est toi qui l'y as mis. »

Elle prit un Kleenex dans son sac et lui essuya rapidement la joue.

« Je n'ai pas réfléchi, dit-elle. Je l'avais chargé avant de sortir. Il ne marche pas très bien.

— Tu avais une idée derrière la tête, alors.

— Non, rien.

— Ça m'a surpris.

— Je vois bien.

— C'était la dernière chose à laquelle je m'attendais.

— Je ne savais même pas ce que j'allais en faire », dit-elle ; puis, avec impatience : « Allez, ça suffit. Je suis désolée.

— O.K. Je suis désolé aussi de m'être mis en colère.

— Ah bon ? Tu étais en colère ? »

Ils étaient parvenus à l'entrée de leur allée. Leur maison se dressa devant eux, la salle de séjour inondée de lumière.

« Nous avions laissé allumé ?

— Je ne me souviens pas, dit Georges, tout en se rappelant distinctement avoir éteint. Il faut absolument mettre des rideaux. »

Il la précéda à travers la cuisine obscure jusque dans la salle de séjour. Ernest était allongé sur le divan, endormi. Il y avait un message sur sa poitrine ; un coin de papier avait été fourré dans une boutonnière de sa chemise. « Mon père m'a enfermé dehors, lut Georges. Je partirai tôt. Merci. »

Georges le contempla fixement. Pendant un instant, il lui sembla que le garçon était mort, étiqueté comme une victime non identifiée dans une catastrophe. Puis il l'entendit respirer. Sa présence, sa respiration, son poids, son odeur emplissaient la pièce. Les pieds chaussés de baskets étaient méticuleusement croisés dans une attitude de protection. Stupéfait, Georges se sentit au bord des larmes.

Puis Emma lui glissa le pistolet à eau dans la main.

« Tu en auras peut-être besoin », dit-elle d'un ton acerbe. Georges tendit la main vers l'interrupteur. Emma était arrêtée au bas de l'escalier, le regard perdu dans les hauteurs. Elle attendait. Georges monta prendre une couverture dans la chambre d'amis. Puis il redescendit, passant de nouveau à côté d'Emma, et en recouvrit Ernest.

Elle ne dit rien avant qu'ils fussent allongés côte à côte dans leur lit. « Et maintenant ? » interrogea-t-elle, et elle s'écarta de lui. Il eut l'impression qu'elle s'était perchée sur le bord du lit avec une main posée par terre. Il prit une longue inspiration et l'exhala lentement. Il ne savait pas ce qui allait suivre.

Ernest ne cherchait-il pas son salut auprès de lui ? Il sourit dans le noir de sa présomption. Il changea de position aussi discrètement qu'il put, comme s'il y avait une présence hostile dans la pièce et que sa seule chance résidât dans le silence.

Dans l'obscurité profonde – il n'y avait pas de lune ce soir – il ouvrit tout grands les yeux. Où était le petit garçon maintenant ? Endormi dans son casque ? La femme rousse l'observait-elle depuis l'encadrement d'une porte ? Et l'aveugle ? Pourquoi persistait-il à vivre ? Son infirmité elle-même lui en donnait-elle la résolution ?

« Georges ? » chuchota Emma.

Il lui tourna le dos, formant et affermissant sa propre résolution. Il entendait, en bas, Ernest s'agiter dans son sommeil. Il ferma les yeux.

## 2

Du sommeil, Georges passa directement à la pleine conscience et vit le ciel à travers les fenêtres de la chambre. Il était infiniment pâle. Il semblait posé en équilibre sur quelque chose – ou sur rien. Georges eut l'impression que la lumière du jour avait pénétré en lui.

Emma était déjà levée. Un Kleenex rose traînait par terre. Les yeux fixés dessus, il se leva lentement. C'est lorsqu'il fut debout, sur le point de se baisser pour ramasser le mouchoir en papier, qu'il se souvint d'Ernest.

Mais Ernest était parti. La couverture que Georges avait étendue sur lui traînait par terre à côté du divan ; le message froissé était sur la table.

« Il a mangé une pomme », dit Emma depuis la cuisine. Elle vint à la porte lui montrer le trognon, tenant la queue entre deux doigts. Georges plia la couverture.

« Tu ne vas pas chercher le journal ? demanda-t-elle.

— Essayons de vivre sans, cette semaine.

— J'y survivrai... ce n'est que pour les mots croisés. Il n'y a plus de café ? »

L'ourlet de sa robe n'était pas droit. Il lissa la couverture et regarda les pieds nus d'Emma. Comme elle était censée préparer le petit déjeuner tous les jours de la semaine, c'était à lui qu'incombait de faire le café le week-end. Elle voulait du café afin de pouvoir commencer à fumer. Ses pieds avaient une teinte grisâtre. Le regard de Georges remonta. Elle se penchait légèrement en avant ; sa bouche était tirée. Leurs regards s'affrontèrent. Il s'efforça de trouver un nom à la gêne qui les séparait à cet instant : elle demandait à être nommée. Collé au sol, pris au piège, une couverture râpée dans les bras, muet et plongé dans les affres de l'irrésolution – à quel propos, il n'en savait rien –, il faisait rouler une peluche entre deux doigts. Elle plissa les yeux.

« Tu as vu comme le ciel a un drôle d'air ? demanda-t-il, surpris que sa voix n'appartienne pas à quelqu'un d'autre.

— Je trouve toujours qu'il a un drôle d'air.

— Comme une perle. La façon dont une perle a l'air vide… Assieds-toi et je vais te faire un œuf au plat. Allez… On dirait que tu n'as pas beaucoup dormi. Nous irons chercher le journal plus tard. D'accord ? »

Elle hocha sombrement la tête. « Souris ! » ordonna-t-il. Elle découvrit ses dents.

Ç'aurait pu être un dimanche comme les autres, mais non. L'abattement d'Emma s'accrut. Georges se cognait aux meubles et, d'une pièce à l'autre, oubliait ce qu'il était venu chercher. Les heures coulèrent pesamment. Il avait envie de prendre un bain, de dormir, de retrouver la sensation d'emprisonnement du lundi.

Mais il s'en voulait de cette triste journée. Il avait été équivoque au sujet d'Ernest. C'était tout simple. Ne la privait-il pas toujours d'un élément d'information essentiel ? N'était-ce pas la raison pour laquelle leurs escarmouches avaient lieu si loin du champ de bataille ? Il sentit qu'il la regardait avec la tension de celui qui jauge la tolérance de son auditeur. Des mots s'alignaient en phrases, ne voulaient rien dire, et s'évanouissaient dans l'incohérence. Il restait assis à ne rien faire, bien qu'il ressentît la nécessité d'affronter le lundi avec des cours préparés. Emma déballa un nouveau carton de livres, pleine de ressentiment, et les laissa glisser à terre.

Elle prépara le déjeuner, mangea une tranche de tomate en le regardant s'empiffrer – il était pris d'un besoin irrépressible d'apparaître aussi grossier que son regard l'accusait d'être. Bientôt, se dit-il, elle allait lui parler d'argent ou de la peinture qu'il n'avait toujours pas achetée pour la cuisine, ou, par un détour étudié, attaquer Lila et le souci qu'il avait d'elle.

Tu grattes une allumette et la maison part en fumée, dit-il à son reflet dans le miroir de la salle de bains, puis il se coupa avec son rasoir. Le petit carré de taffetas qu'il colla sur la coupure y resta presque toute la journée, jusqu'à ce qu'Emma, avec un sourire agacé, le fît sauter du bout du doigt.

« Qu'est-ce que tu as, nom de Dieu ! Dis-moi...

— Dis-moi, dis-moi..., répéta-t-elle sombrement.

— Ou arrête...

— Arrête..., dit-elle.

— Emma... s'il te plaît ! » Mais il n'arrivait pas à le dire non plus. L'ombre d'Ernest pesait sur eux aussi lourdement que si elle avait eu une substance.

Plus tard dans l'après-midi, il essaya de lui faire l'amour. Il avait pensé, en voyant la lumière du soir qui tombait en flaques chaudes sur la courtepointe verte, qu'ils pourraient exorciser le démon. Elle se déshabilla méticuleusement, avec des gestes d'enfant sage, et se coucha en travers du lit, prête au sacrifice. Bien qu'elle ne le regardât pas et ne dît rien, il eut fugitivement peur, comme si elle risquait de le blesser.

Se sentant trop gros et dépourvu de séduction, il se laissa lourdement tomber à côté d'elle. Elle commença à sangloter. C'était une bénédiction. Il la caressa gentiment. Avec un sentiment de soulagement, sans désir, il la tint contre lui jusqu'à ce qu'elle fût calmée.

« Je m'intéresse à Ernest... tu sais ? Au collège, quelque chose s'est défait... si ce quelque chose a jamais existé... Un sentiment d'ouverture. C'est difficile à dire. Je ne sais pas encore moi-même.

— Chut ! murmura-t-elle. Ne parle pas ! »

La pensée est-elle possible sans mots ? se demanda-t-il.

Il y eut une crise au collège cette semaine-là. Un étudiant proposa à Harvey Walling de signer une pétition adressée aux Nations unies demandant un blâme contre les États-Unis pour leur politique envers Cuba. Walling déchira la pétition et la jeta par terre dans le couloir aux pieds de l'étudiant, puis le força à la ramasser. Quelques minutes plus tard, Larry Rubin, auteur de la pétition, bondit sur Walling qui passait devant son bureau et, selon Walling, essaya de l'étrangler avec sa propre cravate.

La plupart des enseignants prétendirent n'avoir pas eu vent de l'affaire. Un professeur d'anglais, Helen Finney, dit à Georges que le collège se dégradait quand deux professeurs se bagarraient dans les couloirs pour de telles raisons.

« Sommes-nous des bêtes ? » demanda-t-elle doucement, la voix emmaillotée dans ses lèvres charnues. Elle portait une robe en tricot d'un rouge industriel. Georges sourit parce qu'elle paraissait plus minérale qu'animale ; il y avait quelque chose de rocailleux dans son visage de vieille fille, malgré cette bouche molle et boursouflée. Bien que Georges la connût depuis six ans, il n'avait observé que certains changements superficiels – une prédilection croissante pour les vêtements aux couleurs violentes et incongrues, la raréfaction de ses cheveux charbonneux. Les vieilles filles. Mais aurait-elle été différente si elle avait été mariée ? La *connaissait*-il ?

« Quelqu'un devrait recevoir une réprimande », dit-elle d'une voix vacillante. Elle joua avec le nœud de sa robe : une des boucles était deux fois plus large que l'autre. Les miroirs mentaient ; elle ne l'avait probablement pas remarqué. Il se rendit compte qu'il la regardait fixement et qu'elle était nerveuse.

« Ça se calmera tout seul, dit-il. Les gens font semblant d'être plus excités qu'ils ne le sont réellement, vous ne croyez pas ?

— Moins, dit-elle avec une dureté inattendue. Vous vous trompez complètement, Georges. »

Au déjeuner, Rubin rajusta sa ceinture tressée sur ses hanches proéminentes, s'assit avec fracas et exposa son désaccord entre la tourte à la viande et les fruits au sirop. Il était indispensable, lança-t-il, que les étudiants prennent part aux grands débats – ils vivaient dans ce monde, non ?

« Justement, non », dit calmement Caslow, le professeur de latin. Rubin embrocha sur sa fourchette un morceau de tourte qui retomba sur son assiette au moment où sa bouche s'ouvrait pour le recevoir. Georges remarqua que sa cravate était de travers. Il l'avait probablement tordue délibérément devant un miroir. C'était une cravate idéologique. Agacé par lui-même, Georges se leva et quitta la table. Pourquoi cette passion pour les détails vestimentaires ? Tous ceux qu'il avait regardés ce matin-là l'avaient frappé par leur solitude absolue – des silhouettes suspendues dans l'espace. Imaginait-il réellement, cependant, que tous ces gens n'existaient que dans les miroirs avec lesquels il avait meublé leurs chambres ?

Comment le saurait-il ? Hormis Caslow, avec qui il partageait un petit bureau, il ne s'était guère fait de véritable ami au collège.

« Ce type horrible et sa révolution ne sont pas la meilleure cause à laquelle nos élèves puissent s'identifier », dit Ballot à Georges, plus tard dans la journée, ajoutant que Castro serait plus engageant s'il voulait bien se raser. Une barbe tenait autant de l'uniforme qu'un uniforme, et, personnellement, il était opposé à toutes ces sortes de symboles. Il avait dû faire part de cette opinion à Rubin, car celui-ci répéta à tous ceux qu'il put accrocher que seul un réactionnaire de la pire espèce pouvait voir dans la barbe de Castro autre chose que la plus innocente des vanités humaines.

À la fin de la dernière heure de cours, Walling entra dans la classe de Georges. C'était la première fois depuis trois ans qu'il enseignait au collège qu'il faisait plus que saluer Georges d'un hochement de tête au passage.

« J'aurai la peau de ce type avant que l'année soit finie ! Qu'est-ce que vous pariez qu'il cotise toujours au parti ? »

Georges, stupéfié par les attentions de Walling – si l'on pouvait appeler ça ainsi –, ne répondit pas tout de suite.

« Eh bien ?

— Les enfants apprécient, dit enfin Georges.

— Il a importuné une fille de terminale l'an dernier.

— Qui croit les filles de cet âge ?

— Moi, dit Walling. Jusqu'à la dernière menteuse du lot. » Il prit un volume de poésie sur le bureau de Georges, puis le laissa retomber sans regarder le titre. « Je discerne une certaine sentimentalité chez vous. Permettez-moi de vous dire que je ne suis pas opposé à l'action politique. Je n'y crois pas, bien sûr. Mais je n'y suis pas opposé ! Mais permettez-moi de vous dire… lorsque je vois ces tas d'enflés de la cervelle, gâtés et sans caractère, qui pensent qu'ils tiennent le monde par les couilles... qui passent directement de la Bibliothèque Rose aux manifestes politiques sans bouger leurs culs...

— Bon Dieu ! Ce sont des enfants, Walling !

— Des chiures d'aigle ! dit Walling. Des gosses de riches !

— Mais qu'est-ce que vous voudriez qu'ils fassent ?

— Je veux qu'ils apprennent le latin, le grec et la trigonométrie. S'ils sont très forts, peut-être qu'un jour ils pourront apprendre quelque chose sur les droits de l'homme. Vous confondez le fait de savoir lire et écrire avec l'instruction. Cervelles enflées... pensées enflées. Un peu de modestie, nom de Dieu, un peu de minceur dans la tête.

— Laissez-leur le temps, dit Georges.

— Il n'y a pas le temps, répliqua Walling. Rubin est exactement le type à les bousiller définitivement. Il n'aura pas son contrat cette année si j'y peux quelque chose. Ballot n'est pas si empoté, vous savez – pas lorsque ses intérêts sont en jeu, en tout cas. Rubin n'est pas titulaire. Qu'il aille semer la pagaille ailleurs ! Il trouvera toujours quelques vieilles radoteuses pour le protéger. Il harcèlera un collège de troisième ordre pour qu'ils l'embauchent afin de ne pas se faire traiter de réacs. Et ils le détesteront encore plus que nous.

— Mais je ne le déteste pas ! » s'exclama Georges. Walling était électrique comme un chat.

De temps à autre, cette semaine-là, Georges surprit Walling en train de l'observer à la dérobée, comme s'il essayait de se faire une idée sur lui. Mais, le vendredi arrivé, Walling sembla s'être complètement désintéressé de Georges et, assis dans la salle des professeurs, il caressait le daim velouté de sa veste rouge sans regarder personne. Georges parla d'Ernest à Caslow, en omettant de préciser les circonstances dans lesquelles il l'avait rencontré. Caslow hocha la tête et dit qu'il n'était pas étonnant que Georges s'intéressât à ce genre d'individu. « Il y a quelque chose d'amollissant à enseigner dans un endroit comme ici, dit-il. Si l'on n'est pas obligé de se dépenser sérieusement une fois de temps en temps, on commence – moi, en tout cas – à avoir l'impression d'être un maître d'hôtel qui conduit les gens à la table du fond. »

Georges cita les paroles de Caslow à Emma, mais elle était le silence incarné. Il laissa tomber. Ne fais pas de vagues, se dit-il. Si elle n'était pas chaude, l'atmosphère était au moins neutre.

Il rencontra plusieurs fois Rubin dans les couloirs et au réfectoire, et Rubin fut comme toujours cordial avec lui. Georges eut un pincement au cœur. Il aurait dû le défendre avec plus d'énergie. Le vendredi, il y eut une brève réunion. Lorsque l'on compara les notes, il en ressortit que la tricherie était si répandue dans les grandes classes, en particulier dans les matières scientifiques, que l'on pouvait se demander s'il y avait des élèves qui travaillaient, à part les quelques braves qui procuraient les réponses à leurs condisciples. Seul Walling transmit un rapport sans taches. Il ne parut pas à la réunion, mais envoya un message : « Personne ne triche dans mes cours parce que je ne le permets pas », disait-il. Ballot agita un exemplaire du journal du lycée. C'était un numéro spécial, conçu, disait l'éditorial en première page, pour apaiser les délicates susceptibilités du corps enseignant. Suivaient des considérations confuses sur les différents types de collaboration.

Ballot dit qu'ils allaient devoir recourir au système des surveillants.

« Nom d'une pipe, appelons les choses par leur nom : ils copient ! dit Caslow.

— Ça m'apparaîtrait comme une défaite », répondit Ballot d'un ton plein de reproche. Il ne se passa rien du tout.

Le vendredi, Georges appela Lila pour savoir si elle voulait faire le trajet avec lui l'après-midi, mais elle répondit qu'elle ne serait jamais prête à temps. Ils viendraient le samedi matin.

« Est-ce que tu as eu la main heureuse ? demanda-t-il.

— Avec qui ?

— Oh, je t'en prie, j'en ai par-dessus la tête de ce genre de plaisanteries !

— Excuse-moi, dit Lila avec légèreté. J'essayais d'être drôle. Je n'ai pas encore trouvé de boulot. Je croyais que tu allais te renseigner au collège. » Il y eut soudain un coup dans le téléphone, puis une voix d'enfant hurla dans son oreille. « Allô ! Tonton auto, tonton popot, tonton idiot… » Ce fut suivi d'un cri étouffé.

« Claude est en pleine forme, dit Lila. Excuse-moi encore.

— Je ne me suis pas renseigné, parce que je n'ai pas eu l'impression que ça t'intéressait vraiment, répondit Georges.

— Écoute, on en parlera demain. Je peux t'apporter quelque chose ?

— Non, rien. Il y a un bon train vers dix heures.

— O.K.

— Je viendrai te chercher, alors. »

Lorsqu'il raccrocha, il entendit frapper à la porte de son bureau. Sur son « Entrez ! », la porte s'ouvrit brutalement. Henry Sheldon, un élève de première, se tenait dans l'embrasure et le regardait avec un air d'insolence mêlée de doute.

« Vous avez une minute, monsieur ?

— Pas plus.

— Je voulais vous demander pour mon devoir.

— Oui ?

— Je crois que ça méritait plus qu'un C, monsieur.

— Vous avez le droit de le penser.

— J'ai montré mon devoir à des gens…

— Qui l'ont plus apprécié que moi ?

— Ils ont trouvé que votre note était injuste. Un ami de mon père qui est journaliste m'a dit que ça valait au moins un B.

— On ne peut pas plaire à tout le monde, Henry.

— Ma mère est bouleversée, monsieur. Elle s'inquiète pour le collège. Vous savez. J'ai des difficultés en maths, et elle dit que si je ne réussis pas en anglais, je n'aurai pas une chance.

— Une chance de quoi ?

— Oh, allez, Mr. Mecklin, vous savez très bien ! » Henry sourit. Georges eut la vague impression que Henry était sur le point de lui montrer une photo porno.

« Il faudra que vous fassiez mieux si vous voulez avoir de meilleures notes, dit-il.

— Mais ce que j'ai écrit sur Lawrence était exactement ce que vous aviez dit.

— Vous n'avez pas lu le livre. Vous avez fait tout votre devoir à partir de mon cours.

— Qu'est-ce que vous voulez dire, je ne l'ai pas lu ? Je l'ai lu ! Comment vous pouvez dire ça ? Enfin, comprenez… comment vous pouvez…

— Vous n'avez pas lu ce livre. Vous avez rabouté tout ce que vous avez réussi à vous rappeler de ce que j'avais dit. Vous avez lu un résumé de l'intrigue quelque part. Puis vous avez pondu ce méli-mélo indescriptible ! La vérité, Henry, c'est que je vous ai mis une trop bonne note !

— Écoutez… Il faut que j'aie une meilleure note !

— Pas cette fois-ci.

— Qu'est-ce qui vous fait croire que votre avis vaut mieux que celui d'un journaliste ?

— J'ai un train à prendre. »

Henry sourit subitement. Il s'adossa au mur, son devoir trimestriel à la main. Son sourire s'élargit jusqu'à ce que ses dents protubérantes finissent par luire entre ses lèvres. Georges enfila son manteau et prit sa serviette.

« Je dois fermer », dit-il. Henry se redressa d'un coup d'épaule et sortit à pas lents. Puis il se retourna pour regarder Georges en face. Une larme dévala sa joue et tomba dans sa bouche. Tout d'un coup, il se frappa la joue de son devoir roulé en tuyau, fit demi-tour et s'éloigna rapidement dans le couloir.

Il était trop tard pour faire le trajet en métro. Georges prit un taxi jusqu'à Grand Central Station, dont il traversa le hall en courant au milieu des cris et de la bousculade. Épuisé, il s'affala sur une banquette à côté de la fenêtre. Il se réveilla dans le flamboiement du soleil couchant qui tombait sur les banquettes de serge verte. La casquette du contrôleur dansa devant ses yeux tandis que celui-ci le secouait gentiment. « Harmon. Harmon », disait-il.

L'esplanade gravillonnée du parking paraissait liquide. Derrière les arbres, un ciel couleur de flamant rose envahissait l'horizon. Georges ôta son pardessus et le jeta sur le siège arrière. Il faisait presque chaud. Bientôt, on serait en avril ; il aurait alors une semaine de vacances.

Il se laissa tomber sur son siège et tourna la clef de contact. S'était-il trompé sur Henry ? N'était-il pas possible qu'il eût lu le roman sans rien y comprendre ? Ils ne devraient pas lire Lawrence à cet âge, probablement. « Qu'est-ce qui vous fait penser que votre opinion vaut mieux... » avait dit Henry. « Nom de Dieu ! Je l'ai laissé dire ça ! dit Georges à voix haute. *Je l'ai laissé !* »

Il ne vit rien d'autre durant le trajet que sa propre sottise. Il lui semblait maintenant qu'il s'était conduit comme un imbécile avec Walling. N'était-il pas secrètement d'accord avec lui ? Songeait-il à engager une discussion politique avec un gamin de quatorze ans ? Ne haïssait-il pas la suffisance des élèves ? Ne s'était-il pas moqué de Rubin comme tout le monde ? N'enviait-il pas à Walling son autorité sur ses élèves ? Henry ne se serait jamais permis de contester une note avec Walling.

Il était à ce point plongé dans ses pensées qu'il traversa la cuisine et la salle de séjour sans lever les yeux du bout de ses chaussures.

« Georges ! »

Il y avait eu quelque chose de malveillant dans la façon dont Henry s'était frappé avec sa propre copie. C'était comme une façon de jeter un sort…

« Georges, ton copain est revenu aujourd'hui. »

Il leva les yeux pour découvrir Emma assise à côté de la fenêtre, une tasse de café posée à portée de main sur le rebord. Ses jambes étaient sèchement croisées. Il fut saisi par une impression inarticulée de dureté.

« Je suis fatigué », dit-il, tout en songeant : elle essaie de m'ensorceler avec ses jambes. « La semaine a été dure, et tout particulièrement aujourd'hui. » Il posa sa serviette sur la table de bridge, jeta son manteau sur le divan et s'assit en face d'Emma. Le dessin rigoureux de ses jambes s'adoucit. « Ernest ? » demanda-t-il.

Elle acquiesça. « Il m'a fallu un moment pour me débarrasser de lui. Georges, j'avais peur.

— De quoi ?

— On dirait que ça ne te fait rien », dit-elle tristement. Était-elle triste ? Cela lui importait… mais cela lui importait-il suffisamment pour qu'il fît l'effort de chercher ? De soutirer des bribes de vérité pour les assembler de sorte qu'elle aussi pût voir qu'elle n'était pas triste ? Ainsi, il ne la croyait pas, se dit-il.

« Veux-tu une tasse de café ? »

Reconnaissant, il accepta promptement cette offre. Avec un soupir – pour lui ou contre lui ? – elle se leva et passa dans la cuisine. Lorsqu'elle revint, elle lui tendit une tasse à demi pleine,

« C'est tout ce qui reste, dit-elle.

— Que voulait-il ?

— Il te cherchait, à ce qu'il disait. Il a traîné toute la journée autour de la maison, à la surveiller comme un spectre. Chaque fois que je jetais un coup d'œil dehors, il était là en train de regarder par une fenêtre – blafard, horrible ! Je lui ai dit que tu ne serais pas de retour avant tard ce soir. À un moment donné, je suis sortie et il m'a offert une cigarette. J'ai claqué la porte de la cuisine si fort que la clef est tombée dehors. Fichue maison de poupée... J'avais l'impression qu'il pourrait entrer et me fourrer dans un placard. Puis j'ai commencé à faire la vaisselle et il a frappé au carreau en me montrant sa cigarette. J'ai allumé une serviette en papier, j'ai ouvert la fenêtre et je la lui ai jetée à la figure. Il a ri tellement fort, Georges, qu'il est tombé par terre.

— Tu aurais pu le faire déjeuner. Tu aurais pu lui allumer sa cigarette. Tu aurais pu te conduire comme une personne adulte. »

Elle se mit alors à crier. « Bon Dieu ! Tu ne prends jamais mon parti !

— Si. Et arrête de hurler, pour l'amour du ciel ! Tu en fais un monstre ! Il vient me voir... et il tombe sur un bébé geignard ! Je n'ai pas envie d'en parler – pas maintenant, Emma. » Il monta lentement à l'étage.

Plus tard, elle vint se poster dans l'encadrement de la porte de la chambre.

« Tu m'as menti, dit-elle calmement. À ta manière habituelle. Tu as omis une chose ou deux, n'est-ce pas ? Il était entré dans la maison le jour où tu l'as trouvé. Mrs. Palladino dit qu'elle l'a vu entrer dans la maison lorsque je suis sortie me promener. Elle croyait que nous le connaissions. Si tu ne m'avais pas menti, je n'aurais pas eu peur. »

Il n'avait rien à opposer à cela. Il dit qu'il était désolé. Elle haussa les épaules. Il pourrait peut-être un jour la mettre au courant de ses projets, dit-elle... Comment se faisait-il qu'elle ait bavardé avec Mrs. Palladino ? demanda-t-il. Avec réticence au début, elle décrivit sa visite.

Lorsque Georges était parti, le matin, elle était restée un moment dehors, avec son bras autour d'un arbre. Elle avait si sommeil, dit-elle, qu'elle aurait pu s'écrouler par terre. La maison des Palladino brillait au soleil, blanche, silencieuse, et paraissait vide. Une porte avait claqué et Mr. Palladino était apparu sur le raidillon qui montait au garage.

« Ah..., soupira-t-il. Le temps se réchauffe, on dirait. »

Il portait une longue éraflure à la joue. Il ne fit rien pour en détourner son attention, mais resta planté devant elle dans une attitude qui tenait de l'humilité tandis qu'elle le dévisageait. Ses fins cheveux ressemblaient à ceux d'une poupée. Il semblait profondément préoccupé. Elle lui demanda s'il jouait quelque part en ce moment. Il ne parut pas surpris qu'elle sût qu'il était acteur.

« Brecht, répondit-il. J'en ai déjà assez.

— Pourtant, c'est merveilleux... d'avoir un engagement.

— Ce n'est qu'un projet expérimental, dit-il. Je ne suis pas payé. » Il sourit et la salua en portant un doigt à son front, puis passa dans le garage. Elle se sentit idiote de rester là à faire au revoir en agitant la main. Lorsqu'elle cessa d'entendre le bruit de sa voiture, elle revint vers la maison, oppressée par le sentiment de tout ce qu'elle avait à faire, des tâches qu'elle avait remises depuis leur déménagement. Aujourd'hui, elle était déterminée à s'occuper de tout. Mais elle n'avait pas sitôt résolu de s'attaquer aux planchers avec une brosse à décaper qu'elle songea au triste état du mobilier. C'était toujours pareil – résolution suivie de dissolution. Puis une fenêtre s'ouvrit dans la maison des Palladino et une petite main jeta une poupée de chiffon par l'ouverture. On entendit le bruit d'une claque, suivie des pleurs indignés d'un enfant. Une seconde plus tard, Mrs. Palladino apparut à la fenêtre, les cheveux pendant en longues mèches désordonnées de part et d'autre de son visage étroit. Elle appela Emma d'un signe de main impérieux.

Un « s'il vous plaît » bourdonna dans les hauteurs, faible gargouillis qui semblait n'avoir aucun lien avec la femme à l'air de furie. Deux petites frimousses se glissèrent devant elle et dévisagèrent Emma avec des yeux ronds. Elle mourait d'envie de voir l'intérieur de cette maison, mais elle hésita. Puis elle ramassa la poupée de chiffon et la tendit à bout de bras. Mais la fenêtre était fermée. Elle alla à la porte de derrière et attendit. Comme personne ne venait la faire entrer, elle poussa la porte et se retrouva dans une cuisine sombre et fraîche, qui sentait les pickles et le whisky. Les deux petites filles et leur mère se tenaient près du poêle, leurs bras entrelacés. Emma laissa tomber la poupée sur la table couverte d'une toile cirée où traînaient les restes d'un petit déjeuner anarchique. Une douzaine d'assiettes sales encombraient le plateau et d'un fouillis de coquilles d'œufs émergeaient des bouteilles de sauce et d'assaisonnement, ainsi qu'un nombre impressionnant de tasses de café. Une des filles étouffa un rire ; Emma vit qu'elles étaient toutes les deux nues. La plus âgée bondit vers la table et se saisit d'un énorme pickle dégoulinant de saumure qu'elle entreprit de grignoter. L'autre rit et se dandina d'un pied sur l'autre en secouant sa longue chevelure emmêlée. Mrs. Palladino quitta son coin et effleura le bras d'Emma.

« Restez, dit-elle. J'ai une machine formidable qui fait vingt-quatre tasses de café. Nous en avons pour des jours entiers. C'était un cadeau de mariage, je n'arrive pas à lui en faire faire moins. Vous en prendrez une tasse avec moi, n'est-ce pas ? »

La salle de séjour était aussi désordonnée que la cuisine. Des bouteilles vides, des vêtements, des assiettes et des livres, des jouets et des chaussures, des haillons et des trognons de pommes, des boîtes, une brosse à cheveux, des bobines vides, un pot de peinture blanche séchée avec une mouche morte engluée dans la peau, des croûtes de pain et diverses gazettes de théâtre s'amoncelaient aux quatre coins de la pièce. Une hilarité irrépressible s'empara d'Emma. Elle rit ouvertement, tout en hoquetant des excuses. Les filles riaient aussi, lui faisant du charme tout en naviguant adroitement dans la pièce, tandis que Mrs. Palladino, assise au milieu d'un tas de vêtements, souriait quelque peu douloureusement.

« Sheila n'arrête pas de jeter des choses par la fenêtre, dit-elle. Et je reste à la maison quand je peux éviter de sortir.

— Je ne sais pas ce qui me prend, dit Emma d'une voix étranglée.

— Rien. Ce n'est rien. Continuez, dit rêveusement Mrs. Palladino. Il n'y a pas tant d'occasions de rire. Mary, va nous chercher du café. » L'aînée, qui devait avoir dans les sept ans, avait trouvé quelque part une jupe en laine et la boutonnait autour de son ventre sans taille. Elle s'inclina solennellement devant sa mère et partit à la cuisine.

Les deux femmes se regardèrent. Mrs. Palladino tira un paquet de cigarettes écrasé de sous le tas de vêtements et en offrit une à Emma. L'accès d'hilarité était passé.

Emma perçut clairement que son hôtesse avait autrefois été une belle femme. Elle était grande et mince, avec des petits seins ronds qui se devinaient sous une robe bleue élimée. Elle était pieds nus et ses longues jambes se terminaient par d'interminables pieds osseux. Ses cheveux étaient de longueur inégale, d'un brun indéfini, et son visage presque lisse, hormis deux profonds sillons de part et d'autre du nez étroit. Sous d'épais sourcils, ses yeux enfoncés brillaient d'un éclat féroce, comme égaré. Rien n'était mignon chez elle, ni ses fines mains osseuses, ni ses longs bras de fillette. Mais son visage épuisé avait de l'autorité.

«Vous restez un moment? J'essaie de ne pas boire.

— Les filles sont si mignonnes, dit rapidement Emma. Toutes les deux.

— Cela fait une semaine que j'essaie, poursuivit Mrs. Palladino comme si Emma n'avait rien dit. Je voulais que Joe reste à la maison aujourd'hui. Les enfants ne suffisent plus, maintenant. On se bâtit un équilibre si subtil, vous savez, très subtil, des allumettes en fait... Cela fait longtemps que j'y réfléchis. J'imagine que tout le monde, moi mise à part, sait depuis toujours que la culpabilité n'est qu'un dérivatif de plus. Je l'ai seulement découvert ce matin. Vous souriez. Ne soyez pas gênée. Cette pièce est drôle, vraiment démente. J'ai songé à mettre le feu à tout ce fourbi.

— Vous devez avoir beaucoup à faire, dit Emma, en regrettant de ne pas avoir laissé la poupée à la porte de derrière.

— Ce matin, j'ai voulu embrasser Joe quand il est parti. J'ai trébuché sur quelque chose et j'ai découvert que c'était mes lunettes. Je les ai cassées. Alors il s'est mis à pleurer. Nous avons tous pleuré. J'avais oublié, vous comprenez, que j'en portais. Affreux… »

Emma attrapa la tasse de café que lui tendait Mary et la but d'un trait.

« Avez-vous vu un médecin ? demanda-t-elle, abandonnant l'illusion qu'il pût y avoir d'autres sujets de conversation. Ils ont de nouvelles méthodes… »

Mrs. Palladino écarta leurs méthodes d'un geste de la main. « Pour certains. Pas pour moi, dit-elle. J'ai peur de sortir de la maison depuis que vous avez emménagé, parce que juste une semaine avant je me suis écroulée sur la route… dans un fossé. Une garce de notre connaissance à dit à Joe qu'elle m'avait vue dedans et il est venu me chercher. » Elle s'arrêta, regarda la tasse qu'elle tenait à la main et la posa par terre. « Est-ce que le médecin me dirait la vérité ? Comment pourrait-il ? Je ne la trouve pas moi-même. Chaque fois que je regarde en arrière pour essayer de voir comment tout ça a commencé, le passé se réorganise à sa façon. » Elle leva les mains comme pour repousser quelque chose. « Non ! cria-t-elle. Pourquoi faut-il que j'accuse quelqu'un ?

— Mais ce n'est pas la question…, commença Emma.

— Je ne dois pas boire, coupa Mrs. Palladino. C'est *ça* la vérité. J'ai supplié Joe de rester, mais quelqu'un l'attendait.

— Il me parlait de la pièce, dit Emma.

— Je regrette, articula lentement Mrs. Palladino. Vous faites erreur. Il ne joue pas dans cette production. Bon… qu'est-ce qu'il lui reste à faire ? Vous savez, il n'y a pas grand-chose à *faire* dans la vie à partir du moment où vous ne pouvez plus vous raccrocher à la surface des choses. »

Elle sourit soudain à Emma. « Il n'y a que des vérités particulières, dit-elle. Ce que j'ai dit ne concernait que les gens comme moi. » Elle s'arrêta et jeta un regard effaré à Sheila, qui était assise par terre, un livre à l'envers entre les mains. « Sheila, tu tiens ton livre dans le mauvais sens.

— Je sais, dit la petite fille.

— Les femmes aiment Joe. Elles craquent pour lui dans l'ascenseur. Il n'y peut rien. C'est parce qu'il aime plaire. Je vous ennuie, n'est-ce pas ? Vous voyez, le problème c'est que je n'arrive pas à m'occuper pendant les mauvaises heures... C'est ce que font la plupart des gens, non ? » Elle, attendit qu'Emma réponde. « Enfin, comment pourriez-vous savoir ? demanda-t-elle tristement, comme Emma ne disait rien. Je veux dire, ils bouchent les temps morts à coups d'habitudes, les gens de théâtre, vous savez ! Le ressort de la pendule est cassé mais les aiguilles continuent à tourner. Ne pensez pas que je les critique ! C'est seulement que j'ai perdu le truc. On me parle, j'entends les sons mais pas le message. Ce qu'il faut que je fasse... » Elle s'interrompit subitement, tourna les mains, regarda ses paumes, puis les pressa l'une contre l'autre.

« Je ferais mieux d'y aller », dit Emma.

Mrs. Palladino la dévisagea fixement. Les enfants avaient disparu. Emma avait de la peine à respirer.

« Les gens se rétrécissent sur leurs choix, dit l'autre femme. Ce n'est pas la même chose que de changer. » Elle prit la dernière cigarette du paquet. « Tenez. Nous allons la partager », fit-elle en la tendant à Emma. La cigarette glissa des doigts d'Emma et les deux femmes s'agenouillèrent sur le plancher pour la chercher.

« Joe et sa poule me donnent seulement un prétexte de plus », dit Mrs. Palladino en passant une main sous le divan.

Elle trouva la cigarette et se rassit sur sa pile de linge. « Cette garce qui m'a trouvée dans le fossé aime bien me parler de Joe. On ne la voit que quand quelqu'un est en train de crever. Minnie l'indic.

— Minnie Devlin ? Je la connais.

— Tout le monde la connaît. Elle est un principe universel. "Joe, a-t-elle dit, ta femme est dans le fossé, en plein coma alcoolique."

— Je ne croyais pas qu'elle était comme ça. »

Il y eut un cri dans les régions supérieures de la maison puis un enfant sanglota.

« Ce n'est rien, dit Mrs. Palladino. Elles se bagarrent de temps à autre pour passer le temps. Comme des adultes. Autrefois, je serais montée en courant. Autrefois, je croyais avoir ce que je voulais. Mais était-ce vrai ? Nous allions quelque part, un été. Les bébés étaient enveloppés dans des couvertures et calés à l'arrière de la voiture avec des oreillers. Nous nous sommes arrêtés vers minuit pour réchauffer un biberon pour Sheila. Il y avait un snack là-bas dans les bois, complètement isolé. Joe en est sorti en courant avec un biberon dans une main et un gobelet de café pour moi dans l'autre. Nous sommes restés assis là un moment. Où tout ça est-il parti ? » Elle s'arrêta.

Ses lèvres remuèrent faiblement, comme si elle continuait de se parler à elle-même. Emma s'était levée et avait jeté un coup d'œil vers la villa. Ernest était adossé à la porte du garage. Elle dut laisser échapper une exclamation, parce que Mrs. Palladino fut soudain à son côté.

« Regardez la façon qu'il a de se tenir, dit-elle avec mépris. Il a décalqué son entrejambe sur son visage ! »

Emma regarda le profil mince et dur de Mrs. Palladino. Comme elle avait l'air cruelle !

« C'est tout ce qu'il y a chez lui », dit Mrs. Palladino. Puis elle raconta à Emma qu'elle avait vu le garçon traîner autour de leur maison quelques semaines auparavant, alors qu'Emma et Georges étaient, semble-t-il, sortis. Ses mains se contractèrent convulsivement, sa voix se perdit en un murmure indistinct. Elle appela les enfants – leurs prénoms se fondirent en un vocable unique tandis que sa voix se faisait de plus en plus aiguë.

Quand Emma fit retraite vers la porte de derrière, les petites filles filèrent sous son nez, vêtues de pièces d'habillement diverses. Sheila portait un vieux chapeau mou brun, et Mary avait noué ses cheveux avec un bas.

« Je ferais mieux d'aller voir ce qu'il veut, dit Emma.

— Vous feriez mieux de vous débarrasser de lui, répliqua Mrs. Palladino d'un ton indifférent.

— Il est le projet de Georges », dit Emma. Mais Mrs. Palladino l'avait oubliée. Elle avait pris les enfants dans ses bras et les embrassait furieusement. Le chapeau de Sheila roula par terre aux pieds d'Emma. Elle faillit se pencher pour le ramasser, mais elle se ravisa et quitta la maison sans dire au revoir.

Debout à côté de la fenêtre de leur chambre, à présent, Emma regardait en contrebas. « Tu ne peux pas t'imaginer… comme c'était bizarre ! Écoute… Je l'enviais presque. Tu ne trouves pas ça fou ? Je veux dire, elle était tellement *indifférente…* » Elle alla jusqu'au lit, où Georges était assis.

« Tu ne m'as pas dit la vérité, n'est-ce pas ? Sur Ernest ?

— Veux-tu être indifférente ? » demanda-t-il en levant les yeux vers elle. Elle haussa les épaules. « Il n'y avait pas grand-chose à dire sur Ernest, poursuivit-il. J'ai pu omettre une chose ou deux.

— Qu'a-t-il dit quand tu l'as trouvé dans la maison ? Dans quelle pièce était-il ?

— Je ne voulais pas t'inquiéter, dit Georges. Et il n'avait rien pris. Il écoutait la radio, je crois… »

Emma écrasa une cigarette d'un geste nerveux, puis, subitement, se prit les cheveux à pleines mains. « C'est toi qui me fais peur, dit-elle.

— Arrête de tirer sur tes cheveux comme ça !

— Qu'est-ce que tu veux dire – il n'avait rien pris ? Comment sais-tu ce qu'il aurait pu faire ? »

Georges rit. « Les diamants sont bien cachés.

— Tu n'as jamais regardé une vitrine de fripier ? On peut tirer de l'argent d'un vieil imper.

— Je l'ai fouillé », dit-il sèchement.

Le visage d'Emma lui dit qu'il la fatiguait, que devant son impénitence un être raisonnable ne pouvait rien.

« J'en ai assez de travailler pour gagner de l'argent, dit-il. Je veux faire quelque chose de plus.

— Entre dans une association.

— Je ne veux pas entrer dans une association. Je veux un objectif. Il peut être petit, sans prétentions, mais il faut qu'il soit solide. Si je peux aider Ernest…

— Tu le fais pour toi-même.

— Je me fous de savoir pour qui je le fais. Je veillerai à ce qu'il ne vienne pas quand je ne suis pas là. Je le ferai. » Il se tut. La pièce, et Emma avec, semblait lointaine. Il aurait pu être seul, parce qu'à cet instant il était heureux. C'était un triomphe que de ressentir du bonheur de façon si inattendue, si éclatante.

« Il est revenu, dit-il pour entendre ces mots.

— Ton jouet ! » s'exclama Emma.

Georges ne répondit pas. Il descendit à la cuisine et se versa un whisky tassé. Il eut un coup au cœur en voyant le niveau de la bouteille. Il faudrait qu'ils en rachètent une pour le week-end. Il se souvint du cognac de secours que sa mère gardait sur une étagère de la cuisine, au-dessus de la vaisselle, des cruches, des vases rarement utilisés, tout en haut, dans une région poussiéreuse à part.

Pauvre Emma, se dit-il, pauvre chose! Lentement, il remonta à l'étage.

«Ne nous disputons pas, dit-il. Un peu d'aménité...

— Oh, Georges, plus personne n'est amène.

— Essaie de comprendre.»

Elle le dévisagea froidement «Non, je ne peux pas. Mais laisse tomber, va. Je ne m'en mêlerai pas.

— Il n'est pas un jouet.

— D'accord. Ce n'est pas un jouet.»

Une trêve enfin. Emma n'était pas cruelle, après tout. Impulsive, parfois. Lorsqu'il l'avait rencontrée, la rapidité catégorique avec laquelle elle jugeait les gens l'avait charmé. Pour Emma, les gens étaient des ennemis ou des protecteurs. Bien que le charme se fût usé, il l'enviait parfois – sa perception des autres était dénuée de ces miroitements complexes et agaçants auxquels il était prompt – car, à l'intérieur de ses limites, elle était claire, tandis que lui, songeait-il, nageait dans un flou permanent. Elle pensait qu'Ernest était mauvais. Oui. Mais c'était *pourquoi*...

Ils dînèrent au moulin-restaurant et allèrent au cinéma à Peekskill. Georges gardait son bras sur son épaule ou tenait sa main dans la sienne. Elle était grave et tranquille, et ne fumait presque pas, le regard perdu par-delà ses propres horizons, tandis que la lumière grise de l'écran jouait sur les visages des spectateurs qui étaient rangés là comme des morts.

Durant le trajet du retour – il n'y avait aucune fraîcheur dans l'air, mais une tiédeur timide comme celle d'un soleil de fin d'après-midi – il garda la main posée sur le bras d'Emma et sentit une sorte d'élan sexuel monter en lui. Puis il fut triste sans savoir pourquoi ; le désir lui faisait mal à la gorge et il lui vint une étrange pensée. Il souhaita en avoir fini de faire l'amour. Elle était si tranquille à côté de lui, son visage, plongé dans l'ombre, méconnaissable.

Il se réveilla plusieurs fois au cours de la nuit et, incapable de se rendormir, descendit à la cuisine se confectionner un sandwich. Le sandwich n'avait aucun goût ; le pain était rassis et le fromage, essentiellement de la croûte. Puis il marcha d'une fenêtre à l'autre. Une lumière s'alluma dans la maison des Palladino. Il crut voir quelqu'un traverser une pièce en courant. La lumière s'éteignit. Il sortit. Les gravillons restaient collés à ses pieds. Il faisait froid – le ressac de l'hiver – et il savait qu'il ne pouvait rester longtemps dehors, bien qu'il eût aimé passer le reste de la nuit sous un arbre.

La lune s'était couchée tôt, mais les étoiles brillaient et il distinguait les squelettes des arbres, plus foncés que le ciel, parfaitement immobiles. Il n'y avait pas un souffle de vent, seulement l'air noir et frais. Il leva les yeux vers les fenêtres de sa propre chambre. Derrière elles commençait le fouillis de sa vie, au centre duquel respirait sa femme, blottie dans leur lit au milieu de leur bric-à-brac. C'était sa pelote. Il avait fait sa pelote. Cela ne pouvait pas signifier de l'argent pour lui. S'il était sage, il était quelqu'un qui ne serait jamais payé plus de huit mille dollars par an durant le reste de sa vie de travail. Lorsqu'ils s'étaient mariés, Emma avait protesté avec passion contre cette autolimitation. Mais elle avait renoncé. Elle commença à parler fréquemment de sa tante comme de leur dernier espoir. La vieille dame possédait trois maisons à Fall River. L'été, elle tenait un kiosque à souvenirs sur Nantucket. Elle mourrait bien un jour, n'est-ce pas ? Emma était sa seule parente. C'était une vieille dure à cuire, qui, l'été, se déplaçait à bicyclette, chaussée de tennis, ses cheveux gris serrés en un chignon. Georges l'aimait beaucoup ; cela le mettait mal à l'aise de spéculer sur ses sous.

Il frissonna et rentra. La maison était désagréablement chaude. Il avait envie de ressortir. Résolument, il monta à l'étage. Emma était étendue en travers du lit. Georges prit la couverture d'appoint dans le placard et alla s'allonger sur le matelas de la chambre d'amis. C'était parfait. Il n'y avait rien d'autre que le lit dans la chambre. Deux fenêtres ouvraient sur le ciel. C'était la chambre d'Ernest. Vide.

Pourquoi était-il aussi sûr qu'Ernest n'avait rien volé ? Il me l'a dit, pensa-t-il. Il aime entrer dans les maisons quand les gens sont sortis. Du voyeurisme ? Non, c'était quelque chose d'autre. Il ferma les yeux, et un souvenir lui revint. Il était parti en Californie avec une tante alors qu'il avait huit ans. Il s'était réveillé au milieu de la nuit – au milieu du continent – et, en collant un œil sur le centimètre de vitre embuée qui dépassait du bas des lourds rideaux verts du wagon-lit, il avait vu à travers un brouillard de vapeur et de neige un village, le genre de village qu'un enfant pourrait dessiner. La lumière jaune tombait en hachures sur le quai en bois de la gare et, au sommet d'une petite butte, il y avait un réverbère autour duquel la neige tourbillonnait. Juste en dessous, en écrasant son front contre le rideau, il avait discerné une route qui montait en lacets vers une rangée de maisons sombres dont les toits étaient surmontés d'épais chapeaux de neige. Quel mystérieux enchantement ! Le brusque jet de vapeur, le cri étouffé qui fit s'ébranler le train. Il avait gardé la tête tournée, son nez glacé collé à la vitre, jusqu'à ce que le village disparût, en se demandant qui vivait dans ces maisons. Son désir lui revint – être une centaine de personnes, vivre une centaine de vies !

Il s'endormit en trébuchant dans un paysage enfantin de fermes à grosses cheminées perchées sur des chemins comme des pilotis.

Il se réveilla tôt le lendemain matin. Emma dormait toujours, les deux oreillers jetés au pied du lit. Il prit un bain, se prépara un café instantané et contempla le verger qui miroitait sous le soleil. Les arbres semblaient vibrer, comme si quelque convulsion souterraine allait faire éruption. C'est beau, se dit-il, et je peux le regarder tout le restant de ma vie si je veux.

Lila et Claude attendaient devant la gare, blottis l'un contre l'autre au milieu de sacs de commissions.

« Dans quelques années, dit Lila, je serai l'une de ces vieilles cinglées qui arpentent Madison Avenue avec un cabas plein de vieux journaux.

— Qu'est-ce que tu as là-dedans ? demanda-t-il.

— Un gâteau. Une miche de pumpernickel. Un peu de whisky. Et du vieux linge de table à Maman dont je me suis dit qu'il pourrait faire plaisir à Emma. Je ne peux pas m'en servir. Claude voulait emporter son camion. Et... tu vois ce sac ? Ce sont des livres. Les siens. Il voulait à tout prix te les apporter. »

Claude ne disait rien.

« Claude, pourquoi tu m'apportes tes livres ?

— Ils sont de quand il avait trois ans, dit Lila. Je n'ai jamais réussi à m'en débarrasser. Il garde tout. Un véritable écureuil. N'est-ce pas, Claude ?

— Je veux aller devant, dit Claude à sa mère.

— Tu iras derrière. Laisse la place de devant à ta mère.»

Claude sanglota sans larmes.

«Oh, laisse-le monter devant! s'exclama Lila. Ça m'est égal.»

Ils chargèrent la voiture et, avec Claude penché en avant dans une attitude de concentration extrême, se mirent en route pour la dizaine de kilomètres qui les séparait de la maison. Chemin faisant, Georges montra ses repères personnels – le chêne au tronc épais surmonté d'une sorte de ramure de cerf; une maison rouge qui ressemblait à un fourgon, isolée au milieu d'un champ sans allée ni escalier extérieur, comme si une locomotive en folie l'avait abandonnée là; le ruisseau qui courait le long de la route – tout ce qui restait de la rivière qui alimentait maintenant un réservoir. En regardant dans le rétroviseur, il vit le sourire avachi de sa sœur et, agacé, se tut. Après un moment, elle se pencha en avant et croisa les bras sur le dossier de son siège en les appuyant contre les épaules de Georges.

«Tu as toujours aimé les beaux paysages, Georges. Tu te souviens, quand nous avions encore une voiture, lorsque Maman disait: "Montons voir la vue à Bear Mountain?" Tu voulais y aller, et moi, je voulais rester à la maison dans le grenier.

— Est-ce qu'il y a des lézards? demanda Claude.

— Des crocodiles de trois mètres dans le fond du lac, répondit Lila en désignant le réservoir d'un geste.

— Il va te croire, dit Georges.

— Non, tu penses... Il aime les histoires extravagantes. À propos: j'ai trouvé du travail.

— En un jour?

— Ce n'est pas tout à fait un vrai travail. Quand tu as appelé hier, j'attendais des nouvelles. Je ne voulais pas t'en parler tant que je n'étais pas sûre. Dans une librairie près de Columbia. Le type m'a téléphoné juste après toi. Je travaillerai de neuf heures à quatre heures et demie. C'est mal payé, mais pense au cadre ! Et je pourrai y aller à pied depuis chez moi. Et ça fait sérieux ! »

Toujours le même besoin de se déprécier qui contamine tout ce qui la touche, pensa-t-il. Ce n'était pas la peine de la rassurer ; tout ce qu'il pourrait dire serait absorbé dans son système de doute universel. Elle était arrivée si vite à une *pose* d'échec, sans l'avoir jamais réellement vécu.

En la regardant dans le rétroviseur, le visage momentanément au repos, il vit qu'elle était devenue vieille, beaucoup plus vieille qu'il se l'était jamais imaginé, et il fut ému à la pensée de son lien avec elle.

« Je suis content que tu aies pris ce travail, dit-il.

— Si tu veux l'appeler comme ça.

— Arrête ! Ça m'a l'air très bien. Tu ne te fatigueras pas trop et tu as toujours adoré les livres. »

Lila rit : « Oh, Georges ! Si je travaillais dans un restaurant, tu dirais : "Comme c'est merveilleux, Lila, tu as toujours aimé la nourriture !" »

Malgré son dégoût pour les paysages, Lila se récria devant le verger au bord duquel s'élevait la villa des Mecklin. Elle avait d'abord cru que la maison des Palladino était la leur, et elle continua à la regarder par les fenêtres de la salle de séjour comme si c'était le cas.

Plus tard, lorsque les deux femmes furent parties faire des courses à Peekskill, Georges prit la petite main raide de Claude dans la sienne et ils allèrent se promener au milieu des pommiers. Un hérissement de pins barrait la colline au-dessus d'eux. Une faux rouillée était pendue par la lame à une branche d'arbre ; Claude et Georges observèrent une fourmi qui parcourut le bord supérieur du croissant, puis le bord inférieur. Georges ôta sa veste et son stylo tomba à terre. Il le chercha dans les creux herbus qui séparaient les racines à demi déterrées de l'arbre.

« Qui c'est ? » demanda Claude.

Georges releva la tête pour découvrir Ernest, qui les observait à quelques mètres de là. À quatre pattes par terre, un genou douloureusement appuyé sur une racine, Georges se sentit soudain assommé. Il se redressa, se releva et alla trouver le garçon immobile. Ernest n'était pas à sa place dans un verger ; il semblait hors nature, un être sans lien avec les saisons.

« Désolé de t'avoir manqué hier, dit Georges.

— J'ai décidé de venir, dit Ernest. La semaine prochaine. Mardi, ça ira ?

— Oui. Vers cinq heures. Écoute, je vais te donner notre numéro de téléphone. Tu n'auras qu'à appeler si tu ne peux pas venir.

— Je ne veux pas votre numéro de téléphone.

— Qui es-tu ? demanda Claude.

— Godzilla, dit Ernest.

— Voici mon neveu, Claude, dit Georges.

— Je pourrai peut-être venir aussi le vendredi.

— Prends ce numéro de téléphone. Ce n'est pas la peine que tu viennes ici si je ne suis pas là. Il arrive que je sois retenu en ville.

— Pourquoi est-ce qu'il faut que j'appelle ?

— Je préfère », répliqua Georges.

Ernest remonta la fermeture Éclair de son blouson, puis la redescendit. Il portait une chemise de flanelle rouge ; le blouson était en satin miteux, mauve, comme en portent parfois les joueurs de basket.

« Vous vous y connaissez en algèbre ? demanda Ernest.

— Un peu. J'aimerais appeler ton collège. Il faut que je sache ce qui s'est passé... jusqu'où tu es arrivé.

— Nulle part », dit Ernest en se renfrognant. Claude poussa soudain un éclat de rire et lui attrapa le poignet. Ernest se libéra en tirant brusquement le bras.

« Godzilla est un singe, dit Claude.

— Ils croient que je suis malade en ce moment, dit Ernest. Si vous les appelez, ils sauront que c'est pas vrai.

— Il me semble que tu m'avais dit que tu avais abandonné le collège, dit Georges.

— C'est comme ça que j'ai abandonné – en étant malade.

— Je ne vais pas discuter de toi avec eux. Il faut que je connaisse le programme. Je ne sais pas ce qu'ils enseignent ici en terminale. Un collège est...

— Vous ne pigez pas ! dit Ernest avec colère. Je ne sais même pas calculer. Je n'ai pas ouvert un livre depuis, quoi... trois ans. Vous pigez toujours pas ? Je suis allé là-bas et ils m'ont poussé et poussé... Ils ne veulent plus me voir ! Ils m'appellent au bureau et ils disent "bla... bla... bla...". Ils ne rêvent que de me donner ce diplôme. Mais ils ne peuvent plus maintenant. Ils ont pu me faire monter des échelons mais ils ne peuvent pas me renvoyer. »

Claude poussait des petits cris taquins en essayant d'attraper le bras qu'Ernest balançait.

« Non, mais qu'est-ce que t'as ? T'es débile ou quoi ? » s'écria Ernest.

Claude hurla de rire et tomba par terre. « Godzilla ! hurla-t-il.

— Du calme », dit Georges. Ernest commença à s'éloigner. « Attends ! Reste déjeuner avec nous ! » Ernest pressa le pas.

« Où tu vas ? cria Claude.

— Occupe-toi de tes oignons », répondit Ernest.

Claude était en train de grimper dans un pommier.

« N'aie pas peur de lui, dit Georges. Il ne voulait pas être méchant. »

Claude se laissa glisser au bas de l'arbre, les bras serrés autour du tronc en suivant du regard la silhouette d'Ernest qui s'éloignait. Il y avait un air de tendresse sur son petit visage susceptible. Surpris, Georges s'aperçut que Claude souriait.

Pendant que Claude avalait son dîner de céréales et de tartines, les trois adultes burent le whisky de Lila dans la salle de séjour. La nuit tomba au rythme des coups de cuiller dont Claude martelait le bord de son assiette. Une étoile se leva à l'ouest.

« C'est Vénus, dit Georges. Regardez… elle ne scintille pas. Ça doit être une planète. »

Mais les femmes se récrièrent. « Pas à cette époque de l'année, dit Emma.

— Si c'est quelque chose, c'est Mars », dit Lila.

Deux femmes font toujours bloc face à un homme, se dit-il, mais il les regarda avec une certaine tendresse, assises chacune à une extrémité du divan dans leurs tenues de sortie. Elles étaient ses deux femmes, non ? Il rit intérieurement. Il sourit, et toutes deux lui sourirent en retour, plus lointaines que des planètes.

« Demain, ce sera Pâques, dit Emma. Tu crois que je donne son lapin en chocolat à Claude maintenant – qu'est-ce que tu en penses ?

— Mieux vaut demain, répondit Lila. Il va vouloir tout manger tout de suite et il aura une crise de foie.

— Ne le laisse pas faire, dit Georges.

— Ne le laisse pas faire ! » répéta sarcastiquement Lila.

Une porte claqua dans la maison des Palladino.

« Ce matin, commença Lila, ces deux types qui habitent au dernier étage sont descendus frapper à ma porte. Tu sais ce qu'ils avaient apporté ? Seigneur ! Ils sont toujours tellement outranciers ! L'un d'eux avait fait à l'autre un chapeau de Pâques en meringue avec des fruits confits. Ils disaient que ça ferait un petit déjeuner divin. Alors nous avons mangé le chapeau, puis ils ont pris des voix graves et ils ont eu une vraie conversation entre hommes avec Claude et ils lui ont dit de toujours aimer sa mère.

— Tu ferais mieux de faire attention, dit Emma.

— Oh… ils sont plutôt gentils avec nous.

— Méfie-toi. Ils haïssent réellement les femmes.

— Ils ne me haïssent pas du tout, dit Lila. Les mères, ce n'est pas la même chose que les femmes. »

On frappa à la porte de la cuisine. C'était Joe Palladino. Il savait qu'ils allaient à la fête des Devlin et se demandait s'ils pourraient l'emmener. Martha ne voulait pas qu'il prenne la voiture. La cadette avait mal aux oreilles, et s'il fallait l'amener chez un médecin…

« Certainement, dit Georges.

— Nous ne pouvons pas partir tout de suite, dit Lila. Il faut que j'attende que Claude soit endormi.

— Vous pouvez le laisser chez nous », proposa Palladino.

Emma lança à sa belle-sœur un regard d'avertissement.

« Ce n'est pas la peine, dit Lila. Je ne prends plus de baby-sitter. Je ne pense pas qu'il se réveillera. Ce n'est pas que je sorte si souvent.

— Vous buvez quelque chose ? » demanda Georges.

Joe sourit, acquiesça d'un hochement de tête et regarda les deux femmes.

« Une fête ! dit-il. Qu'y a-t-il d'aussi agréable qu'une fête ? Même chez les Devlin.

— Le sacre du printemps », répondit Lila.

Joe prit place entre elles sur le divan et les deux femmes semblèrent se rétracter légèrement. Georges apporta à Joe ce qu'il restait du whisky. Joe leva son verre, but, croisa les jambes, puis regarda alternativement Emma et Lila avec une sorte de satisfaction naïve. Georges, qui observait Lila, vit l'intérêt poindre sur son visage ; elle se redressa, étendit ses jambes sveltes et porta une main à ses cheveux. Son bras levé, son sein tendu et sa bouche écarlate semblaient projetés vers l'homme. Quelque chose traversa fugitivement la mémoire de Georges – Lila et lui, l'entrée sombre, sa mère endormie dans son lit, le souffle tiède et la main moite de Lila.

Ils parlaient tous les trois de théâtre. Ils semblaient surexcités. Ils ne cessaient de se pencher l'un vers l'autre pour allumer des cigarettes, et Emma, lorsqu'elle décrivit sa brève expérience théâtrale, posa une main sur le bras de Joe. Georges vit que Joe n'écoutait pas du tout ; ses yeux étaient fatigués, son sourire était vide et, au contact de la main d'Emma, son visage se durcit imperceptiblement.

« Fini ! » annonça Claude. Il avait apporté son bol à céréales dans la salle de séjour et le tenait maintenant à l'envers, si bien qu'un filet de lait goutta sur le plancher. Lila poussa un soupir théâtral.

« Essuie-moi ça ! dit Georges.

— Je vais le faire, dit Lila en se levant.

— Non, pas toi !

— Tu cherches la dispute, Georges.

— Claude, il y a une éponge dans l'évier. Va la chercher et essuie le lait que tu as fait tomber. »

Le garçon étendit les bras et laissa tomber le bol.

« Oh, Georges ! » s'écria Emma. Georges attrapa Claude par le poignet et le traîna jusque dans la cuisine. Il fourra l'éponge dans la main du garçon et le ramena dans la salle de séjour. Claude pleurait à chaudes larmes. Les autres ramassaient les débris du bol, qu'ils déposaient soigneusement sur la table, comme s'ils pouvaient être recollés.

« Essuie ! » ordonna Georges.

Claude se laissa couler à terre et éparpilla le lait à grands coups d'éponge convulsifs.

« À présent, nous n'arriverons jamais à partir », dit Lila. Emma fusilla Georges du regard. Palladino s'était réfugié dans un coin, à côté des fenêtres, et regardait pensivement le fond de son verre vide.

Pourquoi avait-il fait ça ? se demanda Georges. Quel bien cela ferait-il ? Aussi rapidement qu'elle lui était venue, sa rage l'avait quitté. Mais il fallait qu'il aille jusqu'au bout ; il devait emmener Claude à l'étage et le coucher dans le lit de camp qui avait été dressé dans la chambre d'amis. Il se sentit comme un idiot trépignant sur place avec son froc sur les chevilles. Le gamin hurlait comme un damné, les deux femmes regardaient Georges d'un air de dégoût.

Il attrapa Claude et le porta en haut. Le garçon s'était fait tout mou dans ses bras. Il jeta sur lui une couverture et lui fourra un oreiller sous la tête. Claude grogna ; ses jambes glissèrent de sous la couverture.

« Je vais te donner une bonne fessée ! Tu as compris ? » Mais il avait maintenant perdu toute conviction. Lila accourut et prit le garçon dans ses bras. Par-dessus son épaule, Claude jeta sur son oncle un coup d'œil en coin triomphant.

Ils furent en retard pour partir. Claude ne voulait pas laisser Lila s'en aller. Assis en silence dans la salle de séjour, Emma, Georges et Joe écoutèrent le murmure de la voix de Lila. La fête apparaissait à Georges comme une pénible corvée. Le fard à paupières d'Emma avait bavé et elle lui jetait des regards lourds de reproches avec des yeux de panda. La soirée avait tourné au vide, au désert. Avec sa maladresse, il avait semé la confusion partout ; il s'était mis les autres à dos en se bagarrant avec le gamin. Et pour quelle raison ? Il pensa à Ernest, probablement en train d'arpenter indolemment une rue obscure, sans rien faire.

« Ce n'était peut-être pas vraiment la peine », dit-il finalement.

Palladino hocha la tête. « Les gosses sont durs.

— Ma sœur fait l'erreur classique d'essayer de compenser ce qu'elle imagine manquer à Claude.

— N'est-ce pas ce que nous faisons tous ? » dit Palladino d'une voix douce.

Puis Lila, d'un pas léger de martyre, se glissa au bas de l'escalier.

La lourde porte s'ouvrit. Une voix mâle aboya dans la nuit. « C'est destiné au mitraillage matinal. Mais le spot est aussi délicat que ma femme. Ce que nous vendons est un silencieux péristaltique. »

Il y eut des rires – plusieurs voix, dont celle de leur hôtesse, Minnie Devlin, qui, dans l'ouverture de la porte, présenta à leurs pupilles écarquillées sa pâle bouche frémissante, ses dents aveuglantes et son halo de cheveux jaune pâle.

« Entrez, entrez, entrez ! » s'écria-t-elle, puis elle sortit la tête autant que le lui permettait son cou trapu. « Où est Martha, Joe ?

— Elle n'a pas appelé ? demanda-t-il.

— Non, elle n'a pas appelé, dit Minnie.

— Qui est là ? lança une voix dont le propriétaire ne tarda pas à faire son apparition derrière Minnie.

— Nos nouveaux voisins et ma vieille, vieille amie, Emma, et l'ami de tout le monde, Joe», répondit Minnie. Son sourire se perpétuait dans le jabot de sa robe ouverte sur la chair finement plissée de sa poitrine. Ses pieds enflaient comme des muffins par les ouvertures de ses sandales de daim. Charlie Devlin la poussa de côté. Il portait une cruche de Dry Martini dans une main et tirait sur le col de son pull-over blanc de l'autre. Le col était un monstrueux cercle de tricot; sa petite tête brune y reposait comme une olive sur une soucoupe.

«Donnez vos manteaux à Charlie, dit Minnie. Tu disais que Martha était malade, Joe ? Et qui est-ce là, habillée de mauve, ma couleur favorite ? La sœur de Georges, bien sûr ! Je le vois ! Je le sens ! Charlie, sers-leur à boire. Écoutez, tout le monde...

— Laisse-les entrer, Minnie», dit Charlie. Le petit groupe de la porte se défit. Ne sachant quoi faire de lui-même, Georges se dirigea vers le salon. Un homme imposant, vêtu d'un costume de marengo, trônait devant la cheminée, ses mains charnues largement tendues.

«Je suis Benedict Twerchy, dit-il. Et je suis ici pour vous dire que ce pays est en train de se casser la gueule ! Récite-leur ce poème, Charlie. Incroyable !

— Ben chéri, laisse tomber, lança Minnie, en sucrant l'air de son rire confit. Laisse-leur le temps d'attraper un verre.

— Où as-tu trouvé cet homme de couleur ? poursuivit Ben Twerchy, lancé comme une locomotive hors de ses rails. Charlie, comment tu les *trouves* ?

— J'ai un flair pour la culture et la joie de vivre, répondit Charlie. Qu'est-ce que vous prendrez, vous autres ? Dry Martini ? Whisky ? Annoncez la couleur. Mets un disque, Minnie. Vous aimez la stéréo ? »

Une blonde à l'air renfrogné, la trentaine passée, sirotait du scotch dans un grand verre en observant fixement Twerchy. Georges, qui se trouvait à côté d'elle, se présenta. « Maralin Twerchy », répondit-elle, puis, s'arrachant à la contemplation de son mari, elle pria Georges de s'asseoir – il n'y avait pas de raison de rester debout quand on pouvait s'asseoir.

« Qu'est-ce que tu as encore fait, Charlie ? » C'était Joe, qui tendait un Dry Martini à Lila.

« Rien d'extraordinaire », répondit Charlie avec un sourire musculeux qui réapparut par à-coups tout le temps qu'il parla, comme s'il y avait un faux contact dans son système de transmission. Il fit à Georges l'impression d'être à peine humain ; il avait jeté un vague coup d'œil à ses invités sans faire montre de la moindre curiosité. « Vous avez déjà entendu parler de Cleanth Smith ? demanda-t-il sans s'adresser à quelqu'un en particulier. C'est un poète noir *très* à la mode… Eh bien… nous avons ce nouveau sponsor… un antiacide bismuthé qui s'appelle “PC”… Smith disait qu'il n'était pas question qu'il parle dans une émission sponsorisée par un produit aussi vulgaire. Voyez ? Mais il n'avait rien contre le tranquillisant… c'est notre autre sponsor. Nous ne disons pas comme ça. Naturellement. On dit : “*sédatif*”. Comprenez, ça fait plus sérieux. »

Twerchy poussa un glapissement. Georges vit les mains de Mrs. Twerchy trembler soudain. Elle les serra sur son verre.

« Alors nous avons augmenté la mise. Et bien sûr, il est venu.

— Ce que je veux savoir c'est comment tu trouves tous ces gens, dit Twerchy en secouant la tête devant ce mystère.

— Minnie connaît tout le monde, dit Charlie. Tout le monde.

— Vous habitez par là, vous aussi ? demanda Georges.

— À un ou deux kilomètres d'ici, répondit Mrs. Twerchy. Ben tient la rubrique médicale dans une revue. Nous avons deux enfants. Nous connaissons Charlie depuis des années. Je vais à New York deux fois par semaine pour suivre mes cours. Je vais passer un M.A. [1] et puis j'enseignerai.

— Quelle matière ?

— L'histoire ancienne. C'est la seule espèce que je supporte. » Elle soupira comme si elle était soulagée – comme si, subodora Georges, elle pouvait maintenant revenir à ses propres affaires. Il apparaissait qu'elles consistaient à contempler son mari.

Emma s'était trouvé un coin. Georges essaya de croiser son regard, mais elle était occupée à faire l'inventaire de la pièce. Les vrilles de ses cheveux, l'expression concentrée et soucieuse de son visage lui donnaient un air enfantin. Elle devait avoir un accès de cafard, il le savait. Elle pensait aux avantages qu'elle aurait à être quelqu'un d'autre.

« Récite ce poème, Charlie », fit Ben Twerchy.

Charlie avait tiré une petite table devant lui. Dessus, il installait son attirail de fumeur – un cendrier, un coupe-cigare, un cigare dans son étui de cellophane. Il disposa ces articles, ainsi que son verre, avec un soin anxieux, comme s'il risquait d'oublier un élément clé de son confort. Se préparait-il pour une tornade ? En déballant son cigare, il leva un regard pensif. Du moins, il croit qu'il a un regard pensif, se dit Georges. Charlie psalmodia :

1. Master of Arts, équivalent d'une maîtrise ès lettres. *(N.d.T.)*

*Un battant de bronze dans une église de papier*
*Et moi, cerclé de cuivre,*
*Lesté de plomb,*
*Vieil opossum, déguisé en noir,*
*Près de dire*
*Aux Judas*
*Les mots de la résignation.*

« Maintenant, fais-le avec cet accent négro », demanda Twerchy.

Mais Minnie, qui passait des plats de pâté et de champignons saumurés, dit : « Tut tut, chéri ! On ne se moque pas de la *lutte*.

— C'est ce que tu faisais il y a vingt minutes. Qu'est-ce qui s'est passé ? » demanda Twerchy avec une moue obscène.

Minnie fourra un biscuit salé dans sa grande bouche.

« Un débile pareil, dit Devlin, qui écrit des conneries pareilles, et il refuse d'être sponsorisé par PC. Vulgaire ! »

Maralin se tourna vers Georges. Il eut l'impression qu'elle cherchait moins à le voir, lui, qu'à le détourner de son mari.

« Minnie nous a raconté que vous veniez tout juste d'emménager. C'est agréable, vous savez. Il ne reste plus beaucoup d'endroits près de New York où l'on trouve ce genre de campagne. Ce n'est pas comme une banlieue. Vous savez ? Il y a des renards et des chevreuils dans les bois. Vous avez vu le petit lac – non, non, pas le réservoir –, le lac qui appartient à Cunningham ? C'est « notre propriétaire à nous aussi. J'imagine que vous avez dû le rencontrer quand vous avez loué votre maison. Ou est-ce Campanelli que vous avez vu, son agent ? Cunningham est très âgé. Il a quitté l'Irlande il y a soixante ans et maintenant il est millionnaire. Un de ses fils s'est suicidé... C'est toujours comme ça, n'est-ce pas ? Votre femme se plaît ici ?

— C'est un gros changement pour elle. Elle a toujours vécu en ville.

— Elle n'aime pas, vous voulez dire ? On est tellement seul à la campagne », ajouta-t-elle avec l'accent du dilemme personnel. Elle finit son verre, puis le regarda sans mot dire. Ce qu'il avait pris pour de la mauvaise humeur n'était peut-être qu'une forme de désespoir concentré.

« Minnie me disait que vous étiez enseignant, dit-elle avec une sorte de déférence. Vous aimez ce que vous faites ?

— J'ai commencé par aimer, répondit-il. Oh... mieux qu'aimer... ça me semblait merveilleux. Maintenant... je ne sais plus. » Il eut soudain un choc en se rappelant combien cela lui avait autrefois semblé « merveilleux ». « Peut-être que je n'*enseigne* plus vraiment. Mais quelle différence ? » dit-il.

Elle prit sa main dans la sienne et la serra. Dramatiquement, intensément, il l'aima un instant. Elle relâcha sa main. Ils étaient de nouveau séparés.

« La semaine prochaine, Charlie commence sa série latino-américaine. Les danses, l'art, la culture indienne..., annonça Minnie d'une voix claironnante.

— Qu'est-ce que ça peut bien avoir à foutre avec les gens heureux ? demanda Twerchy brutalement. Ce qu'il leur faut là-bas, c'est une dose massive de ces tranquillisants que tu trafiques. Quelque chose qui les calme.

— En principe, ce ne sont pas des tranquillisants, Ben, dit Charlie avec irritation.

— Et puis quoi encore ? Je connais la musique. Tu crois que parce que c'est en vente libre ce ne sont pas des drogues ?

— D'accord, d'accord. Je vais te dire la vérité. Mon idée à moi, c'est une pilule à tout faire. Bang ! Règle tout d'un seul coup.

— Quelque chose qui supprime les femmes, dit Twerchy.

— Charlie fait un travail capital », déclara Minnie.

Twerchy s'avança d'un pas lourd jusqu'au milieu de la pièce. « Tu veux dire que je suis une vieille pute, Minnie ? Parce que je n'interviewe pas de singes savants à la mode dans ma rubrique ? »

Le bras dodu de Minnie vint enlacer la large taille de Twerchy. « Oh, mon chou ! Mais non ! s'écria-t-elle. Maralin, tu devrais réconcilier cet homme avec lui-même !

— Eh bien, je *suis* une vieille pute », déclara Twerchy en découvrant ses dents chevalines en un sourire menaçant. Puis il colla un baiser sonore sur la tête de Minnie.

« Sers-moi à boire, Ben », demanda Maralin en tendant son verre. Twerchy le prit sans la regarder.

Un enfant en pyjama bleu entra dans la pièce. C'était un petit garçon dodu et mignon, et il souriait tranquillement à l'assemblée.

« Trevor, mon petit ! lança Ben. Regardez comme ça a poussé ! Regardez comme c'est grand ! »

Minnie courut pesamment vers son fils, le souleva et le serra dans ses bras.

« Parmi les nombreux atouts de ma femme, il faut compter la vigueur toute paysanne de ses sentiments maternels, dit Charlie.

— Toujours commerçant », fit Twerchy.

Minnie sortit en emportant Trevor, qui jetait des regards pleins de convoitise par-dessus son épaule.

Georges chercha Lila du regard. Elle était avec Joe, debout devant une bibliothèque. Ils parlaient rapidement, d'une manière qui évoquait le chuchotement. Elle prit un livre et l'ouvrit sans le regarder.

« Vous voulez entendre notre stéréo ? demanda Charlie. Ça sera presque une première. Nous ne l'avons pas encore beaucoup écoutée. »

Ernest, lui, l'a écoutée, pensa Georges, et, en imaginant Ernest seul dans cette pièce, il se sentit gagné par une étrange gaieté.

Minnie revint, tout sourire. « Pas de musique maintenant. Fais passer tout le monde dans la salle à manger, Charlie. Nous sommes prêts », annonça-t-elle.

La table, qu'éclairaient quatre grosses bougies, débordait de nourriture. Il y avait de hauts verres à vin, aussi fins au toucher qu'à la vue, et un assortiment de cocottes dans lesquelles la nourriture bouillonnait. Charlie dirigea le placement des invités d'une voix de stentor. Ceux-ci se laissèrent tomber sur leurs chaises. Les froissements de serviettes, tintements de couverts et raclements de chaises donnèrent le sentiment d'une conversation ininterrompue. Georges était assis à côté de Minnie. En lui servant du vin, il éclaboussa un peu son assiette et elle éclata de rire – son bruit à elle. Il glissa un pâle sourire dans son sillage. Il remarqua que la couture de sa robe était déchirée sous son bras. Aimait-il enseigner ? demanda-t-elle. Bien sûr que oui, dit-elle avant qu'il eût pu répondre.

« Les enseignants trouvent toujours du travail », déclara Joe.

Emma releva la tête. « C'est ce qui ne va pas avec eux, dit-elle, ils sont toujours en train de monnayer leurs vieux bouts de crayon.

— Où ailleurs peut-on imposer ses propres opinions ? demanda Georges.

— D'où sortez-vous ? répondit Minnie avec espièglerie. Joe McCarthy a réglé les questions d'opinion.

— Ça dépend sur quoi, dit Georges.

— Les véritables opinions sont toujours contre l'establishment, déclara Minnie avec hauteur.

— Je ne vois pas comment on peut espérer la coopération du gouvernement quand on se propose d'apprendre aux étudiants comment le saboter », dit Georges. Emporté par l'entrain fiévreux dû aux deux verres de vin qu'il avait vidés coup sur coup, il balaya l'air de ses bras. « Allez, vous savez bien qu'on ne risque rien à être contre quelque chose ! Bon Dieu ! Vous lancez un crochet au système et vous retrouvez votre bras en train d'osciller gentiment, intégré au tableau.

— Qu'est-ce qu'il raconte, Charlie ? demanda Twerchy.

— Je veux dire qu'il n'y a pas moyen d'être impopulaire », répondit Georges. Twerchy l'ignora. Minnie gargouilla en levant un doigt malicieux, puis retourna à son os de poulet. Georges se sentit quelque peu paralysé par son éclat. Il avait trop mangé. Il se recala sur sa chaise et observa Minnie qui, tenant l'os entre deux doigts courts et grassouillets, lui faisait accomplir un mouvement de va-et-vient dans sa bouche. Son autre main était tendrement serrée contre sa poitrine tandis qu'elle se penchait sur son assiette. Elle faisait un bruit de bateau pris dans la tempête. Lorsqu'elle mâchait, ses oreilles craquaient. Elle abandonna l'os et se frotta une main contre l'autre, comme pour l'éteindre. Il entendit sa respiration se frayer un chemin à travers des couches de vêtements. Il espionnait. Pour détourner son attention de ses bruits intimes, il lui demanda si elle aimait la musique. Lui-même n'avait jamais pu être qu'un auditeur piteux au collège. On n'avait pas voulu de lui dans la chorale.

« La musique ! s'exclama Charlie en se penchant pour allumer un cigare à une bougie. Quelle question !

— Oui, approuva Georges. C'est une question difficile.

— Je veux dire... Minnie et moi, nous avons une collection de disques absolument sensationnelle !

— Trevor aime Monteverdi, gloussa Minnie. Charlie ! Ils ont tous leur assiette vide. Mangez ! Mangez ! »

Ils mangèrent ; ils parlèrent. Les cocottes de Minnie n'avaient pas de fonds. Les invités s'hébétèrent à force de nourriture et de vin. On aurait pu les cueillir un par un à la sarbacane. Seule Mrs. Twerchy refusa de succomber aux assauts répétés de Minnie. Du café apparut dans un énorme pot émaillé. Leurs yeux se polarisèrent dessus ! Les secours !

« Qu'est-ce que tu fais ces temps-ci ? demanda Charlie à Joe.

— Rien. »

Emma fit tomber sa petite cuiller à terre et l'y laissa. Twerchy, excentrique et gigantesque, bouscula la table en la ramassant. Il souffla sottement dessus et la lui tendit.

« Alors, tu es au chômage ? demanda Charlie.

— On est en train d'essayer certains trucs au studio. Tu sais... des trucs expérimentaux. Il y a des chances pour que nous fassions une tournée en août.

— Je n'aime pas l'Europe », dit Minnie.

Georges rit. Silence.

« Qu'est-ce qu'il y a de si drôle ? » demanda Charlie, ses petits yeux injectés de sang presque fermés, son visage à la fois dur et languissant.

« J'ai trouvé ça drôle, dit Georges. Tant de choses à ne pas aimer. » Pourquoi était-il pelotonné sur sa chaise ? Il se redressa.

« Minnie laisse de côté toute la merde, déclara Charlie en mâchonnant un nouveau cigare. Le monde est plein de merde ! Vous savez ça ?

— Vous n'avez donc jamais rien aimé ? » demanda Georges à Minnie.

Elle répondit à travers des éclaboussements, des chutes et des cascades de rire. Il n'arrivait pas à saisir ce qu'elle disait.

« Qu'est-ce qui te fait rire ? » C'était Maralin, et elle fixait intensément Minnie.

« Pourquoi vous êtes lugubres comme ça, tous ? demanda brusquement Minnie.

— Qu'est-ce qui te faisait rire ? insista Maralin.

— Comment veux-tu savoir ce qui fait rire quelqu'un ? » lança Twerchy à sa femme.

Minnie se leva vivement et se dirigea vers Twerchy. Se penchant par-dessus le dos de sa chaise, elle l'entoura de ses bras potelés.

« Ce qu'il te faut, c'est un cognac, déclara-t-elle en clignant de l'œil à Georges à travers la table.

— J'ai toujours rêvé d'aller en Italie, disait Lila. J'ai cette image qui me revient souvent, où je me vois marcher sur le Ponte Vecchio.

— Ma chère, vous auriez intérêt à courir sur votre Ponte Machinchose, répondit Twerchy en saisissant les mains de Minnie. Vous savez comment sont ces Italiens ! Tout ce qui bouge…

— Ta façon de parler ! s'écria Maralin en détachant les mots. Ta façon dégueulasse de parler ! » Elle se leva. « Je veux rentrer. Je ne me sens pas bien. » Puis elle s'affaissa, s'accrochant des mains au dos de la chaise. Elle leva les yeux vers Georges, le visage livide, épuisé.

Ils partirent. Minnie alla chercher leurs manteaux. Twerchy ne regardait personne, la tête baissée comme un taureau en colère. Maralin adressa un faible bonsoir au plafond de la salle à manger.

Puis Minnie apporta un plateau avec du cognac et des liqueurs. Sa voix se glissa dans leur silence. « Ça fait des siècles qu'ils n'ont plus fait ça, dit-elle. Dans le temps, ils n'arrêtaient pas de se disputer *en public*. Relation complètement pathologique. Les enfants en ont beaucoup souffert, bien sûr. Mais ce sont des gens adorables. Il est obligé de supporter beaucoup de choses. Maralin est un cas désespéré. Il a peur d'elle... C'est terrible, n'est-ce pas ? Ben est l'homme le plus gentil de la terre, n'est-ce pas, Charlie ?

— Il lui faudrait une femme comme toi.

— Tu veux te débarrasser de moi ? » répliqua Minnie en souriant.

Un spasme nauséeux secoua l'estomac de Georges. Il se noyait dans les sauces.

« Elle boit, en plus », déclara Minnie en regardant Joe de l'autre côté de la table. Joe remua son café et, d'un geste à peine perceptible, effleura le bras de Lila. Lila lui jeta un regard enflammé.

Ils revinrent au salon. Le cognac avait un goût visqueux dans la bouche de Georges. L'air semblait éventé – plus de feu dans la cheminée ; les cendriers étaient pleins ; la fraîcheur de la nuit s'était logée au creux de ses os. Il se sentait mélancolique et déplacé. Il voulait partir. Et qu'est-ce que c'était que cette manière de nourrir les gens – de les assaillir de nourriture ?

Emma demanda : « Quel est le taux de criminalité par ici ? Georges prétend que ce n'est pas la peine de fermer les portes.

— Ne jamais laisser la porte ouverte ! répondit Charlie. Jamais ! Je garde un fusil de chasse à portée de main. Je le nettoie toutes les semaines.

— Trevor ne l'a jamais vu, dit précipitamment Minnie.

Il ne sait même pas à quoi sert un fusil. Je veux dire que les pistolets à eau c'est parfait, mais rien d'autre.

— Alors vous allez élever une nouvelle race de chat, déclara tranquillement Joe. Comment est-il ? Sourd et aveugle ?

— À la pourriture du monde ! » s'écria Minnie. Elle eut soudain l'air féroce.

« Nous avons eu un visiteur, dit Emma en fixant Georges. Un visiteur inattendu.

— Quelqu'un a forcé votre porte ? demanda Charlie.

— D'après Georges, il était là, c'est tout, dit Emma. D'après Georges, il voulait de l'aide pour faire ses devoirs. Georges croit à l'innocence. Moi pas… pas chez ce gamin-là, un grand gaillard.

— Il n'était pas grand, dit Georges,

— Un gars d'ici ? demanda Charlie. Vous devriez faire attention. C'est un coin trouble. La crise économique. Beaucoup de voyous dans les bois.

— Quel âge ? » demanda Minnie.

Les Devlin l'observaient avec une attention concentrée, comme pour le presser de parler.

« Environ dix-huit ans. Ce n'est qu'un gamin qui a des problèmes scolaires.

— Ne croyez pas ça ! s'exclama Charlie. Comment savait-il que vous étiez enseignant ? Je veux dire… il est venu vous voir comme ça ? »

Georges ne répondit pas. Lila tendit son verre pour qu'on la resserve en cognac. Tous les autres l'observaient.

« Comment s'appelle-t-il ? demanda Charlie. Je peux me renseigner sur lui chez les flics. Si ça peut vous rendre service… Je connais toutes les huiles par ici.

— Je ne veux pas me renseigner sur lui.

— Il a peut-être besoin d'être soigné, dit gravement Minnie.

— Qui n'en a pas besoin ? » répondit Lila.

Minnie se tourna vers elle. « Il y a quand même des gens adultes sur cette terre.

— Qu'est-ce qui a bien pu se passer avec les Coocher ? demanda Joe. C'est eux qui habitaient votre maison avant, Georges. Ils ont disparu tout d'un coup. Je les connaissais à peine, mais ils avaient l'air sympathiques. » Il se resservit un verre de cognac.

« J'avais prévu que ça exploserait, déclara Minnie en observant Lila, qui s'était levée et se dirigeait vers la bibliothèque.

— J'aimerais bien comprendre vos raisons, dit Charlie à Georges. Je veux dire, qu'est-ce que vous pensez pouvoir faire pour ce gamin ?

— Je suis enseignant. Je me suis dit que je pouvais faire quelque chose », répondit Georges. Il les aurait volontiers tous tués. Il regarda Emma, mais elle détourna les yeux.

« Ça me fait de la peine pour les Coocher, dit Joe.

— Elle pouvait être impossible, affirma Minnie.

— Vous feriez mieux de compter votre argenterie, dit Charlie à Georges.

— Je n'ai pas d'argenterie, rien que des saloperies.

— Quand il faut vivre avec eux, tous les gens sont impossibles, dit Joe à Minnie, qui jeta un regard éloquent sur son mari.

— Vous auriez dû entendre l'émission que j'ai faite sur la délinquance à St. Louis, dit Charlie. Ça vous aurait ouvert les yeux !

— Je croyais que vous interviewiez des gens heureux.

— Mais oui. Les éducateurs sociaux étaient heureux.

— Mouais... bon, moi aussi je suis heureux.

— Comment disiez-vous qu'il s'appelle, Georges ? demanda Charlie.

— Je n'ai rien dit. »

Emma semblait sur le point de parler. Elle ouvrit la bouche, puis la referma.

« Et il avait une fille en ville, bien sûr, dit Minnie à Joe.

— Bien sûr, répondit Joe. Pauvres Coocher. »

Lila se manifesta soudain depuis son coin. Sa voix semblait extraordinairement sonore. « Je me fais du souci pour Claude. Je suis désolée... mais il risque de se réveiller... dans une maison qu'il ne connaît pas.

— Nous allons partir, répondit Georges en se levant.

— Ils sont imprévisibles à cet âge, disait Charlie. Ils sont capables de massacrer tout d'un coup une famille entière. Quand ils font le saut, c'est pour de bon.

— Claude a sept ans, dit fraîchement Lila.

— Claude ? Qui c'est, Claude ? demanda Charlie. Je parlais du petit copain de Georges.

— Schizophrène », laissa tomber Minnie d'un ton rêveur.

Les invités se retirèrent. Ils basculèrent dans la nuit claire et fraîche. Les Devlin, qui se tenaient par la taille, leur firent des signes d'adieu depuis le seuil de la porte.

« Seigneur ! s'exclama Joe. J'oublie toujours comment ils sont. D'habitude, ils ont toute une foule de gens et il y a moyen de se perdre. J'imagine qu'ils voulaient pouvoir vous étudier à loisir, Georges.

— Je parie qu'elle dort dans un lit en forme de cygne avec une collerette sale autour du cou, déclara Lila.

— Ce salopard et ses minables ambitions d'Irlandais. Je ne sais pas lequel des deux est le pire ! » dit Joe.

Ils n'échangèrent plus un mot tandis qu'ils roulaient à travers la campagne obscure, bosselée et informe sous le ciel noir. Ils déposèrent Joe à sa porte. Il y avait une lumière allumée dans la cuisine des Palladino. Emma se pencha par la fenêtre pour la regarder jusqu'à ce que Georges la tirât à l'intérieur de la voiture. Elle secoua son bras pour lui faire lâcher prise, et il rentra la voiture dans le garage en faisant grincer les vitesses.

« Qu'est-ce qui se passe avec sa femme ? demanda Lila. Minnie était pleine d'allusions grosses comme des maisons.

— C'est une éponge », répondit Emma d'une voix étranglée par les larmes.

Lorsqu'ils furent seuls, Georges l'attrapa par les épaules.

« Pourquoi ? Pourquoi mettre *quoi que ce soit* sur le tapis dans ce repaire de chacals ? Tu m'en veux à ce point ?

— Pourquoi, pourquoi ? Pour que tu voies ce que d'autres gens pensent de ta manière de jouer les salutistes avec des salauds pareils !

— Et qu'est-ce que tu penses des Devlin ? demanda-t-il en maintenant fermement sa prise.

— C'est sans importance. Il y a une façon de se conduire. Les gens peuvent être bons ou méchants. Mais il y a une façon... Il y a certaines choses que tout le monde, toi mis à part, semble savoir. Toi. Saint Georges.

— Seigneur ! Tout ce que je cherche, c'est un élève ! Quelqu'un débarque chez moi... tout d'un coup, j'ai une chance de faire quelque chose qui m'intéresse. Je m'ennuie. Je m'ennuie mortellement !

— Avec moi aussi ? interrogea-t-elle, les larmes aux yeux.

— Oh... » grogna-t-il, et il la libéra. Il descendit prendre du bicarbonate. Son estomac était barbouillé, ses sentiments sens dessus dessous. À quoi voulait-on l'acculer ? Qu'avait-il dit ? Il trébucha sur une pile de livres dans l'escalier et leur envoya un méchant coup de pied. Dans la lumière qui tombait de la chambre, il vit le titre de l'un d'eux : *La petite machine qui faisait tout*. Il eut un rire désespéré. Il y eut un écho. Il provenait de Lila qui était debout devant la fenêtre et contemplait la maison des Palladino.

« Tu ferais mieux d'aller te coucher », lui lança-t-il avec brusquerie.

Elle lui souriait.

« Je suis désolé que ç'ait été une soirée aussi con.

— Ça n'est pas ta faute, répondit-elle. Je ne sais pas pourquoi tu crois ça. »

Mais il le croyait effectivement. Il ne savait pas pourquoi, mais d'une certaine façon, c'était sa faute.

# 3

Bien que les Mecklin eussent prévu de partir le premier week-end des vacances de Georges, lorsque le soleil se coucha, ce vendredi-là, ils n'avaient toujours pas de destination.

Emma frissonna et alluma une lampe. Le soudain éclat fracassa les ombres claustrales de la salle de séjour.

« C'est une ampoule de cent watts, dit Georges. Trop forte pour cette lampe.

— Un siècle a passé, répliqua Emma, et nous sommes toujours assis au même endroit. Pourquoi est-ce qu'on ne part pas tout simplement ?

— D'accord, dit-il.

— D'accord », fit-elle en écho, et elle se leva. « Où ? Pourquoi ne pas embarquer dans la voiture et partir, tout simplement ? Vers le nord, ça te dit ?

— Nous ne pouvons pas faire plus de quatre-vingts ou cent kilomètres. Je ne veux pas passer le week-end à rouler. »

Elle s'écarta et lui offrit une minute la contemplation de son dos mécontent avant de passer dans la cuisine.

« Il faut que tu sois rentrée lundi, lança-t-il.

— Il n'y a pas grand-chose à manger », dit-elle d'une voix

assourdie. Il supposa qu'elle avait la tête plongée dans le réfrigérateur.

«Nous pourrions essayer les collines du Berkshire.

— Seigneur ! gémit Emma.

— Chaque fois que je suggère quelque chose, tu invoques le Seigneur», protesta-t-il. Il regarda ses mains dans la lumière aveuglante de l'ampoule de cent watts. Elles avaient l'air palmées. Il écarta les doigts.

Debout dans l'embrasure de la porte, Emma l'observait avec un sourire irrité. «Tu n'as aucune envie d'aller où que ce soit, dit-elle.

— Non, c'est vrai», reconnut-il.

Elle grignota un biscuit salé en le regardant. Quand elle eut fini, elle éclata. «Tu aurais pu le dire plus tôt. Je suis ramollie. Je n'y tenais pas vraiment. Pourquoi est-ce que nous avons continué à en parler comme ça ?

— Nous ne sommes pas obligés de partir», répliqua-t-il. Après l'apathie émoussée des deux heures précédentes, il éprouvait une énergie si féroce qu'il se demanda si elle n'avait pas quelque chose de morbide.

«Mais c'est la première fois..., protesta-t-elle. Nous sommes toujours partis quelque part chaque fois que nous en avions l'occasion.

— Non. Il y a eu une bonne douzaine de fois...

— Pas comme celle-ci. Tu sais ce que je veux dire !

— Tu es en train de faire une montagne de rien. C'est beaucoup plus simple que tu ne le penses.

— Comment peux-tu le savoir ? Ce que je pense...

— Ah...» soupira-t-il, puis il se leva et monta dans leur chambre. La lampe couverte d'un abat-jour en paille posée dans un coin, près de la bibliothèque, jetait une douce lumière sur les livres. Son cartable avait l'air gras et souple comme un animal brun. Le sombre cuir balafré, les dos des livres, un tabouret d'érable à trois pieds avec une chaussette grise sale posée dessus semblaient exsuder une sorte de tendresse envers lui.

Je dois être heureux, se dit-il, seul dans cet angle abrité de la pièce, léger de corps et d'esprit.

Soudain, du rez-de-chaussée monta la voix d'Emma. « Tu ne m'apportes jamais de fleurs ! criait-elle. Tu ne m'apportes jamais rien ! Qu'est-ce que je suis pour toi ? Une cause perdue ? »

Il fut secoué par un rire silencieux – une cause perdue, répéta-t-il pour lui-même – ou avait-elle dit : une « côte » perdue ? Puis il se précipita dans l'escalier et descendit en courant, oubliant ses chevilles ankylosées, glissant et dérapant jusqu'au salon où il se cogna dans les meubles et trébucha, de sorte qu'il s'engouffra dans la cuisine comme s'il n'avait qu'une seconde d'avance sur un glissement de terrain.

Emma était assise à la table et pelait une orange.

« Désolée, dit-elle calmement. Je dois être en train de perdre la boule. » Et elle lui tendit un quartier d'orange.

Le lundi, tôt le matin, il conduisit Emma à Harmon, où elle prit le train pour la ville. Il eut plaisir à l'observer tandis qu'elle attendait sur le quai en contrebas. Le jour était gris, et elle portait un imperméable bleu ciel. Elle avait l'air jeune et fraîche. À petits pas réguliers, elle arpentait le quai en compagnie des autres banlieusards, comme eux, une créature détachée de lui. Les jours où elle allait travailler à la bibliothèque étaient leurs meilleurs moments à tous deux. La routine qui s'était installée semblait l'apaiser. De temps à autre, elle s'achetait un chemisier ou un foulard dans l'une des petites boutiques qui avoisinent l'université. Elle aimait qu'il lui donne son avis sur ses achats. Elle essayait différents colliers avec le chemisier ou se faisait des coiffures avec les foulards.

Lorsqu'il revint, la voiture des Palladino était partie. Comme tout était silencieux ! Mais, au lieu de l'obscur malaise qu'il ressentait généralement lorsqu'il était seul, il se sentit transporté. Il se dirigea vers le verger, où le printemps lui-même devait sourdre quelque part au milieu des pommiers. Tout ce qu'Emma avait su trouver c'était un revolver en plastique. Mais non il était injuste ; comment savait-il ce qu'elle avait trouvé d'autre ? L'écoutait-il avec beaucoup d'intérêt... avec bienveillance ?

Brusquement, il voulut rentrer. Il se mit à courir ; il trébucha et aussitôt – division inexplicable – se sentit à la fois objet et observateur. Un embarras pénible s'empara de l'objet ; l'observateur sourit sans mot dire. Jamais auparavant il n'avait ressenti un tel silence intérieur. Était-il toujours là, masqué par les gestes de la vie ? Ce n'est que lorsqu'il entra dans la cuisine qu'il se rejoignit lui-même, en réalité. Au même instant, il reconnut l'origine de son besoin de courir. Ernest pouvait téléphoner.

Ce n'était pas raisonnable. Ernest n'avait aucun moyen de savoir qu'il serait chez lui. Mais la raison jouait légèrement sur la surface des choses, les arrangeant et les réordonnant après l'événement. Non, il n'y croyait pas non plus. Il était vrai que lorsque Emma et lui avaient parlé de partir en week-end, il s'était imaginé Ernest arrivant pour trouver une maison vide. Pourtant, la *raison* n'avait pas été Ernest, mais l'ennui. Il n'avait pas eu envie d'aller où que ce soit.

Au fur et à mesure que la semaine s'écoulait, il fut de plus en plus préoccupé par d'autres choses et ne jeta plus que de rares coups d'œil vers l'allée par les vitres de la salle de séjour.

Il lut beaucoup, même lorsque Emma était en ville. Il établit son programme pour les deux derniers mois de collège avec une minutie sans précédent. Il oublia cette curieuse coupure qu'il avait ressentie dans le verger ; sa vie, ses pensées avaient le sérieux pesant de l'ordre.

Le jeudi, il prépara un dîner raffiné pour Emma. Légèrement ivres, quelque peu débraillés, ils eurent une soirée comique ; ils parlèrent, jouèrent, plaisantèrent, et, un bref instant seulement, Georges se fit la remarque que tout cela était presque réel. Crânement, il écarta la question de la cuisine à ranger et entraîna sa femme à l'étage. L'obscurité de la chambre, la froideur de ses mains le dégrisèrent. Elle m'observe, se disait-il – mon Dieu ! à quoi pense-t-elle ? – et il se jeta sur son corps comme pour lui échapper.

Ernest fit son apparition tard dans l'après-midi du lendemain. Georges jeta un coup d'œil à la pendule de la cuisine et vit qu'il lui faudrait bientôt partir chercher Emma à la gare.

« Il aurait mieux valu que tu téléphones. Je dois bientôt partir. »

Ernest le dévisagea imperturbablement et s'adossa au mur. Il semblait ne pas savoir par où commencer. Finalement, de mauvaise grâce, il avoua que sa classe avait lu une pièce de théâtre, une pièce de Shakespeare. Laquelle ? Il ne s'en souvenait pas. De quoi parlait-elle ? D'histoires de rois, de sorcières. Georges lui donna son édition annotée de *Macbeth*. C'était bien ça ? « Peut-être », dit Ernest.

Ils s'assirent à la table de la cuisine. Georges lui demanda de lire. Il n'arrivait pas, dit Ernest. Il n'arrivait pas à comprendre les mots. Georges lut.

« C'est du bruit, dit Ernest après quelques minutes.

— C'est une histoire fantastique. Donne-lui une chance. »

Ernest rit. « Les sorcières…, fit-il.

— La prochaine foi que tu viens, apporte-moi un résumé de ce que je t'ai lu. Ça peut être très court, la longueur n'a pas d'importance. Prends le livre. »

Il fut en retard à la gare et n'offrit aucune excuse à Emma. Elle fit la tête. Lundi, il reprendrait le chemin du collège.

Ernest ne revint pas avant le mois de mai. Il régnait alors, tôt le matin, une chaleur intense qui préfigurait les mois à venir. Les vergers divaguaient dans un foisonnement laiteux. Un samedi, Georges prit son café dehors. Il renversa la tête et sentit l'humidité hivernale de ses os, la lumière du soleil sur sa peau hivernale. La terre était souple sous ses pantoufles. Emma allait maintenant se réveiller. Ses yeux s'ouvriraient tout d'un coup ; sans battre des paupières, elle fixerait le plafond. Puis elle soupirerait, se lèverait, irait à la fenêtre et regarderait dehors. Elle aurait rêvé. Elle rêvait toujours. Hier elle avait rêvé qu'elle tournait en voiture autour du réservoir. Elle n'arrivait pas à retrouver la route qui menait à la maison ; les cercles se resserraient – elle roulait sur l'eau. Si elle respirait encore une fois, la voiture perdrait ses propriétés magiques et elle sombrerait dans la vallée noyée, au milieu des tortues et des anguilles.

Il était secrètement affecté qu'elle prît si peu de plaisir à cette maison, à la campagne. Elle lisait rarement. Parfois elle allait de fenêtre en fenêtre et appuyait son front contre les vitres. Il la soupçonnait de le faire pour produire un effet. Mais lequel ? Bien sûr... elle avait entrepris d'aménager un potager, mais cela aussi était une cause de tracas. Lorsqu'il se mettait à pleuvoir violemment la nuit, elle se redressait et restait assise toute droite dans le lit en serrant les couvertures sur sa poitrine, maudissait la pluie, demandait pourquoi personne ne l'avait mise en garde lorsqu'elle avait planté à flanc de pente – tout allait dégringoler au bas de la colline ! Cependant, lorsque les petits pois avaient commencé à sortir, elle avait sauté au cou de Georges. Quel tour de passe-passe !

Lila et Claude étaient de nouveau venus passer le week-end. Après leur départ, le dimanche après-midi, Emma, mélancolique et désemparée, debout au milieu de la salle de séjour, contemplait les journaux répandus, la vaisselle sale sur la table. Pensant à Lila, il se tourna vers la maison des Palladino. Alors qu'il la regardait, une petite fille nue apparut au coin de la maison, venant de la cuisine. Elle s'accroupit dans l'allée et entreprit de remplir un seau de cailloux. Georges se dirigea tranquillement vers elle.

« Tu fais une collection de cailloux ?

— Petit déjeuner, dit-elle sans lever les yeux.

— Tu vas manger des cailloux pour le petit déjeuner ?

— Bien sûr que non », répondit-elle en le regardant à travers une masse de cheveux jaunes en bataille. Puis, d'un seul mouvement elle se releva et s'enfuit en courant vers l'arrière de la maison, le derrière brillant. Il avait envie de lui courir après, de l'attraper, de l'embrasser. Il sourit, et un rouge-queue se moqua depuis un arbre voisin. Une femme ouvrit la porte de derrière ; l'enfant se faufila à côté d'elle et il y eut un fracas de cailloux lorsque le seau fut renversé sur le carrelage.

« Bonjour », dit Georges. C'était la première fois qu'il voyait Martha Palladino de près. Elle croisa tranquillement son regard.

« Bonjour, Mr. Mecklin », répondit-elle. Puis elle passa un doigt au coin de sa bouche, comme si elle craignait qu'une miette y soit restée collée. Tout à coup, elle sourit. Il se dit qu'il n'avait jamais vu de sourire aussi charmant, aussi embarrassé. Il se serait approché si elle n'avait lentement refermé la porte.

Il remonta l'allée en pensant à Lila. Durant tout le week-end, elle n'avait cessé de poser des questions sur les Palladino, et Emma, d'ordinaire si peu commère – Georges se rappela que c'était un trait qu'il appréciait chez elle –, avait agrémenté les histoires de Minnie Devlin de ses propres impressions sur Mrs. Palladino. De temps à autre, elle jetait un regard timide à Georges. Il se dit qu'elle devait avoir la sensation d'être en train de le braver. Il est vrai qu'il s'était senti mal à l'aise, mais peut-être cela était-il dû au fait que Lila n'arrivait pas à détacher son regard de la grande maison blanche. Georges s'était rendu compte de son intérêt pour Joe le jour de la fête chez les Devlin. Mais les hommes et les femmes s'intéressaient toujours les uns aux autres, n'est-ce pas ? Qu'ils aillent plus loin, cependant, elle et Joe, était hors de question.

Pourquoi hors de question ? se demanda-t-il. Peut-être y avait-il déjà eu un rendez-vous ? Il pressa le pas pour mettre de la distance entre lui-même et la difficulté – pour étouffer ce frisson de peur que l'idée du changement faisait naître en lui. Mais cela ne la réconforta pas... Ces affaires existaient. Des affaires, dit-il à voix haute. Des gens qui ont des affaires. Il se retourna précipitamment vers la maison pour apercevoir Ernest qui entamait la montée de l'allée. Il portait un paquet de livres sous le bras. Georges fut étrangement touché de voir que les livres étaient serrés dans une sangle. Où Ernest avait-il dégoté ça ?

« Je n'ai pas pu venir plus tôt, dit Ernest lorsqu'il l'eut rattrapé. Il a fallu que je parte sur un boulot avec mon père... Ça a pris du temps. Et puis je suis allé à l'école, et je leur ai dit pour vous. Alors ce n'est pas la peine de les appeler. » Il brandit la sangle au bout de laquelle se balançaient les livres : un manuel d'algèbre élémentaire, une grammaire française

– « Je ne suis pas obligé de prendre le français, il paraît... mais je l'ai apporté quand même » –, un recueil de textes, *L'Héritage du passé*, et le *Macbeth* de Georges.

« J'ai écrit ce que vous m'avez demandé », dit Ernest en brandissant une feuille de papier. Les deux paragraphes étaient tout droit copiés du résumé acte par acte donné dans le livre. Georges ne dit rien. L'écriture d'Ernest était méticuleuse, ses lettres squelettiques et serrées les unes contre les autres.

Jusqu'à ce qu'Emma descendît de la chambre, ils travaillèrent sur la table de la cuisine, les livres ouverts devant eux. Georges résuma l'histoire de Macbeth. Ernest écoutait si attentivement que son beau visage dur sembla s'adoucir. Il avait l'air candide. « Tu écoutes, dit Georges.

— Ça colle quand vous le racontez comme ça », dit Ernest. Georges, surexcité, bouscula sa tasse de café et laissa les débris traîner par terre.

Ensuite il recopia une douzaine de problèmes d'algèbre. Ernest fit les deux premiers sans hésitation, ensuite il traça une ligne au crayon en travers de la page, puis une autre, en appuyant jusqu'à ce que le crayon cassât dans sa main.

« Non, mais qu'est-ce que ça veut dire ?

— Ça suffit pour aujourd'hui.

— Tu n'es pas censé venir le samedi.

— C'est maintenant que vous vous en souvenez ?

— Allez... terminons-en avec ces problèmes.

— Fini pour aujourd'hui. Je ne peux pas.

— Je ne te comprends pas.

— Qui vous a demandé de me comprendre ? Je ne peux plus. J'ai tout oublié. »

Lorsque Emma descendit, une demi-heure plus tard, Georges était en train d'édifier une pyramide avec des morceaux de sucre, tandis qu'Ernest, ses bras inoccupés d'adolescent étalés devant lui sur la table, l'observait avec fascination. Emma dit bonjour à Georges, puis d'une voix durcie par un ton accusateur demanda s'il avait fait du café. Elle était partout dans la cuisine, remuant les casseroles d'une main, serrant son peignoir de l'autre. Il n'avait jamais remarqué auparavant qu'elle louchait lorsqu'elle était énervée. La franche colère était une chose, mais ces petits accès de rage avaient quelque chose de comique ; peut-être à cause de la confusion des motifs de cette rage, se dit-il. Cependant, il s'excusa en lui avouant qu'il avait fini le café. Elle répondit en ouvrant le robinet à plein débit. Ernest referma le livre d'histoire, qui était ouvert sur la photographie de la momie d'un pharaon.

« Il faut que j'y aille », dit-il en se levant, sans cesser de tourner le dos à Emma, qui n'avait pas fait mine de s'apercevoir de sa présence – du moins, pas directement.

« Tu crois que tu peux lire la pièce maintenant ? Il est important que tu travailles un peu entre les fois où nous nous voyons. Je crois que tu pourrais aussi travailler sur cette page d'équations que nous avons commencée. Et si tu lisais ce chapitre sur la Mésopotamie…

— Je l'ai déjà lu.

— Relis-le. »

Ernest jeta un coup d'œil vers Emma ; elle était penchée sur la cuisinière, l'œil fixé sur l'eau d'une petite casserole sous laquelle elle avait ouvert le gaz au maximum.

« O.K. Mais je ne l'aurai pas.

— Nous travaillerons jusqu'à ce que tu l'aies », dit Georges avec entrain.

Ernest ramassa ses livres et noua la sangle autour. Juste avant de refermer la porte, il lança : « Au revoir, Emma. »

« Seigneur ! Il est insolent !

— Ça t'aurait fait mal de lui adresser la parole ?

— Tu n'as pas entendu la façon dont il m'a parlé ?

— Tu te conduis mal. Reviens un peu en arrière ! Tu l'as décontenancé. Qu'est-ce que tu attendais de lui ? Qu'il te supplie de remarquer son existence ?

— Encore un peu et tu vas me dire que c'est un bébé qui pleure parce qu'il a sali ses couches.

— Je n'ai pas dit ça...

— Je suis la brute... qui martyrise le petit garçon.

— Il grandit vite. Bientôt tu en feras un vieillard lubrique.

— Tu ne te soucies pas de ce que je ressens ?

— Tu ne sais pas ce que tu ressens, dit-il abruptement. C'est à ça que servent les bonnes manières – à faire tourner la machine quand on ne sait pas. Reprenons. Je m'intéresse à lui. Il vaut la peine que je me donne du mal pour lui. » Elle se mit à pleurer, enfouissant son visage dans ses mains, si bien que son peignoir s'ouvrit. Elle portait un short et un chemisier.

« Tu es habillée ! Pourquoi tu as mis ton peignoir ? »

Elle s'enfuit hors de la cuisine et monta l'escalier en courant. Georges coupa le feu sous la petite casserole, d'où l'eau s'était presque toute évaporée. Il prépara un pot de café. Il s'assit un moment, les mains croisées, et regarda par la fenêtre. Rien n'avait jamais pris une tournure aussi nette entre eux que cet antagonisme au sujet d'Ernest. Quelles disputes avaient-ils eues jusque-là ? Les chamailleries nerveuses qui revenaient de temps à autre étaient sans importance. Ils étaient certainement déçus tous les deux, mais n'était-ce pas le cas de la majorité des gens ? N'était-ce pas le propre des adultes – d'être capables de combler le fossé entre les espérances et la réalité ? Connaissait-il quelqu'un qui ne souffrît pas de la suppuration du mécontentement ? Ce flux d'irritabilité, de frustration était dans l'air que l'on respirait. Pourtant, il ne leur était rien arrivé de grave, lui semblait-il. Il n'y avait aucune raison de s'affliger.

Peut-être, s'il donnait des cours d'été, pourrait-il gagner assez pour l'emmener quelque part. Ils avaient passé une semaine agréable dans le Vermont, il y avait des années, peu après leur mariage. Un après-midi, ils avaient remonté une rivière sur plusieurs kilomètres jusqu'à ce que le crépuscule obscurcît les bois ; quel enchantement que le murmure de l'eau dans l'obscurité ! Debout sur la berge de la rivière, il s'était senti soutenu, exalté par son appartenance à la nature, aux bois, à la vie invisible tout autour d'eux ; l'énergie de l'eau en mouvement était son énergie aussi. En revenant par la route de terre qui menait à Putney, elle avait trébuché sur une racine et s'était écriée qu'ils étaient entourés de serpents. Il avait trouvé sa sottise charmante. Qu'est-ce qui les avait diminués ainsi ? Sur quoi *lui* avait-il trébuché ?

Il allait lui monter son café. Il allait s'asseoir sur le lit et la serrer dans ses bras, et ils allaient parler.

Mais lorsqu'il y fut et qu'il lui tendit sa tasse, elle était si différente de la personne qu'il venait d'évoquer qu'il la dévisagea fixement, comme s'il cherchait à replacer un visage rencontré autrefois.

« Essayons de ne pas nous disputer », plaida-t-il auprès de la femme qui était étendue sur le lit. Ses yeux cernés de rouge le dévisagèrent en retour.

« Nous ne savons pas ce que... », dit-elle.

Ernest commença à venir fréquemment, sa présence se mêlant inextricablement pour Georges à l'adoucissement du paysage, à la chaleur qui s'abattait sur la campagne comme un vêtement de fin tissu. Il avait réussi à aider le garçon avec sa trigonométrie, bien que cela signifiât de sacrifier une large part du temps libre dont il disposait au collège à l'étude des textes mathématiques. Walling, regardant par-dessus son épaule à la bibliothèque et voyant ce qu'il lisait, lui demanda sarcastiquement s'il voulait échanger le foutoir de la littérature contre l'ordre des mathématiques.

Au début, Ernest avait été capricieux, incapable de tenir en place, parlant rapidement de sa voix sourde des gens de la ville qui avaient emménagé dans les maisons proches du réservoir au cours des dernières années. Parfois il en parlait comme un général décrivant le territoire qu'il se proposait d'attaquer. Parfois il offrait à Georges un inventaire d'objets, désirés, impossibles à obtenir – « Où les gens trouvent l'argent ? Où et comment ? Plus de chaussures que je n'en ai eu de toute ma vie... des mallettes d'outils, impeccables... est-ce qu'ils ne s'en servent jamais ? Des appareils électriques, des trucs qui font tout... Bon Dieu, comment font-ils ? »

Georges ressentait une intense commisération ; il essayait d'adoucir la frustration d'Ernest en lui expliquant qu'il n'y avait aucun mystère dans cette profusion matérielle. Mais tout en parlant, il se sentait devenir verbeux et mal à l'aise, comme s'il mentait subtilement. Ernest se mettait alors à rire ; la tension de son visage laissait place à une concupiscence brutale tandis qu'il décrivait d'autres choses qu'il avait vues. Georges voulait se convaincre que ces histoires qu'Ernest racontait si voracement n'étaient en réalité qu'une défense. Les scènes étaient dépouillées de toute humanité, comme les graffiti dans les pissotières, et elles hantaient Georges : Charlie Devlin arrosant de gin sa grosse femme nue et hilare ; Martha et Joe Palladino se tabassant l'un l'autre et pleurant, tandis que les enfants les observaient de derrière un meuble ;

Benedict Twerchy injuriant sa femme d'une voix cassée par la colère, debout devant elle, à moitié nu, cachant d'un journal ses parties génitales riquiqui, tandis qu'elle lisait un livre comme si de rien n'était. « Un grand bonhomme comme ça ! » avait dit Ernest en se tordant de rire. Il y avait des fois où Georges se noyait dans la chair – son odeur, sa terrible douceur. Honteux, il dormait sur le côté d'un sommeil léger, comme un couteau posé sur le tranchant. Ils « s'aimaient », comme Emma et lui avaient toujours dit, et le matin leurs visages étaient aussi lisses et vides d'expression que des pierres ; pas de témoin pour confirmer ce qui s'était passé pendant la nuit.

Si ç'avait été tout, il aurait abandonné Ernest à la rue. Ça n'était pas tout. Ernest aurait aimé aller en Égypte, disait-il. Il aurait aimé voir ces pyramides, ces vieux os enveloppés dans des linges jaunis, ces barques des morts. Un samedi après-midi, Georges l'emmena au Metropolitan Museum et Ernest rumina longuement devant les vitrines de verre dans lesquelles reposaient les momies.

Ils avaient fini *Macbeth* – c'était plus une traduction qu'une lecture – et étaient passés à *Jules César*. Lorsqu'il s'agissait d'histoire, Ernest devenait agité et irritable. « Je ne suis plus, disait-il. Je ne vous entends plus. C'est juste du bruit. » Ils s'arrêtaient alors – c'était une flamme si fragile que Georges tentait de nourrir, peut-être, se disait-il souvent, seulement un reflet de la sienne propre – et Georges parlait. Le monde des Anciens était reconstruit sur la table de la cuisine, une parodie distordue dont les traits étaient gouvernés par les intérêts d'Ernest. Georges guettait les indices : une lueur dans le regard, un sourire, un grognement de surprise, un air d'incrédulité.

Il fallait qu'il convainque Ernest de – de quoi ? Le convaincre qu'il s'était passé beaucoup de choses auparavant, qu'il n'était pas né des arbres et des pierres pour se retrouver sur une planète morte recouverte de trottoirs qui ne conduisaient nulle part. Il se permettait donc une sorte de libre réarrangement des paysages enfouis du vieux monde. Parfois, en entendant sa propre voix, il était frappé d'y trouver une force insoupçonnée, mais d'autres fois il étouffait sous la contrainte que lui imposaient les limites d'Ernest. Il se voyait en fournisseur de magazines illustrés. Il prenait alors un ton sec. Ce n'était pas la peine d'étudier la Grèce si l'on était incapable de comprendre la signification de la *polis*. Il y avait un ordre correct et un autre qui ne l'était pas, un enchaînement : il y avait des causes et des effets, pas seulement la grande poussée des événements.

« Racontez-moi encore des choses sur les pyramides, sur les esclaves qui étaient tués, sur la façon dont ils mettaient leurs tripes dans des pots. Parlez-moi de ça... »

Exaspéré, Georges passait à autre chose – aux mathématiques. Alors Ernest travaillait bien, comme si une autorité impersonnelle avait pris les commandes.

Georges commença a s'apercevoir qu'Ernest était trop maigre, que sa pâleur de nonne n'était pas naturelle. Il lui donna de la nourriture ; Ernest l'absorba sans intérêt. Une fois, il lui demanda si son père savait qu'il venait chez lui.

« Je ne l'ai pas vu depuis un bout de temps, avait répondu Ernest.

— De quoi vis-tu ?

— Il m'a laissé de l'argent. »

De temps à autre, Georges lui donnait un dollar ou deux. Il les prenait sans rien dire, regardait les billets, puis les fourrait dans sa poche. Georges était bizarrement satisfait de ce silence. Il se demanda ce que faisait Ernest quand il n'était pas avec lui. Il l'avait vu une fois en allant chercher le journal du dimanche à Peekskill, dans un groupe au coin d'une rue. Ils attendaient que quelque chose se passe, se dit-il, un élan, n'importe quoi. Il n'avait aucun mal à se remémorer l'ennui de sa propre adolescence – cette oisiveté suffocante, lorsque tout était offert et rien n'était donné. Traîner, attendre. Mais il avait eu un serrement de cœur en voyant Ernest au milieu des autres.

Pourtant, il était sûr qu'Ernest changeait. Il ne lui racontait plus ce qu'il avait vu par les fenêtres des autres. Au début, Georges lui avait expliqué à quel point c'était moralement déplaisant, mais cela ne l'avait avancé à rien. Ernest avait souri. Puis il parla des risques qu'il prenait. Ernest haussa les épaules. Mais il s'arrêta.

Un après-midi, il interrompit Georges alors qu'il lui expliquait la conspiration contre César. Il dit qu'il avait assisté à un tabassage la nuit précédente. Non, pas derrière une fenêtre. Lui et des copains à lui avaient attrapé un garçon de couleur.

« Pourquoi avez-vous fait ça ?

— Il était trop noir, dit Ernest. Je n'ai fait que regarder. Je ne l'ai pas touché.

— Tu aimes regarder ?

— Ouais, j'aime ça. Il était trop foutrement noir. »

Georges le dévisagea sans mot dire.

« Vous avez l'air tellement *délicat*, dit le garçon en éclatant de rire.

— Je pourrais te dénoncer pour ça.

— Non, vous ne pourriez pas. C'est inventé.

— Je pourrais vérifier ça aussi.,

— Bon Dieu ! Vous en faites une tête !

— Va-t'en ! Reviens quand tu sauras te conduire comme il faut. »

Bousculant sa chaise, riant toujours, Ernest courut à la

porte tandis que la chaise heurtait bruyamment le sol. Il hésita, la main sur la poignée.

« Il faut que j'y aille. C'est tout pour aujourd'hui, de toute façon. »

Georges commença à empiler des livres.

« Allez ! Vous fâchez pas. Je voulais vous faire marcher.

— C'était réussi, dit Georges.

— Je regrette », dit Ernest. Surpris, Georges se retourna pour le regarder. Il ne riait pas. « Je vais ramasser la chaise », dit-il, et il revint vers la table, remit la chaise d'aplomb et regarda Georges dans l'expectative.

« Bon, dit Georges. Mais plus de ça. Le monde est déjà suffisamment pourri.

— Pourri », répéta le garçon et il disparut avec un hochement de tête.

Emma se tenait dans l'embrasure de la porte. Elle le regarda sans rien dire. Elle traversa la cuisine jusqu'au réfrigérateur et l'ouvrit.

« Il faudra que je fasse des courses demain. Ça ira, du hachis pour ce soir ? On manque d'à peu près tout.

— Parfait.

— Qu'est-ce qu'il s'est passé ici ?

— Je l'ai un peu trop poussé. Il en a eu marre de m'écouter. »

Ils n'avaient plus parlé d'Ernest depuis la scène que lui avait faite Emma le premier dimanche de mai. Il ne pensait pas qu'elle eût changé d'avis ; mais cet avis était devenu souterrain. Sauf lorsqu'ils ne pouvaient l'éviter, ils éludaient la question. Si elle avait besoin de la cuisine, elle lui demandait de travailler dans une autre pièce. Et avec la vague idée de rassurer Emma, il n'avait pas emmené Ernest au musée un jour où elle avait pris des dispositions pour aller rendre visite à Minnie Devlin. Pourtant, le tranchant de sa désapprobation devait s'émousser, ne serait-ce que parce que c'est ainsi que ça se passe ; on finit par apprendre à vivre avec les choses une fois qu'on a cessé d'en parler.

Il ne voulait rien provoquer, mais il voulait parler d'Ernest. Il l'observa. Elle coupait une tomate en tranches, ses doigts la touchant à peine, tenant précautionneusement le couteau dans l'autre main.

« Tu veux un œuf poché avec ?

— Oui. »

Elle soupira et tira sèchement la porte du réfrigérateur.

« Je crois que j'ai réussi à l'intéresser, dit Georges. Pour la première fois de sa vie… à quelque chose d'autre que lui-même. »

Elle cassa un œuf et le laissa tomber dans une soucoupe. Puis elle lui tendit une boîte de conserve. « Tu peux m'ouvrir ça ? L'ouvre-boîte patine. Il faudra en acheter un autre.

— Je commence seulement à comprendre que la capacité de s'intéresser est un luxe, tu sais ? Ça se transmet – comme les immeubles. Les gens comme Ernest n'héritent pas de cet intérêt.

— Ce n'est pas la peine, fit-elle sèchement.

— Qu'est-ce que tu veux dire ? J'essaie de te faire comprendre quelque chose.

— Tu as gagné, n'est-ce pas ? Faut-il en plus que je rentre dans le fan-club ?

— Je n'aurais jamais cru que tu m'en voulais à ce point.

— Oh, mais si, tu le sais parfaitement ! C'est ça le pire.

— Je ne suis pas sûr de savoir quoi que ce soit sur toi.

— Ne commence pas. Je peux traduire : ce que tu veux dire, c'est que tu crois tout savoir sur moi et que tu n'aimes pas ça.

— Je n'aurais pas dû en parler.

— Exactement.» Elle écrasa le hachis dans la poêle avec une spatule. Il remarqua que son visage était grêlé de petits boutons autour de sa bouche et il se souvint soudain du menton tavelé de Mrs. Twerchy et de la façon dont elle essayait de le dissimuler derrière sa main. Il s'avança vers Emma et passa les bras autour de sa taille.

«Les examens seront bientôt finis. Partons en week-end. Sérieusement. On m'a dit que Narragansett valait la peine. Ça te dirait?

— Oui, dit-elle. Ça me dirait. Pouvons-nous nous le permettre?

— Non. Mais nous le ferons quand même. Combien cela nous coûtera? Cinquante dollars pour le week-end?

— Ça serait formidable», dit-elle.

Elle lui apprit alors que Lila avait appelé dans la matinée pour demander si elle pouvait venir passer le week-end.

(De temps à autre, Georges restait en ville jusqu'à cinq heures, heure à laquelle Emma finissait à la bibliothèque. Ils attrapaient le train pour Harmon à l'arrêt de la 125ᵉ Rue.)

Le lendemain, un des jours où Emma travaillait, Georges appela Lila et lui demanda s'il pouvait passer chez elle. Pouvait-il venir à la librairie? lui demanda-t-elle. Elle travaillait jusqu'à quatre heures et demie.

En sortant du collège, il prit l'autobus de Broadway jusqu'à Columbia, descendit à la 116ᵉ Rue et se retrouva au milieu d'une cohue d'étudiants qui traversaient vers la bouche de métro, vers les librairies, vers les restaurants fichés dans l'alignement lugubre des façades de Broadway.

Lila était devant un rayonnage de Penguin. Elle avait meilleure mine qu'il ne lui avait vue depuis longtemps. Elle portait une veste sable et une jupe marron, sa riche chevelure modestement nouée sur la nuque. Il y avait un changement subtil dans son allure, un côté pimpant. Il était réellement content de la voir et il colla sa joue contre la sienne dans un élan d'affection.

« Tu as l'air en pleine forme, dit-il.

— Ça va. Regarde-moi ces livres ! Est-ce qu'on ne dirait pas des antipasti ? Tu te souviens des librairies de quand nous étions gosses ? »

Un jeune Noir appela : « Lil ! », et Lila se tourna vers lui. « Tu as trouvé Arthur Machen quelque part ? demanda-t-il.

— J'ai appelé partout, répondit-elle. *La Colline des rêves* est épuisé. » Elle se pencha vers Georges. « Tu ne trouves pas ça mignon ? "Lil". Je crois que je vais faire changer officiellement mon prénom... C'est un amour, ce garçon. Il est étudiant en droit. Et il connaît tous les livres qui ont jamais été édités.

— Comment va Claude ?

— Au début... Bon, ça va bien maintenant. Ils le gardent à l'école jusqu'à cinq heures. Il n'aime pas ça. Georges ? Écoute, j'ai appris quelque chose. On ne peut pas discuter avec un gosse. Ils ne connaissent que le *fait accompli*[1] !

— Emma m'a dit que tu voulais venir passer le weekend.

— J'ai appelé. Oui. Tu as trop de travail ? Ça tire à sa fin, n'est-ce pas ? Les examens et tout ?

— Viens, bien sûr. Ce week-end si tu veux.

— Comment vont tes voisins ? » Elle souriait légèrement. Il prit son bras et ne répondit pas, mais lui jeta un regard interrogateur.

« Tous ces gens que j'ai rencontrés...

— Lila ? Tu n'es pas en train de commencer quelque chose, si ? Les Palladino sont dans une mauvaise passe. »

1. En français dans le texte.

Elle lui fit lâcher prise en secouant le bras. « Il ne peut pas s'intéresser à moi… tu penses ! »

Elle le laissa planté là et alla prendre un sac en papier derrière le comptoir de la caisse.

Elle enleva sa veste lorsqu'ils sortirent dans la rue. « L'été arrive », dit-elle. Elle portait un mince pull-over, et il vit qu'elle avait grossi. Il voulait l'interroger sur Joe Palladino, mais il avait peur de son sourire, peur qu'elle mente de manière à lui faire deviner la vérité. Ils marchèrent en silence jusqu'à la 113e Rue.

« Voici Claude », dit-elle en montrant le bas de la rue. Claude était debout à côté d'une bonne sœur à peine plus grande que lui.

« C'est la sœur Eulalie, dit Lila. Une vraie petite souris grise. Elle dit qu'on peut guérir les maux de gorge en suçant un morceau de sucre.

— C'est une école catholique ? demanda-t-il avec surprise.

— Non, non ! Des épiscopaliens. Exactement ce qu'il faut pour Claude. Très structuré, comme ils disent.

— Écoute, Lila… Tu sais que je veux que tu sois heureuse.

— Heureuse ! » s'exclama-t-elle avant d'éclater d'un bref rire bruyant, comme une quinte de toux. « Tu crois toujours à cette vieille chimère, Georges ? »

Quatre jeunes gens passèrent. Ils étaient physiquement différents, mais leurs visages affichaient tous le même air renfrogné et maussade. Ils étaient maigres, hirsutes, chargés de livres, débraillés, et leurs bras et jambes semblaient avoir été assemblés sans grand respect pour la symétrie. « J'ai vu l'avenir et il marche [1] », dit Georges. Au même moment, l'un

1. « *I have seen the future and it walks* » : cf. « *I have seen the future and it works* », phrase restée célèbre du journaliste américain Lincoln Steffens après son voyage à Moscou en 1919. *(N.d.T.)*

d'eux se retourna et regarda Lila et ses seins proéminents. Son visage n'avait pas la moindre expression. Le mouvement de la main que fit Lila pour se protéger fut à peine perceptible.

« Il fait frisquet, dit Georges. Tu ferais mieux de remettre ta veste.

— Oui, effectivement », répondit-elle. Il la regarda descendre la 113e Rue en direction de Claude qui, s'arrachant à la main de la bonne sœur, courut à sa rencontre.

Peu après, il retrouva Emma devant la bibliothèque. Elle clignait des yeux comme une chouette au grand jour. « J'ai passé une éternité dans les rayonnages, dit-elle.

— Prenons un verre avant de rentrer. Ça te rendra la vue.

— Nous allons rater le train de cinq heures vingt.

— Il y en a d'autres. »

Ils traversèrent d'un pas alerte le campus enclos de pierre. Comme il était étrange que, sans la toucher, il pût se sentir proche d'elle. Peut-être était-ce parce qu'ils étaient environnés de gens. Peut-être se sentaient-ils mieux en ville.

Le bar était une caisse de résonance baignant dans une froide lumière bleutée. Les tubes au néon qui faisaient le tour des murs au-dessus des box évoquaient l'équipement médical. Elle ne serait plus en état de cuisiner si elle prenait un Dry Martini, dit-elle. Il lui répondit de ne pas s'en faire – ils mangeraient des œufs et des toasts.

« Qu'est-ce que tu penses de Lila ? » demanda-t-il, surpris de sa propre question.

En fait, il était en train de penser à Rubin, qui avait provoqué une nouvelle crise au collège en demandant que les terminales soient encouragées à organiser un débat politique hebdomadaire. Le premier sujet, avait dit Rubin, devait être une discussion sur la Chine communiste. Walling avait rétorqué qu'il restait un certain nombre de choses à propos desquelles on avait le droit à l'intimité, et que l'une d'elles était la Chine rouge. Pourquoi pas un débat sur les déviations sexuelles ? Voilà qui était un sujet tout indiqué pour une discussion publique. Georges avait été frappé par l'aspect comique des deux personnages : Rubin, caoutchouteux, suant et outragé et Walling, raide, calme et féroce ; ce qui les séparait n'était pas tant des idées que l'opposition fondamentale de leurs tempéraments.

« Où es-tu ? demanda Emma.

— Oh… je repensais à ce qui se passe en ce moment au collège.

— Tu m'as posé une question sur Lila. C'est étrange. Tu ne l'avais jamais fait.

— Eh bien ?

— Je ne sais pas si je l'aime vraiment. Peut-être que je la connais trop bien maintenant. Elle est beaucoup plus âgée, non ? Que moi, je veux dire. Je crois que je la supporte quand elle est mélancolique, tu sais, quand elle devient tranquille. C'est cette frénésie qui m'agace.

— Elle est déplacée ?

— C'est ça. Elle approche de la quarantaine, n'est-ce pas ? Et elle a fait un tel gringue à Palladino l'autre soir chez les Devlin. Ça paraissait fou. J'ai repensé à lui… J'ai l'impression qu'il est englué dans une sorte de rôle de soupirant adolescent dont il ne peut pas se débarrasser. Je veux dire, c'est un sac d'os si tu le regardes vraiment. » Elle avait l'air dégoûtée. « Elle devrait se trouver quelqu'un à sa taille… si l'on peut dire. »

Oubliant un instant le malaise que ses paroles faisaient naître en lui, il tendit une main par-dessus la table et prit la sienne, mais elle la retira aussitôt.

« Tu es surpris, affirma-t-elle. Tu es surpris que j'aie autant de choses à te dire sur elle. Tu crois que je n'existe que lorsque tu me regardes ? »

Il fut assailli de remords. Il devait reconnaître qu'il y avait du vrai dans ce qu'elle disait. Lila serait-elle déjà chez elle ? Il lutta contre un désir subit de lui téléphoner. Que pouvait-il lui dire ? Qu'elle devait faire preuve de patience jusqu'à ce que l'âge l'oblige à remballer sa marchandise ?

« Oh, regarde ! » s'exclama Emma.

Un petit chien jaune s'était faufilé dans le bar en profitant de l'entrée d'un groupe de gens. Il avait les oreilles couchées, la queue entre les jambes. Il rampa entre l'ombre et la lumière jusqu'à leur table, où il leva servilement son museau étroit.

« Pourrions-nous le ramener à la maison ? Il est perdu. Oh, le pauvre ! Tu as vu cette façon qu'il a de courir de travers ? »

La queue du chien balaya le sol en un frétillement hésitant.

« Nous ne pourrions pas le prendre dans le train, dit Georges.

— Ils doivent bien avoir un fourgon à bagages. Nous pourrions peut-être monter avec lui ? Regarde comme il a les côtes saillantes !

— Il n'y a pas moyen de le ramener à la maison, Emma, dit-il avec irritation. Viens. Nous ferions mieux de partir. »

Le chien les suivit jusqu'au bar, où Georges régla leurs consommations, puis passa la porte sur leurs talons.

« Nous allons prendre un taxi », dit brusquement Georges.

Emma jeta un coup d'œil à travers la vitre arrière du taxi vers l'endroit où le chien se tenait toujours. À contrecœur, Georges suivit son regard. Au même moment, le chien partit en courant vers le bas de la rue et alla se perdre dans la foule.

« J'aurais dû l'attraper et l'emmener, dit-elle comme pour elle-même. J'aurais pu... »

Georges avait vidé son Dry Martini d'un trait lorsque le chien était venu à leur table. Il avait l'impression de se figer, comme si toute sa substance était en train de se coaguler. Ce n'était pas le moment de prendre un taxi. Son salaire n'arrivait que dans une semaine. Emma et lui avaient gardé des comptes en banque séparés ; celui d'Emma était censé pourvoir aux extras, à ce qui venait en sus du loyer, de l'alimentation et de l'entretien de la voiture. Mais il s'avérait que c'était d'habitude lui qui les payait aussi. Il sentit le vif élancement d'un ressentiment inexprimé contre elle et son chaste livret de banque.

Combien de temps cela faisait-il qu'il ne s'était pas offert quelque chose de neuf ? Ses vêtements étaient si vieux qu'ils pendaient sur leurs cintres comme d'humbles effigies de lui-même. Dans son ignorance féminine, elle s'imaginait que ces choses lui étaient indifférentes.

Le train était bondé et ils ne purent trouver de places voisines. Elle était plusieurs banquettes devant lui. Il apercevait le sommet de sa tête et parfois son profil lorsqu'elle regardait de l'autre côté du couloir. Il pensa à ses observations sur Lila. Infantile Lila. Mais Emma n'était pas à ce point plus jeune. Qu'aurait dit Lila sur elle ? Est-ce qu'on ne reconnaissait que soi-même dans les autres ? Bien sûr, il y avait des différences majeures entre elles : Lila était expansive. Elle n'avait pas de secrets. Emma, de son côté, était capable d'arrondir son petit compte en banque avec une tranquille persévérance. Était-il réellement si petit que cela ? Tous les quinze jours, elle devait « aller à la banque ». Il la voyait filer au guichet des livrets d'épargne de son petit pas pressé de machine à coudre, parcourir du regard la colonne de chiffres. Il était ensorcelé – il trouvait stupéfiant de pouvoir rester assis là quand il aurait voulu dévaler le couloir, l'attraper, et exiger de savoir exactement combien elle avait accumulé au cours des années. Foutue fourmi !

« J'aimerais que nous ayons un chien, dit-elle sur le trajet du retour de la gare.

— Tu m'as dit il y a déjà longtemps que si tu avais un chien tu le gâterais. Alors laisse tomber ! Je croyais que c'était un bébé que tu voulais.

— Comment ? Par parthénogénèse ? »

Il grogna. « Est-ce que tu imagines que tes délicats soupirs de résignation ont de quoi encourager qui que ce soit ? »

Elle lui répondit tranquillement : « Non. Je ne disais pas que c'était ta faute. Mais il y a quelque chose qui ne va pas, n'est-ce pas ?

— Ouais... bon, pour quoi comptes-tu t'en servir ? » Mais il ne savait pas s'il parlait d'argent ou de sexe.

« Je ne crois pas que nous puissions en parler.

— Attaque en traître... tu m'assommes un bon coup et ensuite tu prétends être une observatrice impartiale !

— Je suis désolée », répondit-elle froidement.

Ils s'étaient mariés des années auparavant, à l'apogée d'un échange de confidences – l'ultime secret qu'il leur restait à partager avait été sa demande et le consentement d'Emma. Ils s'étaient mariés en Pennsylvanie, dans un endroit qui s'appelait Cherry Grove.

« C'est une vérité universellement reconnue, avait écrit Jane Austen, qu'un homme seul, en possession d'une bonne fortune, doit avoir besoin d'une femme. » Mais il n'avait pas de fortune ; à l'époque il avait eu besoin d'un travail. Jetant un coup d'œil à son profil à la fois si mystérieux et si familier, il eut la même impression que s'il l'avait frappée. Elle l'*avait* touché ; il avait *voulu* l'aimer. « Je t'aime », murmura-t-il à voix haute à des inconnus.

Il entendit l'exclamation étonnée d'Emma. « Prends-moi la main », demanda-t-il d'un ton pressant, et il ôta sa main droite du volant et la tendit vers elle. Elle la prit, mais elle avait attendu un instant de trop ; leurs mains jointes étaient inertes – ce n'était pas du tout ce qu'il avait voulu.

Ce soir, il faudrait qu'il commence les bulletins ; certains le feraient frémir d'agacement. Le collège n'abandonnait jamais. Les étudiants qui échouaient semblaient sa *raison d'être*[1] ; des parents outrés devaient être amenés à une patience qu'ils ne pouvaient que feindre. « Doit prendre de l'assurance... » Combien de fois lui faudrait-il écrire cela d'ici la fin de la journée ? Mais était-ce de l'assurance ? Et l'échec ? Peut-être le vieux Ballot avait-il raison. Ni ceux qui parvenaient au succès factice d'une série ininterrompue de A, ni ceux qui enduraient sans espoir leur emprisonnement scolaire n'étaient motivés. Quant à ceux qui avaient un véritable goût pour l'étude, ils étaient invincibles ; qu'ils échouent ou qu'ils réussissent, ils apprenaient toujours. Ballot disait que l'objet de l'enseignement était de rassembler les égarés. Les brebis égarées, avait dit Ballot. Et Ernest, c'était un loup égaré ?

Il faisait nuit quand Georges gara sa voiture à côté du vieux break des Palladino. Il passa devant Emma pour allumer les lumières. Elle le dépassa dans l'escalier, l'air assez contente d'elle-même, trouva-t-il. Pris d'une espèce de faim sans signification – rien ne lui faisait envie à cet instant –, il ouvrit le réfrigérateur.

« Georges ! »

Percevant la peur dans sa voix, il courut au salon et commença à monter l'escalier, le cœur battant.

1. En français dans le texte.

« La radio a disparu ! » cria-t-elle. Comme il ne disait rien, elle répéta : « La radio…

— Qu'est-ce qu'elle a ?

— Je viens de te dire qu'elle avait disparu.

— Où ça ?

— Elle a été volée. Et ce n'est probablement pas tout.

— La radio, répéta-t-il. D'accord. Je vais aller le chercher. » Il s'enfuit de la maison avant qu'elle eût pu ajouter autre chose.

Cela faisait près de cinq kilomètres jusqu'à Peekskill. Avec un peu de chance, Ernest serait encore sur la route. Georges ne savait même pas où il habitait. Il descendit la route goudronnée jusqu'à l'embranchement qui conduisait à la vieille mine d'émeri. Là, il s'arrêta. À quoi bon continuer ? S'il trouvait Ernest, si le garçon avouait qu'il avait pris la radio, déposerait-il une plainte à la police ? La pensée de ce qu'Ernest pourrait faire, de ce qu'il pourrait faire lui-même dissipa son sentiment de honte – une honte qui, d'ailleurs, était plus la sienne que celle du garçon.

Rien ne l'avait préparé à cela. Il n'était pas assez idiot pour croire qu'Ernest n'avait jamais rien volé. Georges l'avait vu empocher quelques feutres, mais ouvertement, presque comme une démonstration de confiance en Georges.

Baigné de sueur, les mains serrées sur le volant, il se dit que c'était un test, même si son orgueil criait sa révolte. Ernest l'avait trahi, *lui*. Son idée de sauvetage – qu'avait-il souhaité ? Ernest était un voleur ; son voyeurisme n'était pas un passe-temps naïf, mais une déviation de mauvais augure, et lui, Georges Mecklin, l'imbécile, avait voulu le transformer en lui offrant des héros morts et des poètes morts.

Il n'appellerait pas la police. Se venger était vil ; qu'était-ce qu'une radio ? Si Ernest ne revenait jamais, les choses en resteraient là. Georges aurait au moins essayé. Mais il y avait des limites à la compréhension.

Il fit faire demi-tour à la voiture et repartit. Au bout du chemin, dans des pièces illuminées, sa femme attendait. Quelle scène était-elle en train de préparer ? Allait-elle être désolée pour lui ? À l'heure qu'il était, Ernest devait être en train de trimbaler la radio dans une sombre rue de Peekskill. La vendrait-il ?

Emma avait réchauffé de la soupe et fait griller du pain. Sur la table de la cuisine nue, une fourmi rampait d'un bol de soupe à l'autre. Puis elle chercha son chemin dans les replis d'une serviette en papier. Attendant qu'Emma dise quelque chose, il regarda la serviette. Quand elle la secoua, la fourmi tomba sur ses genoux. Il réprima son envie de rire lorsqu'elle se leva brusquement, le regard baissé sur son inviolable personne.

Il lui dit qu'il n'avait pas trouvé Ernest. Elle hocha la tête sans paraître surprise. Elle ne s'était pas attendue à ce qu'il le trouve, dit-elle. Mais il ne tirerait pas grand-chose d'une radio comme ça – elle ne l'avait pas payée cher.

« Dommage pour lui que nous n'ayons rien eu de valeur », dit Georges. La soupe lui brûlait la bouche. Il ne trouverait pas de réconfort ici.

« Je suis désolée. » Elle paraissait sincère. Elle était désolée pour lui.

« C'est plus compliqué que ça.

— J'ai seulement dit que j'étais désolée.

— … parce qu'il s'avère que tu avais raison. » Dans ces circonstances, cela devait être agréable d'être désolée.

« Prends des toasts.

— Je le referais. Cent fois.

— Tu veux du café ?

— L'apparence est tout. Nous vivons au bord du désastre en imaginant que nous sommes dans une cuisine.

— Qui ça ?

— Nous tous. Ceux qui ont des maisons.

— Il ne me fait pas pitié. Aucun d'eux ne me fait pitié. Les choses s'arrangent un peu ; elles empirent un peu. Ça va aussi mal dans les maisons que partout ailleurs. Je voulais dire que j'étais désolée parce que tu étais déçu. Tu crois que je prends des grands airs avec toi parce que j'avais raison. Qui ça intéresse ? Je veux me coucher... Là maintenant, je suis très fatiguée...

— Tu n'avais pas raison...

— Si... autant qu'on pouvait me le demander.

— Je ne peux rien répondre à ça.

— Non, tu ne peux pas. »

Il attrapa son bol et but le reste de sa soupe. Elle attendait qu'il eût fini.

« Vas-y, monte, dit-il. Je ferai la vaisselle. »

Elle hésita.

« Je t'ai dit – je m'en charge. »

Il fit le ménage scrupuleusement. Une fourmi traversa le carrelage et il marcha dessus. Il se demanda si c'était la même. Il y en avait tant.

Lila vint avec Claude le week-end suivant. Elle s'écartait rarement de la fenêtre qui donnait sur la maison des Palladino. Georges eut l'impression qu'elle était résolue à monter la garde vingt-quatre heures sur vingt-quatre. Au milieu de la nuit, il s'était levé pour chercher quelque chose à manger et, en descendant l'escalier, il l'avait trouvée à la fenêtre, avec un tas de mégots de cigarettes dans une soucoupe posée sur l'appui. Il essaya de la forcer à des confidences qu'auparavant elle ne lui aurait pas épargnées. À présent, elle ne disait rien... Elle le dévisageait pensivement tandis qu'il l'exhortait, plaidait, l'avertissait. Devant le vide abyssal de ses yeux brillants, il abandonna.

Le dimanche matin, il la découvrit penchée sur le break des Palladino, le nez collé à la vitre.

« Pour l'amour du ciel...

— Je sais... c'est affreux, dit-elle. Je pourrais te raconter des choses sur lui.

— Moi aussi. Je les connais toutes. Quel bien crois-tu que ça fasse ? »

Depuis combien de temps cela durait-il ? Avec quelle fréquence se rencontraient-ils ? Venait-il la retrouver la nuit, quand Claude dormait – en supposant que Claude dormît jamais ?

« C'est tellement... déplacé. »

Elle éclata d'un rire artificiel et hoqueta. Puis elle lui tapota la joue. « Il y a beaucoup de choses que tu ignores, petit frère », dit-elle.

Pris de dégoût, il recula d'un pas. « Ça ne te mènera à rien. »

Elle posa un doigt sur ses lèvres pour lui intimer le silence et, d'un même mouvement, ils jetèrent tous deux un coup d'œil par-dessus leur épaule. La plus jeune des filles Palladino se tenait derrière eux, une main posée sur le feu arrière de la voiture. Lila était pétrifiée. Et Georges, guettant de l'oreille l'apparition du détective maison, entendit les crissements de pas sur le gravier. Il avait une envie folle d'empoigner Lila et de la pousser dans la cuisine. Joe et la fille aînée émergèrent du soleil dans le garage.

Palladino adressa un bref salut de la tête aux deux silhouettes qui attendaient dans l'ombre.

« Nous allons faire un tour », annonça-t-il en souriant dans le vide.

« Il fait beau, dit Georges d'une voix rauque.

— Quelle jolie robe, marmonna Lila en regardant une des filles et en désignant l'autre.

— Tiens, bonjour, dit Joe. Vous êtes montée pour le week-end ?

— Bonjour », dit Lila. Ils ne se regardaient ni l'un ni l'autre. Les enfants s'enfournèrent dans la voiture. « Viens ! » grogna Georges. Lila, souriant comme s'il l'avait félicitée, s'ébranla avec indolence vers la porte de la cuisine. Une fois entrée, elle se dirigea vers la salle de séjour où Claude jouait par terre avec un paquet de cartes.

« Regarde ! » dit Lila. Ils virent Mrs. Palladino debout devant la grande maison. Elle était enveloppée dans un imperméable qui lui tombait jusqu'aux chevilles, la tête couverte d'un foulard. Elle paraissait gîter légèrement sur la droite. Bientôt, on entendit le bruit d'un pot d'échappement fatigué, un grincement de boîte de vitesses, et le break avança en tressautant jusqu'à elle. Joe sortit et prit sa femme par le bras pour lui faire faire le tour de la voiture. Puis il ouvrit la porte et l'aida à s'installer en arrangeant son imperméable autour d'elle.

« Comme Maman, dit Lila. Comme notre vieille folle de Maman pour une sortie du dimanche.

— Maman, répéta Claude depuis le sol. Quelle maman ? »

Lila courut jusqu'à lui, s'agenouilla et le serra farouchement contre elle. Il glissa la tête entre ses bras et continua son jeu de cartes. Elle l'embrassa frénétiquement.

C'était indécent. « Tu devrais..., commença Georges.

— Quoi... », fit-elle et elle le regarda d'un air rusé par-dessous ses cheveux qui tombaient en mèches désordonnées. Ce n'est qu'à ce moment-là qu'il remarqua qu'elle ne s'était pas coiffée. Sans doute était-ce magnifique, cette épaisse et sauvage ondulation qui coulait de sa nuque. Pourtant, accroupie là, enserrant le petit garçon dans ses bras, elle paraissait vieille et bizarre. Il monta dans la chambre. Emma était couchée avec un magazine. Lorsqu'il entra, elle le dévisagea froidement et jeta sa cigarette dans une tasse à café posée par terre.

Durant les deux semaines qui suivirent, Georges se plongea dans le travail. Il fallait calculer les moyennes, noter les copies en retard, finir les bulletins. Il y eut une série de réunions auxquelles il participa consciencieusement. Walling mettait un point d'honneur à s'endormir – ou à faire semblant. Rubin, sur qui l'on pouvait d'ordinaire compter pour provoquer des éclats, avait l'air déprimé et soucieux.

Une fois les examens passés, les élèves se tortillaient sur leurs chaises, n'écoutaient plus rien, refusant aussi bien le divertissement que la menace. Georges avait perdu la maîtrise de sa classe et il surveillait sa montre avec la même constance que ses élèves la pendule murale. Ça n'avait jamais été aussi difficile. Assis à son bureau, la main posée sur une anthologie de poésie – l'idée qu'il allait leur lire des poèmes lui était venue au milieu de la nuit, comme la plupart des « belles » initiatives, se dit-il –, il les maintenait à distance par de brefs aboiements de mauvaise humeur, tandis qu'ils piaffaient et secouaient leurs longues têtes adolescentes vers lui.

Entre les cours, il ruminait à propos de Lila et d'Ernest. Elle avait appelé une fois, en laissant un message, mais il ne l'avait pas rappelée. Il avait l'impression de tout savoir à présent – il n'avait pas envie de l'écouter. Cependant, comment pourrait-il la condamner ? Il se rendait compte de sa solitude, des petites et odieuses privations que lui imposait sa situation. Il savait qu'elle allait avoir quarante ans ce mois-là, bien qu'il ne parvînt pas à se souvenir du jour. Il se dit que, comme Ernest, elle méritait une compassion particulière, parce qu'elle était tellement dépourvue de ressources intérieures, parce que, tout simplement, elle était sotte. Mais elle aurait pu avoir l'élémentaire bon sens de résister aux charmes éculés de son unique voisin ! Il n'adressait pour ainsi dire plus la parole à Palladino, et l'autre, avec son vague sourire d'excuse, semblait aussi peu disposé que lui à engager la conversation.

Deux dimanches de suite, Georges avait sillonné Peekskill à la recherche d'Ernest. Les rues presque vides, la vive lumière matinale de ce début de juin et le miroitement joyeux de l'Hudson derrière la ville l'emplirent de désespoir ; il avait l'impression de ne pas savoir ce qu'il voulait.

Sa dernière classe, relativement calme, s'en était allée. Il alla au placard aux fournitures et l'ouvrit. Une odeur de vieux livres et de craie envahit la salle, tel le fantôme libéré d'autres hivers. Une heure durant, il rangea ses livres, ses gommes et ses buvards, une brassée de registres inutilisés et tous les autres instruments de son office. Il faisait chaud dans la pièce ; le silence était une bénédiction. En manipulant les livres pour les empiler sur les étagères du placard, il sentit l'avachissement de son corps et décida qu'il allait se mettre au tennis cet été. On frappa à la porte et, sur son « Entrez ! » rogue, Walling apparut.

« Le grand silence est arrivé », dit-il.

Georges opina de la tête et poussa un soupir. « Je suis ramolli comme une vieille chiffe. » Walling rit. « Prenez de l'exercice ! Allez-vous quelque part cet été ?

— Possible. Ma femme a son mois d'août. Nous irons peut-être dans le Vermont. Ça dépend. » Il sentit un intérêt quelque peu mitigé chez Walling. Il avait été surpris aussi que le professeur de mathématiques vienne le voir. C'était vaguement flatteur, de la même façon que l'avait été, des années auparavant, l'attention que lui avait prêtée le garçon le plus riche du collège. Peut-être attirait-il les solitaires.

« Je vais à un camp de mathématiques dans le Maine en août, dit Walling. Ça n'a rien de très réjouissant. Les dames mathématiciennes sont épouvantables. Elles se conduisent comme des généraux romains. Si vous avez la braguette ouverte, il serait contraire à leur dignité de vous le signaler.

— Pourquoi ne monteriez-vous pas nous voir un de ces dimanches ? » demanda Georges. Il fut soudain tendu. Il n'avait pas eu l'intention d'inviter Walling ; il ne savait pas s'il avait réellement envie qu'il vienne.

« C'est gentil à vous. Mais c'est non. Je me suis trouvé une exposition à l'automne à la Nestor Gallery – vous connaissez ? – et j'ai beaucoup de travail. Mais si vous êtes en ville… passez me voir. J'ai une chambre dans la 10e Rue qui me sert d'atelier. Elle est minable.

— J'aimerais bien voir ce que vous faites, dit Georges.

— Ça, je ne sais pas, dit Walling en inscrivant une adresse sur un bout de papier, mais nous pourrons prendre un verre ensemble. »

Il se retourna pour partir, mais s'immobilisa lorsqu'une jeune fille frappa au cadre de la porte. Elle pouvait avoir dix-sept ans. Elle était mince, avec des épaules tombantes et des cuisses charnues, et était habillée pauvrement, presque misérablement, d'une robe d'un bleu passé qui la serrait à la poitrine. Ses traits étaient estompés par l'acné et ses cheveux raides paraissaient humides. Elle fixa Walling d'un air désespéré.

« Eh bien…, dit-il.

— Est-ce que je pourrais vous voir une minute ? demanda-t-elle.

— Vous me voyez.

— Seul ?

— Je suppose que vous êtes déçue de votre note, dit Walling. Ne perdez pas votre précieux temps. Je ne les modifie jamais. »

Elle mordit sa lèvre inférieure d'un air qui se voulait mutin. « Vous ne savez même pas mon nom, Mr. Walling, gémit-elle.

— Je connais votre travail », répliqua-t-il calmement.

Elle frissonna soudain, puis, baissant la tête, fit demi-tour et s'enfuit de la pièce.

Walling rit. « Je lis sur votre visage, Mecklin, dit-il. Vous trouvez que j'ai été méchant avec cette pauvre gosse. Vous avez tort. Je fais du bien à leurs âmes – ces âmes minuscules, pâles et rabougries, qui siègent quelque part dans leur gosier. Je suis la justice sans la pitié. Et vous avez tort de gaspiller votre sympathie avec eux. Dans son monde, cette fille est une puissance – c'est la bombe sexuelle de la terminale. Même si elle ne vous paraît peut-être pas très attirante, ses faveurs sont très recherchées. Vous avez l'air un peu surpris. Écoutez… Regardez-la bien cet automne, encore qu'elle risque d'être finie d'ici là. Elles ne durent pas longtemps, mais tant qu'elles durent, ces jolies filles n'ont aucune chance. Ah… mais dans dix ans : ce sera une virago avec cinq enfants, et lorsque leurs mains d'enfants s'égareront vers leurs ventres d'enfants, elle leur collera des gifles à les faire rouler par terre.

— Vous les traitez comme des ennemis », dit Georges.

Walling fronça les sourcils. « Eux ? Mais c'est ce qu'ils sont. » Il tendit à Georges une boîte de trombones qui traînait sur le bureau et s'en alla.

Sur le trajet du retour, Georges tomba dans un état de demi-somnolence. Il avait contemplé le pâle ciel vidé de ses couleurs. Même le paysage paraissait épuisé. Dans un rêve qui l'amena à peine au bord du sommeil, il vit la bombe sexuelle de Walling avancer vers lui sur des patins à roulettes. Brindille fourchue, dit son esprit, tu n'es qu'une brindille fourchue. Comme elle approchait, il vit ses jambes tournoyer furieusement, et l'affreuse robe glissa de ses épaules, découvrant une poitrine de garçon avec des tétons proéminents cernés d'ecchymoses.

Lorsque le train s'arrêta en cahotant, il se réveilla dans une touffeur glauque. Les banquettes étaient vert sombre comme de la mousse humide. Le wagon était plongé dans l'ombre.

Il aurait dû être heureux ; dorénavant, ses journées lui appartiendraient, durant près de trois mois, mais il se sentait oppressé et hors d'haleine. Il se demanda s'il ne couvait pas une maladie. Tandis qu'il lançait la voiture sur la route 129, il lui vint à l'esprit que ce dont il souffrait était en réalité une profonde désaffection pour sa vie.

Peut-être n'était-ce que le contrecoup de la fin de l'année scolaire. Peut-être cela passerait-il quand il aurait pris quelques jours de repos. Il profiterait réellement de cette maison à la campagne, à présent. Pourtant, il regretta soudain de n'avoir pu partir avec Walling. Sa froideur – sa brutalité, en vérité – lui répugnait. Mais les chocs que causait à sa sensibilité la personnalité de Walling lui donnaient un sentiment d'intensité, ou peut-être était-ce d'énergie, qui, semblait-il, lui faisait défaut habituellement.

Emma, parfumée de l'odeur d'un rôti de bœuf, l'accueillit chaleureusement, et il en fut surpris et quelque peu alarmé. Elle avait préparé un repas sophistiqué – le livre de recettes était encore ouvert sur la table de la cuisine quand il arriva – et mis une nappe.

Elle le regarda manger comme si son destin de cuisinière

était en jeu. Il la félicita, mais la nourriture était abominable. Elle avait fait des expériences et mis partout une telle variété d'assaisonnements qu'ils se neutralisaient les uns les autres et qu'il ne restait plus que le goût de l'effort. Pendant qu'ils buvaient le café – elle lui avait permis de le préparer, et il était fort –, elle annonça que Minnie Devlin était passée la voir.

« Elle n'est pas si méchante, tu sais. Les histoires qu'elle raconte sont extraordinaires. Elle a un réel sens du comique. Il y a longtemps que je n'ai pas autant ri ! Elle m'a suggéré toutes sortes de trucs à faire pour donner plus d'espace au salon. J'ai passé un bon moment avec elle. »

Il l'écoutait attentivement ; consciente de cette attention, elle semblait se pavaner. Sa main tendue effleurait tour à tour ses bras et son visage. Elle commençait des phrases et ne les finissait pas, comme pour illustrer une sorte de spontanéité enfantine. Il fallait qu'ils fussent des amants, des enfants, de vieux amis. Puis sa voix hésita. Elle observait la porte de la cuisine comme si elle avait invité quelqu'un dont lui n'aurait pas bonne opinion. L'atmosphère devint fiévreuse. Il y avait une mer d'acide bouillant dans son estomac – il mourait d'envie de prendre un cachet. Elle fit tomber une tasse dont l'anse se brisa. En lui se forma une poche de résistance opiniâtre. Emma préparait quelque chose.

Enfin, avec un profond soupir libéré d'une captivité volontaire, elle dit : « Peut-être devrions-nous aller voir un analyste.

— Ça ressemble au sens du comique de Minnie.

— Ce n'était pas seulement une idée à elle.

— Pourquoi ?

— Elle m'a demandé ce qui était arrivé au garçon dont tu avais parlé l'autre soir…

— Attends ! » Il leva la main. « Tu veux dire que tu lui as parlé de lui ?

— Minnie disait… Écoute, Georges. Tout le monde a deux parents…

— Minnie est une mine d'informations !

— Nous avons tous des impulsions bizarres que nous ne comprenons pas. Tu crois que tu fais exception ?

— De quoi parles-tu, nom de Dieu ?

— D'Ernest ! explosa-t-elle. Est-ce qu'il ne t'est pas venu à l'idée que ton intérêt pour lui n'était peut-être pas purement éducatif ? »

Georges resta immobile et silencieux, mais il ressentit une sorte de convulsion intérieure, comme si une partie de lui-même essayait de s'arracher au reste. Il était plus atterré que fâché ; il était rivé à sa chaise comme si on l'y avait ligoté. Sa geôlière raclait des assiettes et enveloppait des restes dans des feuilles d'aluminium. Elle parlait d'un ton rude, mais avec un étrange humour nerveux, comme si elle essayait de l'amener à admettre de bon gré ce qui, après tout, était une prédilection humaine universelle. Regarde les vaches ! Regarde les Grecs ! Songe à l'étude de Mead sur certaines tribus fidjiennes…

« Une fixation », dit-elle sagement. « Homoérotique », ajouta-t-elle plaisamment. Les assiettes s'entrechoquaient dans la bassine. Les mains d'Emma, couvertes de bulles de savon, gesticulaient, fendaient l'air comme pour retrouver les mots que Minnie avait laissés dans son sillage.

Immobile, il ne disait rien. Elle lui fit remarquer qu'il faudrait faire réparer le robinet d'eau froide – il fuyait.

« Dis quelque chose !

— Minnie Devlin, dit-il, l'égout culturel. »

Elle éclata en sanglots. Il se leva et l'abandonna dans la cuisine. Puis il monta à l'étage, prit deux couvertures dans une commode et les jeta sur le lit de la chambre d'amis.

Il éprouva une certaine satisfaction à ne pas mettre de draps. Il plaça une chaise à la tête du lit, prit le réveil et la lampe sur sa table de nuit et les disposa sur la chaise. Il alla chercher un carton de livres pas encore déballés et le poussa du pied dans la chambre d'amis. Puis il se doucha, se brossa les dents et, sans ôter ses sous-vêtements, se glissa entre les couvertures. D'une main, il commença à extraire les livres du carton. Le troisième volume était un recueil de poésie élisabéthaine. Il commença par le commencement. Il fut lentement envahi par un sentiment croissant de bien-être. Il entendait Emma aller et venir dans la chambre voisine. Elle se cognait dans des choses. Elle ne l'intéressait pas. Elle s'était souillée de la méchanceté d'une autre femme. Il comprenait son ressentiment contre l'intérêt qu'il avait eu pour Ernest – elle ne l'avait jamais compris. À présent, elle lui avait donné un nom – mais c'était un nom pour la cassure entre eux. Qu'il en soit ainsi.

Il se leva tôt le lendemain matin et fit une longue promenade dans le verger. Bien que son allégresse de la nuit précédente fût retombée, elle lui avait laissé un sentiment de libération. Une petite brise faisait osciller le verger ; le ciel était vide de nuages, éclatant. Il allait, dorénavant, faire exactement ce que bon lui semblait...

Lorsqu'il revint, il trouva Emma en train de préparer du café. Elle avait l'air pitoyable. Il lui demanda si elle désirait un œuf à la coque. Il allait, dit-il, en cuire un pour lui-même. Sa bouche s'affaissa en une moue d'abnégation. Ce n'est pas la peine, lui répondit-elle.

Il se dit qu'il allait être gentil avec elle. Elle avait parfaitement raison au sujet de l'analyste ! Et qu'ils aillent se faire voir, eux aussi. Ni l'un ni l'autre ne parlèrent de ce qui s'était passé. Mais il fit son lit à lui, étendant la couverture de manière à recouvrir entièrement la toile du matelas.

Plus tard, vers six heures du soir, ils prirent l'apéritif ensemble. Le demi-jour était poétique ; la cuisine subaquatique, une tasse, un verre touchés par une banderole de lumière laiteuse. Ils parlèrent du moment où elle serait en vacances. Il avait songé au Vermont, mais peut-être avait-elle d'autres idées ? N'importe quel endroit où il avait envie d'aller, dit-elle. Il y réfléchirait. Soudain, elle saisit sa main.

« Je t'ai blessé affreusement », dit-elle.

Il étudia attentivement son visage. Ses cheveux paraissaient plus foncés que d'habitude, peut-être parce que la lumière déclinait.

« Beaucoup de gens vont consulter un psychiatre, dit-elle.

— Oh oui, répondit-il. Pourquoi pas ?

— Je ne voulais pas dire que tu étais une pédale…

— C'est très difficile à soigner. Peut-être pourra-t-on m'apprendre à m'y faire.

— Je sais parfaitement que tu n'en es pas une ! N'est-ce pas ? » cria-t-elle avec un sourire incertain. Un mensonge de plus, mais comment déterrer la vérité à présent ?

« Ça ne fait rien…, dit-il.

— Mais j'ai l'impression que tu es tellement fâché…

— Plus maintenant. »

Ils entendirent du bruit dans le garage. On aurait dit qu'on traînait quelque chose sur le sol bétonné.

Ernest poussa la porte. Ses yeux étaient noirs. Il avait des bleus sur tout le visage et du sang coagulé séché aux coins de la bouche. Le dos de ses mains était lacéré.

Georges se précipita vers lui et lui passa les bras sous les épaules. Il l'entraîna à travers le salon jusqu'à l'escalier sans jeter un regard à Emma. C'était comme s'il avait oublié sa présence.

## 4

Un orage laissa dans son sillage une semaine de mauvais temps. Des branches d'érable frappaient les fenêtres de la maison des Mecklin ; les vents hurlaient à travers les vergers, où les arbres semblaient près de s'envoler tandis que des torrents de pluie balayaient le manteau de terre et découvraient leurs racines grises. Sauf aux endroits où des flaques de boue s'étaient constituées, l'allée se détachait comme un trait de craie sur un tableau noir. Les légumes du potager d'Emma étaient liquidés. Même après que la pluie eut faibli et que le vent fut tombé, le tonnerre grondait toujours sur les hauteurs de la vallée de l'Hudson.

L'électricité manqua durant un jour et une nuit. Traversant la salle de séjour une bougie à la main, Georges vit à une fenêtre de la maison des Palladino une autre bougie posée sur l'appui, telle une réflexion aqueuse de la sienne. L'humidité du toit dessinait des cartes sur les plafonds des chambres de l'étage. Dans la chambre d'amis, où était couché Ernest, une casserole recueillait le goutte-à-goutte régulier d'une fuite plus sérieuse.

Ernest avalait tout ce qu'Emma lui faisait monter, torchant son assiette avec une minutie de vieillard. Emma, remarqua

Georges, était troublée par ces assiettes bien léchées. Elle les remplissait de plus en plus, et pourtant elles étaient comme nettoyées lorsqu'elles redescendaient. Ernest resta étendu plusieurs jours, tandis que ses ecchymoses viraient au jaune et que de fines croûtes commençaient à se former sur ses mains. Sauf lorsqu'il dormait, il fumait l'une sur l'autre les cigarettes que lui fournissait Georges. Il ne mangeait pas tant que Georges était dans la pièce ; il ne demandait rien, prenant seulement ce qu'on lui donnait. Quand il dormait, il paraissait frêle et desséché, étendu tout raide sous la couverture. Georges se demanda s'il était trop meurtri pour se vautrer. Ou bien dormait-il toujours dans cette position ?

Georges montait et descendait sans arrêt. Le garçon l'observait en silence lorsqu'il ramassait le cendrier débordant de mégots et la vaisselle sale en s'interrompant parfois pour reborder un coin du lit. Georges était surpris chaque fois qu'il entrait dans la pièce. La présence du garçon avait apporté à sa vie un élément d'imprévisibilité qui rehaussait ses gestes les plus quotidiens. Ernest prenait ce que Georges lui donnait et ne le remerciait pas. C'était un arrangement totalement exempt de démonstrations affectives – pas de sourires baratineurs ; pas de phrases suspendues ; pas de manifestations d'humeur. Cela avait la simplicité de toute relation de commodité. Peu désireux d'introduire le monde des causes – des motifs –, Georges ne demanda pas à Ernest ce qui lui était arrivé. Il se redisait qu'Ernest pouvait avoir été mêlé à un crime, à un acte de violence, mais cette pensée n'avait aucun poids. Il ne ressentait que la fatalité de la présence d'Ernest.

Mais un jour où Emma était en ville, Ernest parla, et Georges écouta attentivement, comme s'il devait lui préparer un alibi.

« C'est son père, expliqua-t-il à Emma ce soir-là. À cause

de la radio. Ernest l'a rapportée chez lui... C'était pour lui qu'il l'avait prise.» Il lui jeta un rapide coup d'œil. Elle regardait la fumée de sa cigarette. «Il a dit à son père qu'il l'avait prise... L'homme était soûl. Il venait d'être vidé d'un boulot de maçon, là-bas sur ce lotissement à côté de la route de la rivière. Il buvait depuis deux jours. Il l'a frappé – d'abord à mains nues. Puis il lui est tombé dessus avec un pied-de-biche...

— Il aurait dû aller à la police, dit Emma.

— Il avait peur – à cause de la radio.»

Elle voulait ajouter quelque chose. Il le lut sur son visage, à la façon dont elle serrait les lèvres, comme si elle coupait un fil entre ses dents. Au lieu de quoi, elle lui annonça que le siège de la voiture était trempé. Elle avait oublié de remonter la vitre quand elle l'avait laissée à la gare.

Le lendemain, Emma ne travaillait pas. Georges s'occupa de la maison, et bien qu'il n'eût aucun talent pour le bricolage il œuvrait avec méthode, cochant au fur et à mesure les réparations effectuées sur un bout de papier qu'il portait sur lui dans la poche de sa chemise.

Le bruit de son marteau menaçait de faire exploser le silence humide et chaud de la maison de même qu'une pierre peut menacer de provoquer un éboulement. Essayant de se représenter, au-dessus des nuages sombres, les régions baignées par le soleil, Georges s'imagina en train d'observer le paysage depuis une grande hauteur; il vit les deux maisons, petits rectangles édifiés de main d'homme perdus dans un bouillonnement d'arbres et de pluie, minuscules foyers de chaleur animale. Sans lumière, il semblait ne pas y avoir de temps. Jetant inopinément un coup d'œil à la maison des Palladino, il vit une fenêtre ouverte. Une tasse fut jetée. Cela le fit rire – quelqu'un essayait de sortir.

Vers le milieu de cette semaine de convalescence d'Ernest, l'idée vint à Georges que tous trois se terraient, rassemblant leurs forces en vue de quelque dessein encore voilé.

Il découvrit que son attitude avait changé au point de susciter un air de perplexité sur le visage d'Emma ; que ses pensées pouvaient vagabonder à leur aise, sans risquer d'être mal interprétées. Être renfermé – dissimulé même – satisfaisait un désir ancien chez lui. Il y avait tant de choses chez les autres qu'il n'avait jamais comprises, non pas tant les questions de motif ou de fins, mais le mystère de l'autorité, de l'épaisseur – la façon dont celles-ci empêchaient les autres de *s'immiscer*. Peut-être était-il proche de la découverte ; peut-être n'était-ce que de la camelote, un mauvais déguisement de sa vieille faiblesse, fruit d'un accès de satisfaction de soi.

Avec une sorte de crânerie, il s'était mis à manger entre les repas, chaque fois que l'envie lui en prenait. Emma laissait faire. Espérait-elle qu'il cesserait de lui-même ? Attendait-elle qu'il lui offre prise ?

Elle s'était pliée à la présence d'Ernest, parlait poliment au garçon, lui demandait comment il allait, lui faisait la cuisine sans récriminer. Le formalisme gouvernait leurs heures de veille. Dieu seul sait à quoi nous rêvons tous ! pensait-il.

Vers la fin de la semaine, Ernest commença à apparaître en bas, dans la salle de séjour. Lorsque Emma n'avait pas de tâches ménagères à effectuer, elle se confinait dans la chambre. Ils étaient rarement tous trois dans la même pièce. Quand cela se produisait, il y en avait toujours un pour quitter la pièce avec une certaine raideur, tel un chat offensé.

Le samedi matin, Palladino frappa à la porte de derrière. Il voulait savoir s'il pouvait leur rapporter quelque chose. Il allait faire des courses à Peekskill. Martha était couchée avec la grippe. Georges le dévisagea froidement. C'était la première fois que Joe prenait la voiture depuis une semaine. À moins qu'il ne fût allé à pied à New York, Lila et lui n'avaient pas pu se voir durant tout ce temps. Il se demanda comment ils communiquaient – peut-être Joe l'appelait-il tard le soir, quand toute la maisonnée dormait. Et Lila, tapie dans son appartement poussiéreux, au milieu de la ville détrempée… ressassait-elle son rêve habituel d'abandon et de trahison ?

Sous le regard inquisiteur de Georges, Joe alluma nerveusement une cigarette tordue. Il avait des mains massives et recourbées comme des pattes de raton laveur, et le dos de ses doigts et de ses mains était recouvert d'un fin duvet brun. En regardant ces mains, Georges eut la trouble pensée de l'obscurité et de la peau délicate et légèrement humide de sa sœur. Il frissonna, et Palladino s'excusa du courant d'air.

« Nous n'avons besoin de rien », répondit Georges. Les petits yeux de Joe scrutèrent le visage de Georges. Cherchait-il une ressemblance ? Un instant, Georges perçut ce qui avait pu attirer Lila – quelque chose dans l'expression de Joe qui mendiait l'affection, un désir de plaire aussi naïf que suspect.

« Tu as baisé ma grande sœur », se dit Georges à lui-même, et il sourit à la pensée qu'il aurait pu le dire à voix haute. Joe, prenant apparemment ce sourire pour une bénédiction et un congé, parla de la pluie qui rentrait par les portes ouvertes du garage et fit retraite vers sa voiture.

Plus tard, Georges était assis dans la salle de séjour et lisait à Ernest un passage de *Typhon*, quand une grande flèche de lumière jaune pure jaillit par la fenêtre et vint s'étaler sur le sol. Ils regardèrent tous deux par la fenêtre. Le soleil flottait librement dans une échappée de ciel bleu.

Soudain, Georges sentit une pointe de solitude qui, comme la secousse d'une douleur inattendue, éveilla en lui, par sa légèreté même, la conscience de forces terribles encore tenues en échec. Le petit monde restreint qu'avait façonné la tempête avait été violé ; le triomphe de Georges laissa place à un sentiment de tristesse et de désarroi. Son impression de changement, après tout, n'avait été qu'une émanation de sa colère. Un réel changement était-il impossible ?

Ce n'était pas qu'il eût imaginé pouvoir maintenir longtemps sa tyrannie – il avait pourtant plus de capacité à être tyran qu'il ne l'avait soupçonné, admit-il pour lui-même –, mais il avait espéré quelque chose, l'assurance ; non, *un peu* d'assurance. Pourtant, là, il éprouvait une difficulté à retenir son souffle, troublé qu'il était par ce sentiment familier d'obligation envers des gens connus et inconnus qui l'avait toujours tracassé comme un tic discret et fatigant.

« Il est fort », fit soudain Ernest.

Georges lui jeta un regard distrait.

« Fort ? Oui, il est fort en tempêtes.

— Je le lirai peut-être moi-même, dit Ernest.

— Tu dois te sentir mieux. »

Ernest ne répondit pas. Le soleil clapotait contre leurs chaussures.

« Cela pourrait te faire du bien d'aller te promener, dit Georges. Ça se lève. » Il soupira involontairement.

« Ouais », dit Ernest.

Georges posa l'anthologie de Conrad sur le divan et monta à l'étage. Il ouvrit toutes les fenêtres. L'éclat du soleil sur les bardeaux blancs de la maison des Palladino lui fit mal aux yeux. Il grimaça et, se penchant sur l'appui, plongea la tête dans l'air doux et propre. Cela lui rappela qu'il devait acheter des moustiquaires. Pendant la tempête, la maison avait fait éclore une communauté de mouches.

« Comment va-t-il aujourd'hui ? »

Il se retourna et vit Emma assise au bord du lit. Elle portait un short et une vieille chemise à lui.

« Il va faire une promenade.

— Il y a dix centimètres de boue partout, dit-elle. Et il ne reste plus rien du potager… ratiboisé.

— Je suis désolé pour toi.

— Je n'aurais jamais planté si j'avais su qu'il pouvait se produire des choses pareilles. »

C'était comme s'il ne l'avait pas vue pendant un long moment, et il était surpris qu'elle eût si peu changé.

« On ne peut jamais rien garantir…, dit-il.

— Heureuse de te l'entendre dire… Tu as l'air soucieux. »

Il rit. « Quelqu'un m'a affirmé une fois que c'était un compliment juif. Ou peut-être s'agissait-il du mot "fatigué". »

Ils entendirent la porte de la cuisine se refermer. Ernest devait être sorti. Pour réprimer une agitation croissante, Georges pensa qu'il était un évêque ; il remontait la nef d'une cathédrale – Salisbury – et il était tard le soir et il s'arrêtait pour poser la main sur le cénotaphe d'un chevalier mort…

« Tu es soucieux ? demanda-t-elle.

— Je n'arrive pas à me souvenir… Quand tu meurs sur le champ de bataille, on place le chien à tes pieds ? Ou à ta tête ?

— Georges ! »

Il n'avait pas envie qu'elle lui dise quel air il avait. Il n'avait pas envie qu'elle se promène dans sa tête.

« Nous devrions inviter les Devlin à dîner, dit-il.

— Les Devlin ? » Elle eut l'air surprise.

« Nous aurions déjà dû le faire. Pourquoi ne l'avons-nous pas fait ?

— Je n'aurais jamais imaginé que tu veuilles passer une soirée avec Minnie, répondit-elle, d'une voix cassante.

— Tu la prends au sérieux. Pas moi.

— Il faudra que nous achetions des apéritifs.
— Nous ne sommes pas pauvres à ce point.
— Et les Palladino ?
— Non. »

Elle hocha la tête. « J'imagine qu'ils ne pourraient de toute façon pas venir, puisqu'elle a une grippe permanente. »

Il s'interrogea sur son absence d'intérêt pour Lila. Cela semblait inhumain.

« Cette affaire de Lila... ça me préoccupe beaucoup.
— Quelle affaire ?
— Avec Palladino...
— Bon Dieu, mais c'est une grande fille... Laisse-la vivre sa vie.
— J'ai dit que j'étais préoccupé.
— Je doute qu'elle le soit. » Elle se mit à siffloter. La petite mélodie haut perchée et entêtante trahissait la mauvaise humeur. Georges sortit rapidement de la chambre et descendit à la cuisine. Ernest était parti. Le Conrad était posé sur la table de la cuisine, comme s'il avait d'abord pensé l'emporter et qu'il avait ensuite changé d'avis. Georges alluma le feu sous la cafetière. Puis il entendit Emma ; une minute plus tard, elle se tenait juste derrière lui.

« Et la radio ? Est-ce qu'il va nous la ramener ?
— Je ne lui ai pas demandé, répondit Georges.
— Vas-tu lui demander ?
— Je ne sais pas.
— Je la veux.
— Une petite radio merdique... tiens ! » Il se retourna en plongeant la main dans sa poche et en retira une poignée de billets froissés. « Va t'en acheter une autre.
— Qu'est-ce que tu es en train de me faire ? demanda-t-elle, la mâchoire serrée.

— Arrête ! murmura-t-il.

— Arrêter ? Tu me tues ! » hurla-t-elle.

Il grogna. « De quoi tu parles ? Est-ce que tu as une idée de ce que c'est que d'être tué ? Personne n'a jamais levé la main sur toi.

— Qu'est-ce que tu en sais ?

— Rien.

— Ça n'a pas toujours été rose…

— Tu as eu une enfance de navet.

— Pourquoi est-ce qu'il t'a volé quelque chose à toi ?

— Pourquoi pas ?

— Tu as essayé de l'aider… »

Il la saisit soudain aux épaules, sentit son souffle dans son oreille. L'argent qu'il tenait à la main tomba à terre.

« Ne t'en mêle pas ! dit-il.

— C'est une erreur…, marmonna-t-elle. Ignoble…

— Regarde ! Je t'ai arrosée d'argent ! » Les billets de banque étaient répandus autour de ses pieds, l'air miteux et incroyablement dépourvus d'utilité.

« Le fait est qu'il a volé, dit-elle faiblement en abaissant son regard.

— Le fait ! Parle-moi des faits qui te concernent ! » Il desserra l'étreinte de ses mains sur ses épaules. Elle se baissa pour ramasser l'argent. Bien qu'elle les prît à pleine main, il était sûr qu'elle comptait les billets au fur et à mesure. « Ou bien nous pourrions opter pour la version Devlin des faits. Attends-toi à me voir apparaître un jour ou l'autre avec du rouge à lèvres et des culottes bouffantes.

— Je ne comprends pas pourquoi tu continues à parler de ça, dit-elle piteusement. Qu'est-ce que tu voulais dire par une enfance de "navet" ? »

Il sourit parce qu'elle était plus proche de lui qu'elle ne

l'avait été une heure auparavant, parce qu'il ne se l'était pas réellement aliénée.

« Et s'il te mentait ? demanda-t-elle.

— Et alors ? » répliqua-t-il, avec un élan de pitié pour elle parce qu'elle n'était qu'une jeune femme inquiète. Comment pouvait-il lui demander de comprendre ce qu'il voyait luire faiblement derrière la présence du garçon dans la maison ? Il le comprenait à peine lui-même. Je veux faire mieux que subir, se dit-il.

C'était parce que Ernest n'était pas un bon garçon, selon les catégories simplistes d'Emma, que Georges s'était trouvé acculé contre les murs qui, il s'en rendait compte à présent, l'avaient toujours emprisonné. Et s'il ne parvenait pas à changer ? Et s'il était voué à une ennuyeuse sujétion à la présence d'autres gens ? Il s'était passé quelque chose.

Il prit Emma dans ses bras et posa un baiser sur sa joue. « Ma pauvre fille », murmura-t-il, et il la sentit se raidir. « Je compatissais à ton sort », ajouta-t-il. Elle poussa un profond soupir. Le poids de sa désolation commença à accabler Georges.

« La poignée de la cafetière est en train de brûler », dit-il en lâchant Emma, qui se mit, sans enthousiasme, à la vaisselle.

« J'ai fait une promenade », annonça Ernest, qui était soudain apparu à la porte. Georges se demanda s'il ne les avait pas écoutés depuis le garage.

« Bien, dit-il.

— Je me disais que je pourrais m'occuper dans la maison, poursuivit Ernest, en s'adressant directement à Emma. Pour rattraper la radio... Elle est foutue. Mon vieux l'a balancée contre le mur. Alors je pourrais peut-être faire quelque chose, comme peindre... »

Emma, l'air complètement déconcertée, se dirigea rapidement vers la cuisinière, où elle ramassa l'argent qu'elle y avait déposé. Elle tendit les billets à Georges.

« Demande à Georges », dit-elle, sans regarder Ernest, mais l'œil fixé sur la main de Georges qui renfournait l'argent dans sa poche.

Georges sourit intérieurement. Astucieux Ernest.

Les jours rallongèrent. Dans le calme ensoleillé des vergers, l'herbe poussait haute. Cunningham, leur propriétaire, vint un après-midi avec ses deux fils d'âge mûr. C'était un monsieur assez âgé et il portait un costume trois-pièces bleu sombre. Il parcourut ses vergers à petits pas, ses deux fils le suivant telle une paire de gardes du corps. Georges était en train d'installer un hamac entre deux érables. Le vieux monsieur s'arrêta pour bavarder avec lui tandis que ses deux fils, dans une sorte de communication silencieuse familière, se dévisageaient pensivement l'un l'autre à distance respectueuse.

Tout allait-il bien ? interrogea Cunningham. Appréciaient-ils sa petite maison ?

Plus tard, Emma dit à Georges qu'elle avait vu Cunningham depuis la fenêtre pendant qu'ils bavardaient. C'était le vieux monsieur qui lui avait fait une telle surprise autrefois dans le verger, juste après qu'ils avaient emménagé. Elle semblait soulagée de découvrir qui il était. Apparemment, cela n'avait cessé de la turlupiner. Des pâquerettes flétries étaient posées sur la table. C'était Ernest qui les avait cueillies, dit-elle, mais il n'avait pas pris la peine de les mettre dans un vase.

« *Le* vase, je veux dire, ajouta-t-elle.

— Elles ont l'air bonnes à jeter.

— Non, non… elles ont juste besoin d'eau. Je mettrai une aspirine dedans. Il paraît que ça redonne du tonus aux fleurs. »

Il fut amusé par l'idée d'Ernest en train de cueillir des fleurs.

« Quand est-ce que Minnie doit venir ? demanda-t-il.

— Elle m'a dit qu'elle partait tout de suite. »

Les Devlin avaient été incapables d'accepter l'invitation à dîner d'Emma, bien qu'elle leur eût offert le choix d'une pleine poignée de samedis. Les week-ends n'allaient pas, avait expliqué Minnie, parce que c'était les instants créatifs de Charlie. Les soirs de semaine non plus, parce que le travail de Charlie était imprévisible et qu'il devait souvent rester tard en ville. Mais elle avait appelé dans la matinée pour dire qu'ils partaient quelques jours à Porto Rico. Ils avaient des quantités de provisions périssables qu'elle ne voulait pas jeter, alors elle se proposait de venir les apporter aux Mecklin.

« Où est Ernest ? demanda Georges.

— Je crois qu'il est parti vers le bas de la colline. Il a jeté les fleurs sur la table et il est reparti aussitôt.

— Je veux qu'il soit là quand Minnie viendra », dit Georges. Emma, qui était en train de remplir le vase, ferma le robinet. « Pourquoi ? demanda-t-elle.

— Je veux qu'elle le voie », répliqua-t-il sèchement.

Il sortit par-devant, sur le plancher à la peinture grise écaillée de la petite véranda et, s'abritant les yeux de la main, regarda vers le bas de la pente. Près du mur de pierre qui marquait la fin de la propriété de Cunningham, il vit Ernest, assis le dos contre un arbre.

Il descendit dans sa direction. Il devait probablement être en train de lire. Bien que Georges eût une nouvelle fois essayé de l'entraîner dans une sorte de cursus scolaire de fortune,

Ernest avait refusé de prendre les choses au sérieux. Il avait « perdu » ses livres, disait-il, et Georges avait passé une heure dans les rayons poussiéreux d'une librairie scolaire à la recherche d'un autre exemplaire du manuel d'histoire. Il l'avait trouvé, et, bien qu'Ernest restât assez tranquillement assis à la table de la cuisine lorsque Georges lisait ou parlait, il n'y avait eu aucune réaction. Ernest était souvent près de s'endormir.

Mais il avait acquis un goût pour Conrad. Depuis le matin où il lui avait lu quelques pages de *Typhon*, Ernest n'avait cessé de lire Conrad comme si c'était sa drogue. Tout ce que Georges arrivait à trouver en livre de poche, il le rapporait à la maison. La veille au soir, Ernest avait commencé *Au cœur des ténèbres.* Georges, l'observant à la dérobée, se demandait ce qui le fascinait à ce point – il remarqua que de temps à autre Ernest ne lisait qu'une ligne avant de tourner la page. Que sautait-il et que lisait-il avec une telle concentration ?

Les yeux d'Ernest étaient fermés, sa tête appuyée contre le tronc d'arbre, le livre retenu d'une main. Les ecchymoses de son visage avaient disparu, et il n'était plus si pâle. Il y avait une légère rougeur sur ses joues et des brindilles et des bouts de feuilles dans ses cheveux, comme s'il s'était roulé par terre.

« Salut, dit Ernest, les yeux toujours fermés.

— Qu'est-ce que tu dirais de repeindre la véranda ?

— Ça me botte.

— Je me disais qu'on pourrait aller chercher de la peinture à Peekskill. »

Ernest fronça les sourcils, ouvrit les yeux et se leva d'un bond, sans effort.

« Non, dit-il.

— Il faudra bien que tu y ailles un jour. Pourquoi pas aujourd'hui ?

— Une autre fois…
— Il ne te cherche pas. C'est ça qui t'inquiète ?
— Lui ? Il ne me cherche jamais.
— Viens, alors…
— Je ne veux voir *personne*. Je ne peux pas aller là-bas.
— Bon… accompagne-moi quand même jusqu'à la maison. Allons jeter un coup d'œil à cette véranda. »

Ils commencèrent à remonter la colline. Comme catapultées, des sauterelles jaillissaient devant leurs pieds à chaque pas. Ernest en attrapa une au vol.

« Putain ! Regardez-moi ça ! dit-il en glissant un œil dans son poing fermé. Elle a un vrai œil et elle est poilue partout. Elle est verte. » Il la jeta contre la branche basse d'un pommier.

« Je pense à quelque chose, dit-il alors. Je pense à partir en Californie. »

Georges s'immobilisa. Ils étaient devant la maison. Le bourdonnement des insectes semblait être le son même de la chaleur, et l'herbe longue oscillait autour de leurs chevilles sous une brise rampante.

« Pourquoi ? »

Ernest rit. « Vous allez attraper des mouches à rester comme ça la bouche ouverte. Qu'est-ce que vous voulez dire ? Je ne peux pas rester ici éternellement. Je connais un type qui est parti là-bas en stop. Il a trouvé un boulot. Il y a des tas d'usines. Il fait chaud tout le temps. » Il roula des yeux. « Hollywood, le pays des stars.

— C'est à cinq mille kilomètres d'ici. Avec quel argent tu vas tenir jusque là-bas ? Regarde tes chaussures… Elles tomberont en morceaux avant que tu ne soies arrivé à Peekskill.
— Suffit de partir, dit tranquillement Ernest.
— Ça n'est pas si facile.

— Un, deux, trois, dit Ernest en marchant au pas jusqu'au perron de la véranda. Voilà comment on procède ! » Il fit un demi-tour militaire et se mit au garde-à-vous, le visage éteint.

« Et le collège ? »

Ernest grogna et s'assit brusquement sur le perron.

« Allez ! Vous savez bien que c'est fini. Ç'a été fini après que j'ai appris à lire. C'est tout ce dont j'ai besoin. Comprenez… Je sais lire les panneaux. Californie, quatre mille cinq cents kilomètres… Californie, deux mille kilomètres… Californie, un kilomètre…

— Tu seras coincé toute ta vie ! Tu ne sais rien faire. Tu te rends compte du genre de boulots que tu seras obligé de prendre ? Tu n'auras pas toujours dix-sept ans.

— J'ai eu dix-huit ans hier.

— Tu finiras clodo ! cria Georges.

— C'est comme ça que je commence. »

Georges ne voulait pas lui poser la question mais il ne put se retenir. « Depuis combien de temps as-tu cela dans la tête ? Depuis que tu es arrivé ici ? »

Ernest ferma les doigts sur son pouce et le regarda frétiller dans sa cage.

« Tu y penses *donc* depuis ton arrivée ici… »

Une mèche de cheveux noirs emmêlés glissa sur le front d'Ernest. « Vous faites ça, dit-il. Serrez le poing. Regardez à l'intérieur. Là-bas dedans, c'est votre vie. Ici, c'est la mienne. Vous ne voyez pas la mienne dans votre main, si ?

— Je ne veux pas ta vie. Je voulais t'aider.

— O.K. Vous m'avez aidé. Mais vous m'avez *demandé* de venir ici et je suis venu ici. Nous sommes quittes. » Il rouvrit le poing et fixa Georges, parcourant son visage du regard – un regard vide, impersonnel, plein d'incrédulité, comme si Georges était lui aussi vert et poilu. « Mr. Mecklin, dit-il d'un ton légèrement narquois, vous devriez faire un gosse. Votre femme là-bas a besoin d'être secouée. Vous voyez ce que je veux dire ? » Il riait silencieusement à présent – un visage d'idiot.

« Tu es infect, dit Georges.

— Ouais… »

La porte s'ouvrit ; Emma et Minnie Devlin sortirent côte à côte, un petit pied chaussé d'une tennis à côté d'une grosse cheville fourrée dans une ballerine à lacet rose.

« Minnie est là, dit Emma, inutilement.

— Je vous ai apporté un véritable festin ! » annonça Minnie. Elle portait une robe de toile rose sur laquelle étaient cousus de petits éclats de miroir, si bien que lorsqu'elle avança au soleil elle scintillait de partout.

Ils se rassemblèrent dans la cuisine tels des moutons obéissants et passèrent en revue les provisions qu'elle avait étalées sur la table. Un panier en osier vide était posé sur une chaise.

« Elle a tout porté toute seule, dit faiblement Emma.

— Race de paysans ! expliqua noblement Minnie. Rien de tel pour trimballer des fardeaux ! »

Georges fit l'inventaire des fardeaux. Il y avait un demi-avocat moisi, un morceau de pâté, un litre de lait, un pot de crème fouettée, une boîte de filets de hareng ouverte, plusieurs fromages en voie de désintégration, le talon d'un jambon cuit couvert de cerises, du chutney, un délicat petit récipient en porcelaine avec de la moutarde forte, et un bocal d'un litre dans lequel un liquide trouble et verdâtre grouillait de bouts de machins, tel un échantillon grossi d'eau d'étang.

« Voici de la soupe maison, dit Minnie en désignant le bocal. Charlie aime les bonnes choses, mais – rendez-vous compte ! – c'est Trevor qui adore le pâté. Je ne sais pas de *qui* il tient ces goûts exotiques. Charlie et moi, nous sommes plutôt des gens simples. Bien… quand nous serons à Porto Rico, Charlie trouvera les vrais restaurants authentiques où l'on vous sert la vraie nourriture du peuple. Voilà ce que nous aimons ! »

Tout en parlant, Minnie dévisageait rapidement tour à tour Emma et Georges comme si, se dit Georges, elle essayait de mesurer l'effet exact de ses paroles de sorte à pouvoir par la suite en tirer des conclusions sur elle-même. Ernest, accoté au chambranle de la porte de la salle de séjour, poussa soudain un ricanement. Minnie se retourna avec une vivacité menaçante, comme pour parer l'attaque. Ernest la dévisageait fixement.

« Bien sûr, vous devez être Ernest. Oui. J'ai entendu parler de vous. »

Ernest ne dit rien. Georges se raidit comme si sa propre armée venait de mettre les baïonnettes aux canons.

« Ernest ? demanda Minnie au plafond. Ernest… ?

— Ernest Kurtz, répondit Ernest en souriant à Georges.

— Kurtz ? Allemand ?

— Belge », dit rapidement Georges. Il avait envie de rire. Il avait envie de prendre Ernest par le bras et d'abandonner la cuisine aux deux femmes, Emma et sa reconnaissance animale pour les vieux restes, et Minnie, la bombe paysanne, dans sa robe à miroirs.

« Il paraît que Mr. Mecklin vous aide à faire vos devoirs.

— En effet, répondit Ernest.

— Eh bien… vous avez vraiment de la chance, n'est-ce pas ?

— C'est ça. J'ai de la chance.

— Tu disais que c'était un voyage d'affaires, Minnie, intervint nerveusement Emma. Pour les émissions de Charlie ? »

Minnie recula de quelques pas, sans quitter Ernest de l'œil.

« Oui. Voilà, il se passe des choses vraiment très positives à Porto Rico. Charlie va rassembler un certain nombre d'éducateurs, d'artistes importants – il s'intéresse beaucoup au processus créatif – et les envoyer ici pour des interviews. Une sorte de petite série au milieu de la grande série… vous voyez… la renaissance portoricaine. »

Elle serra les mains sur la poignée de son sac.

« Oh ! s'exclama-t-elle. Vous auriez dû voir les réponses que nous avons reçues après cette série sur la délinquance ! Des milliers de lettres ! Vous n'avez pas la télévision, si ? Charlie participe à un débat la semaine prochaine. Dommage… mais vous pourriez *écouter* les émissions de radio. C'est fait avec tant de sensibilité. Charlie a une telle *sympathie* pour les défavorisés. » Elle fixait Ernest avec un parfait sans-gêne. Il alluma une cigarette sans la quitter des yeux.

Lorsqu'elle est silencieuse, elle est très silencieuse, se dit Georges, et il se découvrit un intérêt pour elle. Elle vomit des paroles, puis elle se retire, comme une sorte d'habitant de la vase. A-t-elle décidé d'être la personne qu'elle est devenue ? se demanda-t-il. Il fut soudain convaincu que Minnie détestait tout le monde, à commencer par ce brave vieux Charlie.

« Bon… eh bien, délectez-vous de vos friandises. Il faut absolument que j'y aille. Nous partons demain matin, et j'ai un million de choses à faire. Martha est là, vous ne savez pas ? Je me disais que j'y ferais un saut une minute pour voir comment va la pauvre chose. À propos de dégradation… » Elle gloussa. « Ce n'est pas que nous… Je ne sais plus à quoi je pensais… mais vous savez de quoi il retourne, j'en suis sûre. » Elle jeta un regard énigmatique à Georges – c'est du moins ce qu'elle s'imaginait, se dit-il. « Il est charmant, n'est-ce pas ? – Joe. Effet garanti sur les femmes ! »

Dès qu'elle fut sortie, Emma courut au salon.

« Elle s'arrête devant chez les Palladino, annonça-t-elle. Elle descend de voiture. Elle se dirige vers la porte de derrière. Elle donne un coup de pied dans un jouet qui traîne sur le chemin. Seigneur ! Elle revient maintenant. Elle se tapote les cheveux. Elle remonte dans sa voiture – onh... ! Que c'est dur d'être bien rembourrée ! Elle s'en va ! »

Georges vit s'éloigner la voiture bleu layette. Emma eut un rire méchant. « Je parie qu'elle s'est fait jeter dehors ! » Elle haussa une épaule. Il ne l'avait jamais vue faire cela auparavant. Mais s'il venait seulement de le remarquer, pourquoi trouvait-il ce geste aussi odieux ?

« C'est ce que tu aurais pu lui faire, l'autre fois », dit-il si amèrement qu'il s'étrangla, et, tout en expectorant ce qu'il aurait pu dire d'autre, il tourna le dos à son visage réprobateur.

« On va se régaler, ricana Ernest.

— Faisons du café et mangeons le pâté de Trevor », dit Georges.

L'appétit d'Ernest avait quelque peu molli au cours des derniers jours, et il ne mangea que du bout des dents. Il regardait fréquemment par la fenêtre, puis se penchait en avant et rentrait la tête dans les épaules, les mains jointes sous la table. Le pâté avait un goût légèrement avarié, comme un reste de buffet. Avec de profonds soupirs, Emma mangea la mie de plusieurs tranches de pain, dont elle empila à mesure les croûtes sur la table.

Il allait partir, pensait Georges. Il serait un petit point minuscule perdu dans l'immensité du pays. C'était une idée imbécile. Quel genre de travail pouvait-il trouver ? La Californie n'était pas un bon État pour les gens sans qualification.

La nourriture le dégoûta – une envahissante impression de débandade emplit la petite pièce miteuse et désordonnée.

Que faisaient-ils tous là ? Quand Ernest partirait-il ? Mais il ne pouvait pas poser la question. Il ne pouvait pas l'arrêter. Il ne pouvait rien faire du tout.

« Je peindrai d'abord la véranda », dit Ernest, comme s'il avait entendu les pensées de Georges. C'était drôle qu'il eût choisi Kurtz parmi tous les noms de personnages de Conrad qu'il aurait pu adopter. Mais pour le coup, c était le bon à offrir à Minnie. Mrs. Soi-Disant Dr. Schweitzer rencontre Mr. Kurtz...

Georges partit à Peekskill acheter la peinture. Pendant son absence, Lila téléphona. Emma lui dit qu'elle semblait nerveuse. Ernest était en train d'ouvrir le pot de peinture à bateau en glissant un œil sous le couvercle avec l'intérêt que portent les enfants aux liquides épais.

« Elle veut que tu la rappelles tout de suite.

— Elle peut attendre, répliqua Georges avec irritation. Ernest, laisse ce pot de peinture tranquille ! Il est trop tard pour commencer aujourd'hui.

— Je peux repeindre cette véranda en une heure.

— Pas si tu veux en faire quelque chose de propre.

— Je ferai ça bien. Ce n'est pas la première fois que je peins. »

Georges ramassa le couvercle et le renfonça sur le pot. « Pas aujourd'hui ! » dit-il d'un ton catégorique. Ernest haussa les épaules, puis le suivit dans la véranda où Georges tapa du pied sur les planches disjointes. « De toute façon, il faut commencer par laver et gratter ce plancher », dit-il.

La véranda penchait nettement. Des rosiers grimpants poussaient n'importe comment autour des marches. La maison tout entière avait besoin d'une couche de peinture ; le toit fuyait ; une rangée de carreaux s'étaient détachés du mur de la salle de bains. En prime, le pot d'échappement de la voiture menaçait de lâcher. Un pied sur la dernière marche, un pied sur le sol inégal, Georges examina la maison. Dans les champs, les insectes faisaient un bruit de limaille dans un tunnel aérodynamique. Son impression de harcèlement s'accrût. Il aurait dû se plaindre à Cunningham au lieu de sourire en hochant la tête aux plaisanteries du vieux bonhomme. Il remarqua qu'Emma l'observait par la fenêtre. En plus du reste, il était espionné. Il fit la grimace et elle disparut. À sa place, il vit le gros fauteuil et la cage d'escalier. La maison était trop petite pour leurs habitudes. Il n'y avait rien de plus lamentable qu'une petite maison bourrée de meubles branlants. Où passait ce foutu fric ?

« Quel est ton nom de famille, Ernest ? Je le veux tout de suite. Tu me le dis ou je te le fais avouer de force ! » Il pensait avoir crié, mais le garçon se penchait en avant comme s'il ne l'entendait pas. « Ton nom..., dit-il.

— Jenkins. »

Georges éclata de rire. Il s'effondra sur la marche, se plia en deux et plongea le visage dans ses mains. « Seigneur..., marmonna-t-il. Qu'est-ce que j'imaginais que ça serait ? » Il leva les yeux vers le garçon. Il avait l'air maussade, froissé. « C'est vraiment ça ? demanda-t-il.

— Nom de... » dit Ernest et il rentra dans la maison.

Ç'avait été mieux quand Ernest n'était qu'Ernest. Il se releva et fit quelques pas vacillants dans l'herbe. Le problème, c'est qu'on ne pense jamais qu'on va vieillir. Ce n'était pas que, plus jeune, il n'eût pas eu l'intuition des désastres à venir. Ce qu'il n'avait pas imaginé, c'était l'indignité d'un équilibre précaire aux limites de la médiocrité. Il n'aurait pas dû vendre le mobilier de la maison de Yonkers. Il lui avait paru si massif à l'époque, si laid et inutilisable. Et Lila et lui avaient eu besoin de chaque sou qu'ils pouvaient trouver.

Il avait vendu la maison de Yonkers à un entrepreneur. Avec cet argent, ils avaient payé la maison de santé où Mrs. Mecklin avait passé les derniers mois aveugles de sa vie, et puis ils avaient acheté une parcelle dans un cimetière près de White Plains, où le cercueil de leur mère, oscillant doucement au bout des cordes, avait été déposé. Qu'ils retournent à la terre !

Il était parti un an en Europe ; Lila et son mari à tête de poisson avaient emménagé dans un appartement de Greenwich Village. Sa part lui avait duré jusqu'au jour où il avait reçu son diplôme de maîtrise de l'université de Columbia. Ç'avait été difficile – comme de ramper dans un tunnel prévu pour un homme deux fois plus petit – mais il avait fait durer l'argent. Il était maigre à cette époque. Il présumait que Lila s'était prise pour une héritière jusqu'à épuisement des derniers nickels.

La maison était toujours debout, bien qu'un petit lotissement eût été construit autour. Georges l'avait revue au début du printemps quand un jour, fatigué de l'autoroute, il avait poussé jusqu'à Warburton Avenue sur le chemin du retour. La porte d'entrée pendait sur un gond. La plus grande partie de la véranda avait été murée avec des briques. Il ne s'était pas arrêté pour jeter un coup d'œil par les fenêtres cassées.

Il se dit qu'il ferait mieux d'appeler Lila, quoiqu'il ne fût pas d'humeur à supporter son agitation inepte. Elle décrocha instantanément, comme si elle était embusquée à côté du téléphone. Pouvait-il venir à New York ? Tout de suite ?

« Je ne peux pas maintenant, dit-il. Qu'est-ce qui t'arrive ?

— Je ne peux vraiment pas t'expliquer au téléphone. Je ne te le demanderais pas si ça n'était pas important. » Y avait-il jamais eu quelque chose la concernant qui n'ait pas été important ?

« Pourquoi ne viens-tu pas ici avec Claude ? » proposa-t-il

en se demandant s'il arriverait à les supporter tous à la fois. Que feraient-ils s'il pleuvait ?

« Impossible ! Seigneur Dieu ! Comment crois-tu que je me sentirais avec *elle* à côté ?

— J'imagine qu'il s'agit de ça ? »

Elle ne répondit pas tout de suite, mais sa respiration saccadée rampa dans son oreille tel un ver.

« Ça ! dit-elle amèrement. Oui. Tu ne pourrais pas en parler autrement ?

— Je viendrai demain.

— Quand ?

— Je ne sais pas. Probablement vers midi.

— Georges… merci. Tu es chic. Je sais que c'est difficile.

— Tu as toujours ton travail ? »

Elle rit somptueusement. « Bien sûr ! Je ne t'appellerais pas de cette façon si ce n'était que ça ! »

Il sourit tristement dans le combiné. Bien sûr que non, se dit-il. Qu'est-ce que le travail à côté du grand amour ?

Il adressa à peine la parole à Ernest durant le reste de la journée. Après un dîner silencieux, il insista avec brusquerie pour qu'Emma l'accompagne au cinéma. Ils virent la moitié d'une comédie musicale dont les couleurs de bonbons acidulés cachaient mal la décrépitude imminente des acteurs. Un baiser extraordinairement bruyant résonna dans les sombres hauteurs du balcon ; Georges se retourna avec indignation tandis qu'un rire bête explosait dans le fond de la salle.

« Partons, dit-il.

— Ça vaut peut-être mieux.

— Ça ne sera plus jamais aussi bien », dit-il.

Ils trébuchèrent sur des pieds et des genoux, remontèrent l'allée et sortirent dans la rue silencieuse. Il était encore tôt. L'idée de rentrer à la maison lui donnait une sensation d'étouffement. Il resta planté, indécis, sous l'auvent du cinéma tandis qu'Emma attendait, le regard fixé sur ses chaussures.

«Allons faire un tour», dit-il. Elle approuva d'un hochement de tête, sans lever les yeux.

Ils prirent vers le nord. Sur leur gauche, l'eau noire de la rivière luisait sous les rayons de la lune. Lorsqu'ils arrivèrent au pont de Bear Mountain, Georges quitta la route pour un parking ceint de blocs de granit. Le pont, l'air fragile malgré sa masse, baignait dans une lumière orangée. Les deux côtés de la vallée étaient si proches à cet endroit que le rocher nu de la montagne semblait avoir été fendu d'un unique coup de hache.

«On dirait un pont de train électrique, tu ne trouves pas ? dit Emma. Comme si on pouvait le prendre entre deux doigts pour le poser ailleurs.

— J'imagine...

— Tu as eu un train électrique quand tu étais petit ?

— Non.

— Tu n'en voulais pas un ?

— Je n'y ai jamais pensé, répondit-il en se demandant s'il avait jamais eu cette idée.

— Je pensais sans arrêt à ce que je n'avais pas. Quand ma tante envoyait un chèque à ma mère pour mon cadeau de Noël, elle l'utilisait toujours pour m'acheter des habits. C'était pas juste.

— Qu'est-ce que tu aurais acheté avec ?

— Oh, mon Dieu... la liste est tellement longue.

— Tu as toujours une liste ?

— J'en ai toujours eu une. J'y rajoute sans cesse des choses. Elle est tellement longue maintenant que je ne sais même plus par quoi elle commence. Comment étaient tes Noël ?

— Pauvres.

— C'était la seule fois de l'année où nous allions au temple. »

Il rit. « Quand Lila avait douze ans, elle s'est découvert un soudain intérêt pour Dieu. Elle est devenue membre d'une Église réformée hollandaise pendant un an. Ça rendait Maman folle. Elle soupçonnait Lila de prier contre elle. Ce n'est pas qu'elle croyait aux forces occultes. C'est étrange... ce qui lui est arrivé. Tu sais, elle était féministe. Mais elle s'est tellement rétrécie en vieillissant. C'est peut-être la mort de mon père. Elle avait toujours pensé que la maladie était une défaillance morale – jusqu'à ce qu'elle tombe malade elle-même.

— Elle n'aimait pas Lila ? »

Il hésita, essayant de se souvenir, essayant de déterrer le paysage enfoui de sa jeunesse.

« Ce n'était pas ça, dit-il. Je ne crois pas que ç'ait été une question d'aimer ou pas. Elle s'intéressait plus à Lila qu'à moi. "Va voir ce qu'elle fait", me disait-elle. Je montais voir. Lila n'était pas dans sa chambre. Alors je montais à la mansarde. Et c'est là qu'elle était, assise sur une pile de vieux numéros du *National Geographic*, l'œil perdu dans le vide. Lorsqu'elle voulait bien remarquer ma présence, elle souriait et demandait : "C'est Maman qui t'a envoyé ?" et je disais : "Oui", et Lila riait.

— Mais tu as quand même eu du bon temps, n'est-ce pas ?

— Oh... oui. Cette année en Europe a compensé beaucoup de choses.

— Et tu n'avais rien contre le service militaire.

— Je n'aimais pas le Texas.

— Tu avais cette fille là-bas. Comment s'appelait-elle déjà ? Un nom pas ordinaire.

— Dina.

— Dina. À ce que tu m'as raconté, tu t'es certainement payé du bon temps avec elle. »

Il mit le contact.

« Je veux dire, poursuivit Emma, faire l'amour dans les bois…

— Il n'y avait pas de bois là où j'étais. C'était plat comme un billot de boucher.

— Dans l'herbe haute, alors. »

Il se retourna pour reculer la voiture sur la route. Emma était penchée en avant, les mains serrées entre les cuisses.

« C'était il y a longtemps, dit-il.

— Mais tu l'aimais vraiment bien, n'est-ce pas ? Même si elle était grosse. Tu m'as dit qu'elle était plutôt grosse et qu'elle portait des socquettes.

— Je découvrais… ces émotions. C'est tout.

— Ne t'énerve pas !

— Je ne m'énerve pas. » Il lança la voiture sur la route, en direction de la maison. « Tu n'as jamais vécu ça ? demanda-t-il. Tu n'as jamais…

— Rien, coupa-t-elle. Non. Je n'ai pas vécu ça.

— Au collège…

— Ni au collège ni ailleurs.

— Emma… »

Un peu plus tard, il dit : « C'était agréable. J'étais en train de me dire que j'aimerais bien continuer à rouler. Je ne sais pas vers où. Loin.

— En abandonnant Ernest ? demanda-t-elle.

— Tu vas bientôt avoir des regrets.

— L'émotion… » marmonna-t-elle.

Dina, si souvent invoquée au cours des ans qu'elle était devenue leur fantôme numéro un, trottinait humblement autour de l'usine d'emballage de fruits abandonnée, à quelques kilomètres de Houston, où ils s'étaient autrefois rencontrés. Il la revoyait distinctement : elle portait des socquettes, des sandales à boucle et une robe informe de coton imprimé de coquelicots fanés. Elle était grosse, lui semblait-il, mais pas de façon repoussante, comme Emma le laissait entendre. Elle sentait le coton blanchi, le savon, vaguement le vinaigre et puissamment un certain talc – « Mavis », avait-il découvert. Parfois elle lui apportait à manger : des radis, des œufs durs, des crackers Nabisco collés deux par deux avec du beurre de cacahuète desséché. En fin d'après-midi, les oiseaux venaient boire dans une mare à bétail, à quelques mètres de l'endroit où poussaient deux peupliers.

Émotion innocente chez elle, mais pas chez lui ; il avait eu honte de l'emmener là où ils risquaient d'être vus ensemble par les soldats de sa caserne – sa grosse fille de ferme. Dans ce paysage vide où seuls les deux arbres et les parois branlantes de l'étable offraient un abri, ils avaient trébuché l'un vers l'autre, tombant en une embrassade lourde et gauche dans la poussière épineuse, leur visage écrasé contre l'épaule de l'autre, tels deux nageurs filant désespérément vers des rives opposées. Que s'imaginait Emma ?

Il aurait pu lui parler des après décousus, de ses retours au camp, de ses mensonges gratuits que personne n'écoutait de toute façon.

Il aurait pu la rassurer au prix de sa fierté, en livrant, pour ainsi dire, Dina à sa hargne. D'ailleurs, il l'avait aimée par mégarde. Se rappelant la honte qu'il avait d'elle, il eut de nouveau honte de sa lâcheté, et lorsque Emma l'interrogea ensuite avec un intérêt artificiel sur Lila il lui répondit avec une rudesse qui était en réalité dirigée contre lui-même.

Il prit un train tôt le matin – il s'était réveillé avec un désir pressant de quitter la maison – puis, à Grand Central, un bus pour le West Side, d'où il se rendit directement à la gare routière. L'aller simple pour Los Angeles coûtait quatre-vingt-huit dollars. Il était valable soixante jours, dit le guichetier, et Georges eut l'impression qu'on lui annonçait sa condamnation pour un délit non précisé. Les mains asexuées du guichetier se dirigèrent vers les billets ; Georges secoua la tête. « Pas maintenant… »

Tout en réfléchissant à la façon dont il pourrait cacher à Emma le retrait d'une somme aussi importante de son compte en banque – elle semblait savoir approximativement combien il avait –, il remonta la 8e Avenue, sentant la sueur perler sous sa veste dans la touffeur spécifiquement urbaine de la ville. Il était trop tôt pour aller chez Lila. Columbus Circle n'était qu'à quelques blocs de là. Il décida brusquement d'aller au zoo de Central Park. Il n'y était pas retourné depuis des années, et la perspective de boire quelque chose de frais à la buvette du zoo recelait un attrait inattendu.

Il fit tout le chemin à pied, le cœur gros de l'assurance du départ définitif d'Ernest, sombre toile de fond sur laquelle ses pensées jouaient comme de vaines taches de lumière.

Assis à une table en fer forgé surmontée d'un parasol à rayures, il but un verre de jus d'orange et passa en revue les galeries à demi désertes du zoo. À peu de distance, un vieil homme se lisait le journal à haute voix en un sourd marmonnement.

Dans le pavillon des fauves, les gros chats reposaient sur des bat-flanc, leurs ventres tachetés se soulevant et retombant mollement dans l'atmosphère chaude et humide. Seul un ocelot arpentait sa cage, le regard vide, tandis que d'âpres feulements sortaient de sa gorge jaune paille. Les phoques virevoltaient à travers l'air et l'eau, pendant que, perché sur un surplomb bétonné, un mâle sanglotait à travers son museau ensoleillé.

Le pavillon des singes était presque vide. Il paraissait très petit et aussi morne que les salles d'attente où les immigrants se morfondent avec des pancartes numérotées accrochées autour du cou. Mis à part un chimpanzé qui tournait en rond autour de son bras poilu, la main posée à plat sur le sol de pierre, les singes semblaient souffreteux et léthargiques. Ils n'avaient rien à faire. Georges fut frappé par leur ennui, plus humain que leurs traits. Un groupe d'enfants portoricains riaient d'un babouin qui, ayant déféqué, examinait ses selles à travers son poing ouvert collé contre son œil à la manière d'une loupe de bijoutier. Cela vaut toujours mieux que de ne rien faire, se dit Georges.

Il acheta un sachet de cacahuètes à un marchand ambulant et les donna une par une aux pigeons loqueteux et obséquieux. Puis il jeta le sachet dans une corbeille à ordures, conscient d'avoir consumé une partie du temps qu'il s'était alloué – s'il traînait plus longtemps chez les animaux, il n'irait plus chez Lila ce jour-là.

Lorsqu'il arriva à son appartement, il trouva la porte déverrouillée et, derrière celle-ci, dans la pièce à demi obscure, Lila, assise dans un fauteuil à dossier droit, les mains croisées sur un livre posé sur ses genoux, une expression grave et langoureuse sur le visage. Il lui vint à l'esprit qu'elle pourrait être enceinte et, horrifié, il lança un regard à son ventre que cachaient les replis bleus d'un peignoir. Ses cheveux en désordre, un air général de désarroi, ses pieds nus dépassant de sous le tissu-éponge, lui parurent de sinistres augures de déchéance.

« Où est Claude ? demanda-t-il avec nervosité.

— Une amie l'a emmené à la plage, répondit-elle. Harriet Krebs... une amie du bon vieux temps... tu ne la connais pas.»

Bien sûr qu'elle doit avoir des amies. Une communauté de pleureuses ? Des vieilles filles endurcies ?

«Tu as lu ça récemment ? demanda-t-elle en brandissant un exemplaire du *Rouge et le Noir*. Je suis en train de le relire.» Tenant le livre à deux mains, elle le contempla mélancoliquement. «Il connaissait les femmes», dit-elle, puis elle soupira et laissa retomber le livre sur ses genoux. Une vieille impatience se réveilla en lui; pourquoi était-elle incapable de dire les choses sans détour ? Pourquoi était-elle aussi compliquée ?

«Écoute, Georges..., commença-t-elle. Voilà ce qui s'est passé. Joe et moi, nous prenions un sandwich et un verre dans le grill-bar qui est à côté de la librairie. Et devine qui est entré ?

— Stendhal ?

— Minnie Devlin avec une bande de copines. Et bien sûr... elle nous a tout de suite repérés. Elle s'est ruée vers notre table et s'est jetée sur Joe pour l'embrasser. Où avait-il disparu tout ce temps, et comment allait Martha, et comment allaient les enfants, et que faisait-il en ce moment, et Charlie et elle *mouraient* d'envie de les voir et...

— C'est pour ça que tu t'inquiètes ? Parce que si c'est ça...

— Attends, s'écria-t-elle. Elle ne m'a même pas adressé la parole ! Tu te rends compte ? Elle m'a juste lancé un regard – une flèche en plein cœur... oui... c'est comme ça qu'elle m'a regardée.

— Minnie ne voudrait pas poser le petit doigt sur une flèche, ça risquerait de donner des idées à Trevor.» Il était toujours debout devant elle. Elle grogna et lança ses mains en l'air. Elle ne l'avait pas invité à s'asseoir. Elle était ainsi :

soit trop absorbée par son propre drame, soit excessivement polie. La pauvre petite fille aux allumettes, ou la châtelaine du manoir. Il s'assit sur le coin d'un divan, puis, agacé par l'obscurité qui régnait dans la pièce, se releva et alla à la fenêtre pour remonter les stores.

« Non ! s'écria Lila. Pas encore !

— On se croirait en pleine nuit ici.

— S'il te plaît ! »

Il laissa retomber le store.

« Qu'est-ce que tu as à faire de Minnie ? demanda-t-il. Elle est trop ignorante pour être autre chose qu'indiscrète et importune.

— Qu'est-ce que l'ignorance a à voir ?

— Je veux dire... elle ne sait *rien*. Comment peux-tu te soucier de son opinion ?

— Ce n'est pas son opinion qui me tracasse.

— On ne se croirait pas en pleine nuit, on se croirait dans un bar...

— Oh, Georges ! Écoute-moi... Elle a appelé Martha l'après-midi même et elle lui a dit qu'elle nous avait vus ensemble. Quand Joe est rentré chez lui, le soir, Martha était étalée sur le carrelage de la cuisine, la tête dans un plat. Elle était tellement soûle qu'elle était incapable de se tenir debout. Pauvres gosses ! »

Voilà, se dit Georges, pourquoi Minnie était passée voir Martha hier, pour consolider son avantage.

« Il n'y a aucune raison pour que tu n'aies pas le droit de prendre un verre avec un homme.

— C'est pour Joe que ça m'ennuie, pas pour moi », insista Lila. Mais il savait que ce n'était pas vrai.

Lorsqu'ils étaient encore enfants, elle l'avait un jour attiré et enfermé dans sa chambre, et lui, fasciné par la longue clef plate dans sa main – il y avait eu une lutte symbolique, mais il n'avait pas réellement eu envie de déverrouiller la porte –, avait écouté ses chuchotements virulents où il était question de complots contre elle, de filles qui se moquaient de son habillement, qui surveillaient tout ce qu'elle faisait, jusque dans la salle de bains, parce qu'elles étaient jalouses. Jalouses de quoi ? avait-il demandé. Un étrange sourire, un vague geste des mains. Oh... certaines choses. Puis, la chaleur de son haleine contre son visage, elle lui avait dit que c'était insupportable. Elle ne supportait pas que tout le monde la surveille, pense à elle !

À mesure qu'il vieillissait et prenait du recul, il remarquait que Lila provoquait autant l'attention qu'elle s'y dérobait. Jeune fille, elle s'habillait de façon extravagante, et elle arborait alors, comme maintenant, un sourire entendu, un sourire qui faisait jeter aux gens un rapide coup d'œil par-dessus leur épaule. De quoi souriait-elle ? De qui ?

Durant toutes ses années de collège, il avait aimé une jeune fille, une grande blonde avec de belles dents blanches et une sorte de noble gentillesse qui lui rappelait les chevaux. Il avait été trop timide pour l'inviter à sortir avec lui. Mais une fois, pendant sa première année, qui était la dernière année de Lila au collège de Yonkers, la fille blonde lui avait demandé si Lila était sa sœur, et lorsqu'il avait répondu que oui, elle avait lentement secoué sa grande et belle tête. « Hallucinante », avait-elle dit sans méchanceté. Il n'avait pas poursuivi cette conversation. Ce qu'elle aurait pu dire d'autre n'aurait rien changé. Il le savait déjà.

Ces souvenirs en tête – la longue clef, la porte verrouillée –, il regarda Lila avec impatience.

« Tu t'es toujours beaucoup trop inquiétée de l'opinion que les gens avaient de toi », dit-il.

Elle le regarda pensivement.

« Tu sais quoi, Georges ? Ton visage n'a jamais aucune expression. Maman disait toujours que tu étais comme une citrouille de Halloween qui attend qu'on y grave un visage. Tu fronces les sourcils, tu ris parfois, mais même quand tu es en colère, tout reste en place. Aucun indice. À *quoi* penses-tu ?

— Je suis en train de me demander si tu m'as supplié de venir en ville pour le seul fait de me dire que Minnie t'avait vue », répondit-il calmement, tandis qu'une voix hurlait silencieusement en lui – trahi ! Toutes les deux, Maman et Lila, cachées ensemble quelque part dans la maison branlante, derrière une porte fermée, en train de parler de lui. Elle éclata soudain de rire.

« Je vois quelque chose », dit-elle énigmatiquement.

Georges se leva, il respirait à peine. La pièce privée d'air exhalait une odeur de stagnation, de thé bouilli, de poudre et de brosses à cheveux sales – de femme, se dit-il.

« Où vas-tu ?

— C'était une foutue raison de me faire venir jusqu'ici !

— Attends ! S'il te plaît… ça n'est pas tout. Bien sûr que non. Je suis dans la poisse. Une poisse atroce. Ça ne marche pas.

— C'est quoi "ça" ?

— Joe et moi. Oui, "ça" c'est Joe et moi. » Elle fut soudain terrassée ; elle enfouit son visage dans ses mains et se balança d'avant en arrière. « Il peut se passer de moi, murmura-t-elle. Il peut se passer de tout sauf de ce mariage cinglé ! » Elle leva le regard vers Georges. Comme elle avait l'air ravagée !

« J'ai été pillée, dit-elle, pas aimée. Je me fiche du reste à présent. Et c'est la première fois que j'ai jamais ressenti…

— Oh merde ! La première fois ! C'est ce qu'on dit toujours. Il n'y a pas de première fois.

— Tu n'en sais rien», gémit-elle.

Elle se leva et, par esprit de contradiction, il s'assit.

«N'importe qui peut l'avoir ! s'écria-t-elle. Il est monstrueusement vaniteux ! Bon Dieu – je n'aime même pas coucher avec lui. C'est un empoté... un tas ! Tu sais ce que c'est que son idée de l'intimité ? Pisser avec la porte de la salle de bains ouverte ! Je suis folle ! Qu'est-ce que je fous avec un type pareil ? Je te le demande... Tu parles ! Et écoute-moi, il ne me supporte pas ! Je le dégoûte. Mais, tu comprends... il est trop vaniteux. Il ne peut pas lâcher prise. Qu'est-ce que tu penses de ça, mon pote ? Répugnant, non ? Et qu'est-ce qui va se passer maintenant ? Faut-il que je me consacre à l'éducation de Claude ?» Elle tangua légèrement, puis se pencha en avant et dit d'une voix de conspirateur : «Écoute, Georges : Claude est timbré !»

Incapable de se retenir, Georges éclata de rire. Lila leva les mains, comme pour le frapper. Mais son rictus de rage frémit, se rompit. Ses lèvres s'élargirent et, soudain, elle rit. Debout au-dessus de lui, elle se courba en se tenant les côtes. Georges tomba en arrière contre le mur – lorsqu'elle se redressa, il bascula en avant pour couvrir un rire convulsif qui fusait irrésistiblement. «Arrête...» hoqueta-t-il, et elle poussa un hurlement en s'effondrant de guingois sur le fauteuil, telle une poupée de chiffon, haletante, à bout de souffle. Ils tombaient en morceaux – leurs bras pendaient mollement de leurs épaules anesthésiées, leurs côtes les brûlaient, les larmes ruisselaient sur leurs joues.

«Oh, qu'est-ce qui s'est passé ?» couina-t-elle. Ils étaient repartis, battant des bras l'air mort. Lentement, ils se calmèrent. Puis ils furent silencieux ; des sourires fantomatiques jouaient sur leurs bouches. Un instant, Georges se demanda si c'était ainsi que Lila et Maman avaient ri de *lui* ?

« Eh bien... » commença-t-il. Elle gloussa faiblement. « Ça n'est pas facile.

— Qu'est-ce qui t'a fait rire ? interrogea-t-elle.

— Je ne sais pas, répondit-il en toute sincérité.

— J'imagine que *c'est* drôle, dans un genre épouvantable...

— Non, non... ce n'est pas ça. »

Elle sourit. Il était difficile de croire qu'elle avait quarante ans. C'était toujours Lila, de quelques années plus âgée que lui – c'était les seules années qui comptaient, ces quelques années-là.

« Pourquoi ne cesses-tu pas de le voir ? »

Elle eut un grognement d'exaspération. « Je ne peux pas.

— Qu'a dit Martha quand Minnie l'a appelée ? demanda-t-il avec curiosité.

— Rien. Elle ne dit jamais rien. Lorsqu'elle est soûle, elle se moque de lui. Sinon, elle n'ouvre pas la bouche.

— Ce n'est pas ce que j'ai entendu dire.

— Quoi ?

— Rien. Des ragots.

— J'aimerais savoir. »

Il secoua la tête. « Après tout, prendre un verre avec lui...

— Ce genre de type ? Il n'y a rien d'autre dans sa vie que la séduction.

— Lila, ne me parle pas de lui. Écoute. Je voudrais te dire quelque chose à propos de Claude.

— La première fois que nous avons fait l'amour... » Elle leva vivement les yeux vers lui. Il détourna la tête. « La première fois, il m'a dit qu'il était heureux de ne pas être un homosexuel. Qu'est-ce que ça veut dire, ça ? Je crois que les femmes le dégoûtent. Je crois qu'à chaque fois il a un peu moins peur alors il faut toujours que ça soit différent...

— Arrête ! On dirait Minnie.

— Il faut que tu admettes que les choses ne sont pas ce qu'elles ont l'air d'être.

— Peut-être que si, elles le sont. Exactement. » Puis il demanda brusquement : « Pourquoi n'emmènes-tu pas Claude voir un analyste ? Il y a quelque chose qui ne va pas.

— C'est ce que dit son père. Sauf que son père dit aussi que c'est moi, répondit-elle sombrement. C'est épouvantablement cher, tu sais.

— Et dans un dispensaire ?

— Philippe prendrait ça pour une victoire.

— Et c'est ce qui compte pour toi ?

— Je vais cesser de voir Joe, dit-elle d'une voix blanche. La prochaine fois qu'il viendra ici, je ne répondrai pas à la sonnette. » Elle eut un rire cristallin. « Puis, la fois suivante, s'il revient encore je le prendrai dans mes bras et je serrerai, je serrerai, je serrerai ! »

Georges se leva pour partir. Il jeta ostensiblement un coup d'œil à sa montre, mais il se fichait de l'heure qu'il était.

« Tu ne veux pas une tasse de café ? Un verre de quelque chose ?

— Non. Il faut que je rentre.

— Je suis désolée, dit-elle. J'avais besoin de parler à quelqu'un. À toi, sans doute.

— Je n'ai pas grand-chose à te dire, tu ne crois pas ? » Il avait hâte maintenant de s'évader de la pièce obscure. Il n'avait pas envie de la voir plus longtemps dans son peignoir effiloché.

Elle le regarda tristement. « Bon, ça fait du bien de rire.

— Oui, dit-il. Ça fait du bien. »

Il alla au cinéma en sortant de chez elle. C'était une salle de première exclusivité, et il eut un instant de culpabilité lorsqu'il tendit deux dollars au caissier. La salle était presque vide. Comme il descendait l'allée, un sous-titre s'afficha sur l'écran. Il lut les mots : « Je ne peux pas te quitter », et entendit leur équivalent en italien. Les épaules nues d'un homme occupaient presque tout l'écran. Lorsque Georges s'assit, l'homme avait bougé et au-dessus de son épaule apparaissait le beau visage langoureux d'une jeune femme, nue elle aussi. Ça continue, se dit-il.

N'y avait-il donc personne qui pensât à autre chose ? Il regarda les ondulations suggestives, et se demanda ce qu'il était censé voir. Étaient-ils en train de, ou non ? Non – ils parlaient seulement. La caméra devait s'être glissée sous le lit pendant que ça se passait. À quoi pouvaient penser les autres spectateurs ? Pourquoi regardait-on d'autres gens ? Il avait vu un film pornographique autrefois en Angleterre et, pétrifié par son abjection, il avait regardé avec une terreur croissante la nouvelle femme de chambre se faire besogner à brefs intervalles, tour à tour par monsieur, madame et les fils de la maison. Porno… l'influence dominante des catins.

Emma l'avait interrogé sur Dina, sur *ça*. Avait-il secrètement essayé d'imaginer Joe et sa sœur dans une étreinte sublimée ? Toute en épaules magnifiques, yeux et bouches modelés par la lumière ? Et cet assemblage à tenon et mortaise caché là sous les draps ? Hein, et ça ?

Le jeune héros du film finit par se suicider. Il n'avait aucune raison de vivre – ses amis lui offraient l'héroïne, la religion, la vie de famille. Il pouvait se procurer de la nourriture et du sexe. Ça ne suffisait pas. Il s'ennuyait.

Il avait payé deux dollars pour voir ça, songea Georges, et tout ce à quoi il parvenait à penser, c'était à Joe Palladino avec la porte de la salle de bains ouverte, tandis que Lila, abandonnée dans sa longue chevelure, écoutait amèrement depuis le divan.

Lorsque Georges arriva chez lui, il était décidé à acheter à Ernest le billet de car pour la Californie. Il ferait un retrait en espèces, et si Emma lui posait franchement la question, il dirait qu'il prêtait cet argent à Walling. Elle ne se soucierait plus d'Ernest une fois qu'il aurait quitté la maison.

Le billet serait son dernier cadeau à Ernest, peut-être le seul du point de vue d'Ernest. Georges avait fait ce qu'il pouvait. Était-ce grave que le garçon ne distingue pas l'empire du Milieu de son coude ? Il avait eu l'impression que quelque chose était possible, n'est-ce pas ? N'avaient-ils pas eu tous deux cette impression ? Il savait que Georges l'appréciait ; il était peu probable que quiconque l'ait apprécié auparavant – que quiconque l'ait même regardé.

Il trouva qu'Emma avait un air sournois. Elle fuyait son regard et se concentrait farouchement sur un travail de couture.

« Ça ne valait pas le déplacement, dit-il. Minnie est tombée sur Lila et Joe dans un bar. Lila semble croire que c'est grave. Minnie l'a dit à Martha.

— C'est peut-être grave.

— Pourquoi ?

— Tu ne peux pas savoir avec des gens comme Martha. »

Son ton l'irrita ; il était pontifiant.

« Qu'est-ce que ça veut dire ?

— Qu'est-ce que j'en sais ? Elle pourrait le tuer.

— Qui pourrait tuer qui ?

— Les gens se conduisent de manière irrationnelle. Tu ne le savais peut-être pas.

— Qu'est-ce qui te prend ?

— Qu'est-ce que tu veux en réalité, Georges ? »

Il grogna intérieurement. C'était une question dictée par l'exaspération ; ça voulait dire : quoi que tu veuilles, c'est petit et absurde. « Quelque chose à boire, dit-il.

— Tu ne m'as rien demandé sur Ernest.

— Demandé quoi ?

— Il est en train de bouder dans le verger. Il est parti là-bas parce que je lui ai jeté une assiette à la figure. » Elle marqua un temps d'arrêt. Comme il ne disait rien, elle poursuivit : « J'aurais pu appeler la police. Il a essayé de me peloter. » Sa voix monta brusquement, comme si elle s'était piquée avec son aiguille. « Qu'est-ce que tu penses de ça ?

— Ça y est, tu commences ! » cria-t-il.

Elle se leva d'un bond, faisant tomber une bobine de fil à terre. « Seigneur ! C'est tout ce que tu trouves à dire ? »

C'était tout ce qu'il avait été capable de dire ; il se prit la tête entre les mains, confondu parce qu'il n'avait ressenti que de l'exaspération.

« Qu'est-ce qu'il a fait ? » demanda-t-il enfin en levant les yeux vers elle. Elle avait le visage boursouflé, comme gonflé de ressentiment. Il ne savait quoi faire d'elle, ni de lui-même.

« Il m'a heurtée... d'une certaine manière. Je descendais l'escalier et lui montait, et juste là, au milieu de ce foutu escalier, il s'est poussé contre moi. J'ai fait comme si c'était accidentel... pendant un instant. Mais après, dans la cuisine, j'ai su ce qui s'était vraiment passé. Il m'avait poussée sur le sein. Alors j'ai pris une assiette et je suis remontée. Il lisait, couché sur le lit, et quand je suis entrée, il souriait. Je lui ai jeté l'assiette dessus. Je l'ai raté. Elle a roulé sur le lit et elle s'est cassée en tombant.

— C'est tout ?

— N'importe qui d'autre que toi serait déjà dehors. N'importe qui d'autre serait déjà parti le chercher.

— Écoute», dit-il en faisant un pas vers elle. Elle recula aussitôt. «Tu as pu te tromper. Les gamins sont distraits. Ils n'ont pas des mouvements gracieux.»

Elle eut un rire amer. «Ernest est gracieux. Ernest est un putain d'elfe.

— Il ne ferait jamais ça, dit-il avec entêtement.

— Il a essayé de me peloter.

— Je n'appellerais pas ça comme ça.

— Appelle ça comme tu veux. Il a posé la main sur moi.»

Il regarda son chemisier. On distinguait à peine les contours de ses petits seins. Elle les couvrit de ses mains.

«Je vais l'emmener. Il part, de toute façon. Il me l'a confié hier.

— Tu vas lui dire quelque chose ?

— Je lui parlerai.

— Tu t'en fiches ?

— Non... Je ne m'en fiche pas.» Puis il s'arrêta ; il était trop fatigué.

Il prit un sac en papier dans la cuisine et rassembla quelques livres pour Ernest. Il n'y avait rien d'autre, hormis la brosse à dents et le rasoir qu'il lui avait achetés. Emma le suivait, l'observant. Pensait-elle qu'il allait voler quelque chose ? À un moment, il se retourna vers elle avec colère, et elle recula en sursautant. Une grosse larme brillait sur sa joue ; hypnotisé par son éclat, il la regarda rouler jusque sous son menton et disparaître. Peut-être était-il fou, songea-t-il. Le poids... le poids de tout était ahurissant.

Il alla à la voiture. Ernest était dans le garage. «Allons-y», dit Georges.

Ernest monta dans la voiture sans prononcer un mot. Ni

l'un ni l'autre n'ouvrirent la bouche avant que Georges s'engageât sur la nationale. Ernest demanda alors où ils allaient.

« Je te ramène à Peekskill. Demain, j'irai t'acheter un billet de car pour Los Angeles. Je peux te donner cinquante dollars en plus du billet. Ça t'aidera à t'en sortir en attendant de trouver un boulot.

— Je ne vais pas à Los Angeles. »

Georges entendit à peine. « Qu'est-ce qui s'est passé tout à l'heure dans l'escalier ? demanda-t-il.

— Elle m'a jeté une assiette dessus.

— Pourquoi ?

— Je lui suis rentré dedans. Je pensais à quelque chose. Je ne l'ai même pas vue. Puis elle revient une minute après et elle jette cette assiette. »

C'était à tel point ce que Georges avait voulu entendre qu'il douta aussitôt qu'Ernest dît la vérité. Il ne ressentait rien à cet instant, si ce n'est un immense soupçon à l'égard d'Emma, d'Ernest, de lui-même, de tout le monde. Ne s'était-il enfin réveillé du long sommeil qu'avait été sa vie que pour découvrir qu'il ne pouvait avoir confiance en rien ?

« C'est tout ? Tu ne l'as pas touchée ? »

Ernest ne disait rien. Dans ce silence, savait Georges, était enclose la vérité. Ce qu'Ernest pouvait dire maintenant avait-il une importance ?

Puis Ernest dit : « Ouais. Je l'ai poussée de côté. J'ai cru qu'elle allait me tomber dessus.

— Et c'est tout ? réitéra Georges.

— Vous êtes en rogne aussi ?

— J'en ai marre de toi !

— Je ne veux pas de votre billet à la con.

— La banque est fermée à cette heure-ci. J'y ferai un saut demain matin. Tu ferais mieux de régler tes affaires. Il me semble que tu devrais dire à ton père que tu t'en vas. J'irai prendre le billet demain après-midi, puis je te retrouverai quelque part en fin d'après-midi.

— Vous n'avez pas entendu ? Je ne veux pas de ce billet.

— Tu as changé d'avis au sujet de ton départ ?

— Je fais ce qui me chante. » Ernest hésite un instant. « Donnez-moi l'argent, dit-il. J'irai prendre le billet moi-même.

— Ça suffit ! Je ne marche pas. Tu pourrais très bien décider de claquer cet argent pour autre chose. Si tu veux vraiment partir, je t'aiderai. Comme je l'entends.

— J'irai me faire rembourser le billet... Pourquoi ? Pourquoi vous faites ça ?

— Pour te montrer que j'ai confiance en toi. » En entendant ses propres paroles, Georges fut frappé par leur fausseté manifeste. Ses mots... Ils étaient tous en façade et lui se cachait derrière eux. « Tu ne te donneras pas le mal d'échanger le billet, dit-il froidement.

— On essaie ? demanda Ernest d'une voix feutrée.

— Je veux faire quelque chose pour toi. » Ça, c'était vrai, n'est-ce pas ? se demanda Georges.

« Vous pouvez me donner cinq dollars pour remplacer le chapeau que vous m'avez bousillé. Et vous pouvez me déposer devant le ciné. »

Ernest souriait; il avait la main sur la poignée de la portière.

« Tu as bousillé la radio, j'ai bousillé le chapeau. On est quittes », dit Georges. Il s'interrompit et regarda les doigts d'Ernest se serrer sur la poignée. « Je te retrouverai à dix heures devant la banque, dit-il. Et tu feras ce que tu voudras de l'argent. » Ernest semblait sur le point de dire quelque chose. L'instant d'après, il était descendu de voiture. Il se pencha à la fenêtre. Quelqu'un klaxonna derrière Georges.

« Au revoir, Mr. Mecklin. » Ernest monta sur le trottoir et s'éloigna à grands pas.

Le long crépuscule était presque achevé quand Georges revint. Aucune lampe n'avait été allumée. Emma était assise dans la salle de séjour.

« Il est parti, dit Georges. C'est fini. Tu n'auras plus à le supporter. »

Il alluma une lampe. « Tu veux boire quelque chose ? » demanda-t-il.

Elle secoua la tête.

Il versa du whisky dans un petit verre.

« Il m'a raconté ce qui s'était passé, dit-il. J'ai eu l'impression qu'il n'avait pas la moindre idée de ce qui t'avait mise en colère. »

Elle rit.

« Tu trouves ça drôle maintenant ?

— Tu étais parti toute la journée », fut tout ce qu'elle dit. Il sentit une vaguelette de terreur, comme une patte de chat, parcourir la surface de son esprit.

« Et alors ?

— Lorsque l'assiette s'est cassée, il a dit que nous ferions mieux de ramasser les morceaux. C'était si tranquille ici. La campagne *est* tranquille. Il n'y a pas de stores dans la chambre d'amis. Le soleil brillait – je *voyais* tout si distinctement.

— De quoi tu parles ? demanda-t-il, sa voix s'élevant faiblement d'une grande profondeur.

— Tu m'as forcée ! dit-elle sauvagement. Ç'a été si rapide. Je ne savais pas que ça pouvait être aussi rapide. Comment... ce n'est rien du tout, n'est-ce pas ? Il a dit que tu étais un pauvre con de fils de pute. Il a dit que tu te prenais pour Jésus-Christ. »

Il se jeta sur elle ; ses mains jaillirent vers sa gorge. Ils se battirent violemment, puis elle lui donna un coup de poing dans le ventre et ses mains retombèrent. Ils restèrent face à face.

« Tu as tout inventé. Tu cherches un prétexte. Tu es jalouse de lui ! » Sa voix s'éleva en un cri de triomphe.

« Pauvre con de fils de pute ! » dit-elle. Elle pleurait maintenant, mais sa voix était glaciale.

Elle se faufila à côté de lui et monta dans la chambre. Il l'entendit ouvrir des tiroirs. Il entendit le claquement d'une valise que l'on refermait. Puis elle redescendit, les cheveux proprement tirés en arrière, une valise à la main. Elle s'arrêta à côté de la table et prit le fétiche de pierre, qu'elle glissa dans son sac à main. Sans lui accorder un regard, elle appela une station de taxi à Peekskill. Il entendit la porte se refermer. Le silence le submergea.

Peu après, un taxi remonta l'allée. Il écouta le claquement de la portière, le bruit décroissant du moteur tandis qu'il s'éloignait sur la route.

Il but le reste du whisky, assis dans son fauteuil, attendant, comme dans la cave d'une maison dévastée, que s'effondre la dernière poutre.

# 5

La nuit tomba. À l'intérieur de la pièce, les formes simples des chaises et des tables, des marches d'escalier et des appuis de fenêtre furent englouties, effacées. Georges n'entendait pas sa propre respiration. Voilà à quoi ça ressemble, songea-t-il, quand un arbre tombe dans la forêt et que personne n'est là.

Son être concret, le terminal sensible d'un réseau d'événements dont il avait été coupé, reposait là, un sac de tripes. S'il n'avait ressenti une légère douleur à la vessie, il aurait pu rester là jusqu'au matin, se dit-il en montant l'escalier.

La porcelaine sans ombre des appareils sanitaires, anonymes comme des pierres, aurait pu être n'importe où. La chasse d'eau accomplit sa convulsion decrescendo. Par la fenêtre, il vit une lune de carton, ni proche ni lointaine.

La cuisine sentait le thé et le vieux gruyère. Il ouvrit une boîte de sardines et les mangea avec les doigts, laissant couler l'huile le long de son menton jusque sur sa chemise, puis but une rasade de whisky au goulot et laissa la bouteille débouchée sur le bar.

Sans réfléchir, avec le sentiment que la maison était impuissante à le retenir, il passa au garage. Emma avait-elle regardé en arrrière ? Il présuma que non. La colère lui faisait rentrer la tête entre les épaules, serrer les bras contre son corps, comme pour la contenir en elle. La tête baissée, sa valise lui battant les genoux, elle devait s'être jetée dans le taxi, sans rien regarder, en donnant ses instructions au chauffeur d'une voix qui signifiait que lui aussi faisait partie de la conspiration universelle.

Où allait-elle coucher ce soir ? se demanda-t-il. Chez une amie ? Il lui était arrivé de parler des femmes avec qui elle travaillait à la bibliothèque ; l'une était prise dans une interminable histoire de divorce ; une autre avait un cancer ; la plupart étaient célibataires. Emma détestait les hôtels – elle y étouffait, disait-elle, et les prix étaient insensés. Qui Emma aimait-elle ? Ernest, se dit-il, et quelque chose en lui grimaça. Se détournant de cette pensée comme si c'était une chose qui se tenait devant lui et l'observait, il descendit rapidement la déclivité qui menait à la maison des Palladino.

Une lumière provenant de la cuisine jetait une faible lueur à travers les vitres sales. Mrs. Palladino était assise devant une table surchargée et mangeait un toast qui semblait peint. Georges frappa à la porte. Après un instant, il regarda par la fenêtre ; Mrs. Palladino n'avait pas bougé, bien que ses yeux fussent fixés sur la porte, le toast immobilisé à mi-chemin de sa bouche. Il frappa de nouveau, puis bondit à la fenêtre pour voir ce qu'elle allait faire. Elle posa le toast sur une salière, essaya de le faire tenir en équilibre, puis le regarda fixement. Elle était folle.

De toute façon, il ne savait pas pourquoi il voulait la voir. Il faisait retraite, exaspéré par son égocentrisme, quand elle se leva et se dirigea vers la porte. Tout en la tirant, elle avança son visage étroit dans l'ouverture.

« Excusez-moi », dit Georges.

Mrs. Palladino rit. « Avez-vous pissé sur les rosiers ? » demanda-t-elle. Il n'y avait pas de rosiers, seulement les tessons d'une bouteille de lait cassée. Elle s'agrippait au montant de la porte.

Il resta immobile et silencieux tandis que la porte s'ouvrait plus grand. Il n'arrivait pas à comprendre ce qu'il faisait là.

« Oh, c'est vous, dit-elle. Vous vouliez entrer ici ? Vous pouvez entrer si vous voulez. »

L'odeur de la cuisine le chavira. Elle était infecte – lait tourné, whisky, fumée froide, légumes pourris, l'étrange et entêtant parfum de la poudre qui s'échappait d'un paquet de lessive gisant sur le carrelage. Allait-il éclater en sanglots ?

« Asseyez-vous, dit-elle en agitant la main en direction d'un banc qui faisait face à la table. Je suis en train de manger. Je dessoûle. » Et elle rit de nouveau.

« Emma vient de me quitter… de quitter la maison. Ma femme… »

Elle resta une minute silencieuse, les yeux baissés sur la table ; puis : « Qu'est-ce que vous espériez ? »

Était-ce une accusation ? Emma était-elle venue lui raconter des histoires ?

« Attendez…, commença-t-il.

— Non, non… » marmonna-t-elle en ramassant le toast abandonné. Elle mordit dedans et mâcha avec une expression d'effort et de concentration. « Tout ce que je veux dire, c'est : pourquoi êtes-vous aussi surpris ? » Une miette tomba de sa lèvre. « Vous aviez l'air surpris. Pourquoi tout le monde est-il aussi stupéfait de ce qui arrive dans ce fichu bled ?

— Arrêtez de faire semblant de ne pas comprendre. Qu'est-ce que vous croyez que je ressens ?

— Si vous buviez un verre avec moi, j'en prendrais un petit. » Elle leva les yeux vers lui. « Seigneur Dieu ! Un visage humain ! » L'épouvantable morceau de pain carbonisé, jaune par endroits, probablement beurré de la veille, tomba par terre. « S'il vous plaît ! »

Il acquiesça d'un hochement de tête, et elle fut debout, s'éclipsa, et fut de retour en une minute avec une bouteille de rye et deux verres à moutarde. Elle les remplit. Il la regarda aspirer une petite gorgée, lèvres serrées. Après avoir reposé le verre, elle se pencha par-dessus la table et prit la main de Georges dans les siennes, enserrant sa chair moelleuse entre ses doigts effilés.

« Chéri », dit-elle tendrement, et ce fut comme si elle lui avait serré le cœur. « Je ne sais pas si tu es capable de ressentir grand-chose. »

Il reposait tranquillement, pour ainsi dire, dans ses mains, désireux d'y rester. Puis elle abandonna sa main et but une nouvelle gorgée.

« Vous ne savez pas ce qui s'est passé, dit-il.

— L'histoire dépend du point de vue.

— Vous êtes complètement pétée…

— Et c'est la vérité », dit-elle.

L'appellerait-elle de nouveau « chéri » ? Ç'avait été si surprenant, si mignon. Gratitude parce qu'il avait accepté de boire avec elle… Par un accès de méchanceté, il évoqua silencieusement le nom de sa sœur. Lila avait fait souffrir cette femme – elle ne pouvait pas l'abuser là-dessus – et la souffrance est toujours une surprise.

Elle inclina soudainement la tête. « Eh bien, qu'est-ce qui s'est passé ?

— J'ai accueilli un garçon que je pensais pouvoir aider. Ernest Jenkins. Ernest. Il a sauté ma femme cet après-midi. »

Elle le dévisagea d'un air méditatif, puis but le reste de son rye. « Ce garçon… Je l'ai vu. Vous aviez peur de lui ?

— Vous n'y êtes pas !

— Prenons-en encore une goutte !

— Je l'ai accueilli chez moi.

— Je ne sais pas de quoi vous parlez. » Elle se versait des flots de rye, souriant largement, une idiote.

« Ça suffit, hurla-t-il.

— Vous mentez.

— Elle me l'a dit.

— Écoutez. Je ne parlais pas de ça. Ce que je veux dire, c'est... vous vous contrefichez de l'acte lui-même. C'est seulement l'idée... blessante, laide, bête. Vous savez à quoi vous ressemblez ? À un meuble de bureau. Vous êtes dans la doléance. La passion, c'est autre chose. »

Il se leva. Elle s'écarta aussitôt de lui, sans le quitter des yeux. Il vit ses épaules étroites, la chair couleur de mastic, le nez couperosé, une parodie de stigmate perchée sur une joue, l'automne finissant de la beauté dans son visage, et il laissa retomber sa main à son côté et s'assit. Elle lui remplit son verre et but modestement dans le sien. Il crut entendre un enfant crier, mais lorsqu'il lui jeta un regard interrogateur elle secoua la tête. « Un rêve... » dit-elle, puis elle lui demanda : « Vous aimez ce que vous faites ?

— Je ne sais pas. »

Elle hocha la tête, et il se sentit vaguement flatté. D'accord, si elle voulait qu'il ne sache rien, il ne saurait rien. Peut-être était-ce sa conception de la vérité : les choses ne devaient pas être nommées ; ne pas savoir. Jouant son jeu, il commença à se sentir mieux.

« Joe est là ?

— Il est avec votre imbécile de sœur.

— Je suis désolé.

— Vous êtes désolé, railla-t-elle.

— Mais ça n'est quand même pas si simple, vous ne croyez pas ? demanda-t-il en un début de revanche.

— Merci.

— Ça ne vous gêne pas ? » demanda-t-il ; puis soudain : « Pourquoi me faites-vous passer pour un vaurien ? »

Elle plongea la main dans une pile de paperasses posée à l'extrémité de la table et en retira deux bouts de papier qu'elle lui tendit.

« Elle lui écrit aux bureaux de l'Association. Il laisse tout traîner. Dans le temps, je m'imaginais qu'il voulait que je trouve toutes ces lettres, tous ces messages, et il y a même des petits dessins. Mais à présent, je crois qu'il ne sait même pas ce qu'il fait. »

Georges reconnut les griffonnages hâtifs de Lila. « Je me suis toujours dit : comme les vies des autres sont riches, avait-elle écrit, et comme la mienne a été stérile, absurde et vaine jusqu'à présent. »

Il le laissa glisser sur la table. Ces dérisoires travestissements en noir et blanc, si typiques de Lila. Ses définitions. Sur l'autre, il n'y avait que deux mots griffonnés : « Oh, Joe... » Il releva les yeux pour voir Mrs. Palladino qui scrutait son visage.

« C'est celui-ci, murmura-t-elle. L'autre, ce n'est rien. Mais celui-ci m'a rendue malade. Je sais ce que ça fait... d'écrire ça, de le recevoir. Il ne tient pas vraiment à elle, vous savez, mais ça, c'était un coup de poignard. La puissance du désir... vous comprenez ? La puissance...

— Mais pourquoi restez-vous ? » demanda-t-il, sans réelle curiosité. Une monumentale tristesse l'avait envahi.

« Nous avons mis au point notre numéro de danse », dit-elle.

Mais il n'avait pas le temps d'écouter. Quelque chose menaçait. Il était pourtant agacé par ce qu'elle avait dit. Une petite irritation, comme une piqûre d'insecte.

« Une danse... ce n'est qu'un nom pour quelque chose, dit-il.

— Je donne des noms à tout. Pour changer les accidents en projets. C'est ce que vous venez de faire, oui, vous n'étiez pas là avec elle et le garçon, avec Jenkins, mais vous donnez un nom à ce qui est arrivé, n'est-ce pas ?

— Il y a des tas de mots pour ça », dit-il, et il éclata soudain de rire, plié sur la table, voyant une semaine de vie dans des soucoupes, des tasses et des assiettes. « *Mea culpa* en est un.

— Il y a un moment où on arrête de le dire. »

Il était en train de songer qu'il n'avait jamais écrit de lettre à quelqu'un qui ne contienne que son nom – ça ne lui était jamais venu à l'idée.

« J'aurais dû faire attention, dit-il.

— C'est tout juste si je supporte encore Joe. Mais ça devient chaque jour plus difficile de penser à des changements.

— Ils ont fait ça contre moi – comme de méchants enfants.

— Les enfants, répéta-t-elle. Les enfants sont là, qui me rappellent une autre époque.

— Elle a fait comme si c'était moi qui l'avais outragée, *elle*. Comment peut-on être aussi arrogant quand on a fait une chose aussi sale ?

— *On !* dit-elle. Écoutez-vous parler !

— Certaines personnes ne peuvent pas supporter de vivre à moins de se sentir irréprochables jusque dans leurs fondements.

— Vous êtes envieux, dit-elle en riant. Le fondement. Il se peut effectivement que le cul soit innocent. »

Il retourna son verre. « Vous buvez tout le temps ?

— Non. Mais c'est comme si j'étais soûle tout le temps. J'ai traité Joe de *vache mâle* hier. C'était tellement absurde quand les mots se sont assemblés, avant que je les prononce, mais quand nous avons tous les deux entendu ce que je disais, c'était monstrueux. Je ne sais même pas ce que je voulais dire.» Elle frappa la table du plat de la main. «J'en ai tellement marre ! De penser à moi-même. Écœurant ! Même quand je m'occupe des petites, je me dis – me voici, leur mère, en train de m'occuper d'elles.»

Il frissonna. «Je voulais m'occuper d'Ernest. C'est tout.

— Vraiment ? railla-t-elle.

— Un gourou ! Un oracle...

— Ces oiseaux qui volent en marche arrière, c'est ça ?» demanda-t-elle, et elle sourit.

Il se leva, désireux de partir, de fuir le silence de la campagne. Il remarqua comme elle l'observait attentivement tandis qu'il se levait, avec une rapacité d'invalide se croyant à l'abri des regards.

«Où partez-vous ? demanda-t-elle.

— À New York. Voir mon ami Walling, un peintre.» Il n'avait pas songé à Walling jusqu'à cet instant, ni en tant qu'ami, ni en tant que peintre.

«Allez-vous poser pour votre portrait ? demanda-t-elle, rêveuse maintenant.

— C'est un enseignant», répondit-il en s'entendant parler – la vieille fatuité dans sa voix, la crainte de l'inexactitude. «Il est professeur de mathématiques.» Il se demanda à quoi pourrait ressembler un portrait de lui, incapable de se représenter son visage, pensant plutôt aux vêtements qu'il porterait ; ce serait le portrait d'un costume, d'un costume d'enseignant. Il rit avec agacement – les terriers sinueux dans lesquels ses pensées l'entraînaient !

« Un enseignant…, répéta-t-elle, distraite.

— Je ne sais pas… Il faut que j'y aille maintenant. » Il lui posa un doigt sur la joue ; sa peau était moite, comme si elle s'était dépensée. Maladroitement, elle lui embrassa la main.

« Vous avez besoin de prendre du poids, dit-il.

— J'ai peur de tout. Du silence et du bruit, des fenêtres ouvertes, des portes fermées. » Puis elle se renfrogna. « Comme si tout le monde n'avait pas peur », marmonna-t-elle.

Georges reconnut le bruit d'un dialogue intérieur, éventé, solitaire, interminable.

« Bonsoir, dit-elle avec un profond soupir qui, visiblement, ne s'adressait pas à lui.

— Bonsoir… »

Voyager la nuit recèle une mystérieuse gravité. Des signes d'habitation humaine apparaissent – une lampe jaune à une fenêtre, une clôture blanche – et se perdent aussitôt dans l'obscurité.

Immense et désert quai de gare, la route, à cette heure, était vidée de ses processions automobiles ; de temps à autre seulement, Georges croisait une voiture filant vers le nord, ou un faible éclat de phares se réfléchissait dans son rétroviseur.

Alors qu'il pensait ressentir de la détresse maintenant qu'il était seul, et s'attendait à être hanté par Emma et Ernest, Georges fut au contraire absorbé par les plaisirs de la voiture, de la route vide et de la nuit. N'était-ce pas plus difficile que cela ? Il n'était plus si sûr à présent qu'il prendrait la peine d'aller voir Walling. Celui-ci ne devait même probablement pas être en ville. Mais la pensée de son portrait ne le quittait plus et il tendit le cou pour s'entrevoir brièvement dans le rétroviseur. Il ne vit rien d'autre que les traits gommés d'un visage aperçu la nuit à travers une fenêtre.

La sensation de liberté, due peut-être à ce qu'il n'était pas sûr de l'endroit où il allait, affluait et refluait. Son propre visage, vidé, le harcelait. Citrouille, meuble de bureau.

Les femmes désiraient lire le sang et la mort sur le visage – trouver la clémence dans le cœur. Il était censé ressembler à ce qui lui était arrivé. Lila l'avait martyrisé ; il l'avait escroquée en ressemblant à une citrouille. Ne savaient-ils pas que la compréhension avait ses propres procédures – et qu'il ne comprenait pas ? C'était à peine s'il arrivait à se donner une illusion d'ordre ; les événements qui avaient eu lieu étaient terribles parce qu'ils semblaient aléatoires, inexplicables.

Il se représenta soudain Joe Palladino, ses cheveux sans vie s'éveillant autour de son cou et frisant comme un pelage de chien. « Oh, Joe... » avait écrit Lila. La voiture fit une embardée quand le pied de Georges écrasa le champignon. Voilà ce qui allait le rendre fou – l'appel sexuel ! Martha était-elle de nouveau en train de contempler ce message, de le palper ?

Qu'avait-il à faire d'Emma et de sa baiserie honteuse – froide, nerveuse et courroucée. Se rendant compte qu'il roulait à cent vingt kilomètres-heure, il ralentit. Il n'allait pas mourir pour ça, pensa-t-il, sans bien savoir ce qu'il voulait dire, comme si ses pensées réelles se déroulaient dans un autre langage, dont la clef lui échappait.

Il arriva à Hawthorme Circle et vit une voiture de police masquée par des arbres. Il se demanda si les Devlin se sentaient jamais criminels. Un sentiment non mitigé d'autosatisfaction, était-ce ce que l'on pouvait atteindre de plus proche du bonheur ? S'il en était ainsi, les Devlin devaient avoir accédé à la béatitude. Il tourna lentement vers l'autoroute de Saw Miller River ; les policiers ne s'intéressaient pas à lui, mais n'empêche... Il se demanda quelle heure il était, mais il avait oublié sa montre Dieu sait où. De toute façon, c'était l'heure de la cuisine – l'heure de préparer les repas, de se mettre à table, de faire la vaisselle.

À présent, il regrettait de n'avoir pas filé vers le nord plutôt que vers la ville, New York, l'enjoliveur du monde.

Sur le pont Henry Hudson, il rata la corbeille du péage et il dut sortir de voiture et chercher sa pièce de dix cents tandis qu'il voyait du coin de l'œil un policier approcher en se dandinant. Il y eut un gargouillement d'engrenages lorsqu'il jeta sa pièce ; la lumière verte s'alluma. Sauvé de nouveau !

Étincelant à travers la brume nocturne de la ville, le pont Georges Washington, perlé de lumière d'une extrémité à l'autre, enchaînait New York au continent.

Pourquoi ne pas traverser ? Un vieux souvenir s'éveilla en lui, celui des odeurs du New Jersey, aussi vives que les couleurs qu'elles évoquaient. Maman, Lila et lui étaient descendus à Philadelphie une fois, était-ce bien cela ? Pour voir des cousins ? Ou était-ce un enterrement ? Il ne se souvenait plus de l'objet du voyage, seulement du siège arrière de la voiture, gris, qui grattait ; de lui-même, blotti dans un coin, *leur* prisonnier, à Lila et à sa mère ; de leurs têtes, droites et raides devant lui, qui ne se retournaient jamais, éclairées par les lumières spectrales des feux follets surgissant dans les marais qu'ils traversaient ; de la grande bosse d'un pont qui s'élevait, l'autoroute Pulaski – autoroute ou autopont ? Était-ce bien cela ? Il avait été terrifié, et pourtant il avait ri sous cape. « Chut ! » avait dit sa mère. Puis elle s'était écriée : « Quelle odeur ! » En parlant de lui ? Ou de ce paysage de catastrophe pestilentielle à travers lequel ils roulaient ?

Il se dit qu'elle devait avoir peur, elle aussi, cette étrange vieille femme, les mains cramponnées au volant tandis qu'ils montaient la rampe du pont, sentant Dieu sait quoi cogner dans son dos, seule avec deux enfants qui grandissaient en ennemis.

Ernest saurait-il que Georges savait maintenant ce qui s'était passé dans la chambre d'amis ? Mais, bon Dieu, il *ne savait pas* ! Il l'imaginait, les mains dans les poches, visage blafard au-dessus d'un T-shirt noir, adossé quelque part contre un mur, vivant à présent. Serpent. Craignant soudain que la voiture ne s'avisât d'une manière ou d'une autre de sa colère, il ralentit jusqu'à prendre une allure de tortue. Un avertisseur trompeta derrière lui. Naturellement, il fallait qu'Emma se fasse grimper dessus par Ernest pour montrer qu'elle était un homme même si son mari n'en était pas un. Il hurla de rire.

Dans une voiture de tourisme cabossée roulant à sa hauteur se trouvaient trois jeunes Noirs. Ils riaient eux aussi et se le montraient du doigt en secouant la tête. Georges baissa sa vitre.

« Je vous emmerde ! cria-t-il à travers le vent, sans cesser de rire.

— *Shit*..., cria celui qui était du côté de la fenêtre. Éclate-toi, mon pote ! »

La sortie de la 96e Rue était juste sur sa droite. Il fit signe de la main aux gars et quitta la voie rapide pour piquer au nord-est en alternant rues et avenues jusqu'à ce qu'il arrivât devant son collège. Hideux, massif, il écrasait le côté sud du bloc. Il laissa le moteur tourner pendant qu'il contemplait, immobile, les fenêtres obscures du bâtiment.

C'était de là qu'il tirait son argent. À la fin de chaque mois, le Père Noël déposait un chèque couleur saumon dans sa boîte aux lettres. Chaque mois il le portait à la banque, remplissait un formulaire de dépôt, affrontait la vie, faisait des chèques.

Il se souvint de Freddie Maas, qu'il avait connu à l'université. Freddie avait vendu tous ses livres pour avoir de quoi faire sabler et teinter son parquet. Maas était alors près de terminer sa thèse de doctorat. Étant passé le voir, Georges avait trouvé Maas debout au milieu de la pièce, contemplant son parquet noyer foncé. « Qu'est-ce que tu en dis ? » avait-il demandé. Et Georges, craignant que l'énergie morale de Maas s'effondre, ou sinon, qu'il devienne fou, avait répondu timidement : « Et Thomas Hardy ? – Thomas Hardy peut aller se faire enculer au galop, avait répliqué Maas. Je n'en veux pas de ce diplôme. Je ne veux plus rien avoir à faire avec toutes ces conneries. » Georges avait appris par la suite que Maas occupait un poste administratif dans une compagnie pétrolière en Arabie saoudite. Du sable. Tout se tient.

Dans les Territoires du Nord-Ouest, il y avait des écoles à classe unique dans lesquelles les Canadiens, disait-on, parachutaient des instituteurs qu'ils payaient dix mille dollars pour un an. Des Indiens. Des loups. Il ferait cours enveloppé dans une couverture. Un lit de camp à côté d'un poêle – une porte à passer et on est dans la salle de classe. Pas de bains, du ragoût de loup. Pourquoi pas ? Et l'année suivante, il pourrait aller en Afghanistan. Ils avaient des écoles américaines là-bas, non ? Du ski en hiver, des piscines, l'amour sur un plateau, un tas de fric, pas d'impôts. Et ensuite ?

Une voiture de police passa à petite vitesse ; l'un des agents mangeait un œuf dur. Deux visages, dont l'un mastiquait, le regardèrent impassiblement. Il se rendit compte qu'il avait faim. Il repartit. Dans six semaines, le collège rouvrirait ses portes. Mecklin des Territoires du Nord-Ouest monterait ces marches, traîné là par un contrat qu'il avait passé avec lui-même des années auparavant.

Il descendit vers l'East Side, se souvenant que Walling lui

avait donné une adresse dans la 10e Rue Est. Ils pourraient manger ensemble quelque part. Il n'avait pas envie de manger seul. Chaque fois qu'Emma et lui étaient allés au restaurant, il avait observé avec malaise les dîneurs solitaires. N'étaient-ils pas gênés ? Tristes d'être seuls ? Jusque-là, il ne lui était jamais venu à l'idée qu'ils pouvaient très bien manger seul par choix, ou par suite d'une série entière de choix qui les avait conduits devant une assiette et un verre solitaires, un journal ouvert, un livre.

Mais il n'était pas encore prêt à manger seul. Il aurait suffisamment le temps pour ça. Il allait divorcer d'Emma pour adultère juvénile et lui laisser la voiture. Il divorcerait aussi de sa sœur, tant qu'il y était. Et il se dépouillerait de tout : maison, objets, livres – surtout des livres. La liberté, c'était la bibliothèque publique.

Il s'aperçut qu'il avait atteint la 23e Rue et se demanda brièvement comment il avait pu faire tant de chemin sans avoir conscience de conduire. Qu'est-ce qui prenait les commandes ? Il jeta un coup d'œil à la jauge d'essence. Un demi-réservoir ; il avait été plus prévoyant qu'il ne croyait. Il l'était toujours, pour les choses sans importance. Quelqu'un klaxonnait furieusement. Il cala. Mais ce n'était pas pour lui que le klaxon retentissait. Un autobus s'était arrêté ; d'autres voitures hésitaient, bien que le feu fût au vert. Il vit une grande agitation au coin de la rue. Une voiture de police était garée à côté d'une autre voiture qui avait embouti une bouche d'incendie ; l'un des policiers avait sorti un décamètre. Plantée à côté de la portière de la voiture, les bras serrés sur la poitrine, une femme l'observait. Georges redémarra et s'approcha lentement. Le policier commença à mesurer l'angle entre la voiture et le bord du trottoir. Un phare cassé traînait sur la chaussée. La femme avait endommagé un équipement public ; la fièvre – si l'on pouvait dire – était administrative, et non médicale. Un bref instant d'extravagance, Georges crut que c'était Emma. Mais cette femme était bien plus âgée. Peut-être l'inquiétude de son visage lui avait-elle rappelé Emma. Des badauds avaient afflué ; ils dévoraient la femme des yeux. Les inconnus en difficulté étaient mystérieux, divertissants.

Il aurait pu, lui, avoir eu cet accident, ou quelque chose de pire – avoir tué un enfant, renversé une vieille figure du quartier.

À présent, il était tenaillé par l'envie de voir Walling et, dans l'intensité de ce désir, persuadé que Walling ne serait nulle part dans la ville. Son adresse était écrite sur le bout de papier qu'il avait trouvé dans son portefeuille. Le cuir usé était grumeleux au toucher ; déchiffrant les mots et les numéros à la lumière inégale qui pénétrait par la fenêtre de la voiture, Georges se sentit confusément clandestin. L'écriture était celle d'un étranger ; il avait beau la fixer, elle perdait tout sens, semblait cabalistique. C'était l'après-midi où il avait vu cette fille qu'il avait trouvée si repoussante. En pensant à elle, à Emma, à tous les gens qu'il connaissait, il se sentit à peine vivant, comme si chacun d'eux détenait une partie essentielle de lui-même qu'il lui était impossible de récupérer.

Il trouva un emplacement pour se garer près de St. Mark's Place. Juste au moment où il descendait de voiture, deux hommes traversèrent la rue en titubant, se soutenant l'un l'autre avec ce qui semblait être des manches vides. Des costumes d'emprunt, se dit-il.

Le studio de Walling était dans un H.L.M. Le panneau de boîtes aux lettres – aucun nom dessus – semblait réchappé d'un attentat à la bombe. Malgré le lugubre état d'abandon de l'escalier étroit dans lequel il s'engagea, ses murs sales firent à Georges l'effet de présences incrustées. Il ne rencontra personne ; l'escalier montait en spirale, l'habitat d'un coquillage. Au dernier étage, au bout du couloir, il y avait une porte rouge avec le nom de Walling peint dessus en lettres noires. Georges frappa. Il n'y eut pas de réponse, bien qu'il entendît des voix, des voix d'enfants. Rien ne bougeait. Il poussa, et la porte s'ouvrit.

Il régnait à l'intérieur une lumière malsaine, couleur de guano, qui palpitait comme si l'atmosphère s'efforçait de se purger elle-même. De molles variations de gris émanaient de manière aléatoire de la vaste surface incurvée d'un écran de télévision. Des pâtés animés s'ébattaient dans cette gélatine tremblotante en parlant avec des voix qui étaient presque humaines. La lumière qui dansait sur un fauteuil de cuir défoncé, le plancher surencombré, la tête mystérieuse d'un homme exprimaient un affolement moins humain qu'électronique.

« Walling ?

— Présent.

— Georges Mecklin.

— Je suis en train de regarder *Réunion* avec Jean Hersholt et les quintuplées Dionne. Joli film. »

Sans veste, portant un sweat-shirt, le visage assombri par une barbe naissante, la moustache pendante, Walling dévisageait Georges avec attention, mais sans le reconnaître. « C'est presque fini », dit-il d'un ton menaçant. Il se retourna vers l'écran, se tassa dans son fauteuil, et coinça ses mains entre ses genoux. « Asseyez-vous, marmonna-t-il. Ne ratez pas le spectacle... »

Georges traîna un tabouret à côté du fauteuil. En s'asseyant, il flaira un puissant relent de whisky. Tout le monde était soûl. Tous les gens qu'il connaissait étaient soûls. Il se sentit invalide, fragile et atrophié, et, avec une anxiété d'invalide, se demanda quand on allait le nourrir.

L'image sur l'écran se dissolvait, comme les acteurs, en pleurant poisseusement.

« Merde ! hurla Walling. Ce tube… » Il se jeta sur le poste et commença à le secouer d'avant en arrière en grognant furieusement. « Il y a un tube qui a un faux contact… Pas envie d'appeler ce voleur et sa foutue boîte de pièces de rechange chaque fois que cet engin… » Il donna un coup de genou dans le côté et, avec une sorte de bouillonnement, la lumière revint.

« Écoutez…, dit Georges.

— Allez-y, dit Walling. Ah zut ! Nous avons raté la réunion. Bordel ! 'Scusez… Je ne peux pas la couper. Pas de lumière ici. J'oublie toujours de rapporter une ampoule. Si je baisse le volume, on y verra très bien. Regardez-moi cette merde qu'ils nous fourguent ! Z'avez vu cette femme ? Elle a pas de trous, tout est bouché. Ce pays va exploser. Je connaissais un type, lorsque quelqu'un mourait, il disait : "Fini pour Charlie ! Il a explosé." Pourriez pas descendre en bas me chercher une bouteille de bourbon ? Tenez… » Walling brandit une poignée de billets. Georges se leva.

« Tiens, Georges ! Nom de Dieu, c'est vous ? » Il attrapa Georges par les épaules et le secoua d'avant en arrière ; il le souleva de terre, le lâcha, puis s'effondra dans le fauteuil en cuir.

« Je ne savais pas que vous viendriez. Je croyais que vous partiez.

— Je ne pars jamais. Jamais… »

La lumière blafarde s'aviva. La petite pièce était bourrée de choses, toutes écrasées par le fauteuil de cuir et le poste de télévision. Des toiles s'appuyaient contre les murs ; un chevalet semblait avancer vers Georges sur ses maigres jambes de bois ; des douzaines de boîtes de jus de pamplemousse en conserve, dont jaillissaient des gerbes de pinceaux, étaient alignées sur une table – dans cette obscurité nauséeuse, les pinceaux avaient l'air d'une horde de spectateurs, une foule de caricature. Une plaque chauffante surmontée d'une cafetière était posée sur une valise, et il y avait un lit de camp à côté, un manteau jeté dessus.

« Bon. Vous voulez voir ce que je fais ? » Walling s'extirpa de son fauteuil, se précipita vers un groupe de toiles et en sortit quelques-unes. Il les passa l'une après l'autre quelques secondes devant l'écran de la télévision.

« Il faudrait vous rapprocher si vous voulez y voir quelque chose... meilleure façon de regarder... *inaction painting*, pourquoi pas ? Mon propre inconscient collectif. Pas aussi bon que la boîte à images là, hein ? Je suis victime de ma gourmandise pour le violet. C'est un faux frère... Celui-là, c'est un portrait de ma femme. Non, c'est une lampe. Je l'avais achetée vingt-cinq *cents* à une tapette au coin de la rue... »

Les tableaux étaient tous d'une sinistre similitude : une peinture boueuse avait été appliquée au couteau sur la toile en boursouflures circulaires qui faisaient saillie sur un côté, comme des pneus malades. Walling les repoussa dans le coin l'une après l'autre.

« Si nous devons boire quelque chose, vous irez le chercher, hein ?

— J'ai faim.

— Parfait ! Allons au Ticino. Piccata au citron. Vous voulez bien aller au Ticino ? Dans le village d'à côté, c'est tout près.

— Peu importe.

— C'est un peu court. Ça ne nous avance pas beaucoup. Conduisez-vous en homme, choisissez un restaurant.

— Je ne savais pas que vous étiez marié.

— Plus maintenant. Vous voulez finir ça ? Il en reste à peine une gorgée. Merci, alors... Je me la prends. Ça me fait plaisir que vous soyez passé.

— Ma femme déménage... complètement. » Georges avait voulu dire qu'elle l'avait quitté, mais il eut soudain honte. Peut-être aurait-il mieux fait de discuter du restaurant.

Walling riait. Il s'étrangla, toussa sans retenue, rit de nouveau.

« Ne jamais les mettre à la campagne, dit-il. Lorsqu'elles ont cuit le pain et accroché les rideaux, elles commencent à s'aigrir.

— Je n'ai pas dit qu'elle était aigrie.

— Elles sont toujours aigries. Comment ça, elle n'était pas aigrie ? Vous me faites rire. Vous devriez entendre ce qui m'est arrivé. Je n'ai même pas envie d'en parler. Ou bien vouliez-vous dire qu'elle avait perdu la boule ? » En fronçant les sourcils, Walling arracha une longue lanière de cuir du bras du fauteuil et la jeta contre la télévision.

« Regardez ! Elles essaient de me titiller. Regardez. Comme elle se donne du mal ! Oh, Gladys, chérie... vends-moi ton shampooing mousseux chéri... oh ! les mignonnes quenottes, le petit bout de praline frémissant, mettez le contact, appuyez sur le bouton et la bouche s'ouvre.

— Pourquoi riez-vous ?

— Ne vous occupez pas de ce que je fais. Ce ne sont que des réflexes. La seule femme que j'aie jamais aimée est une vierge catholique de trente ans. Un esprit supérieur. Ses inepties me galvanisent.

— J'aimais Emma », dit Georges, et il sut aussitôt qu'il mentait. Il ne l'avait pas du tout aimée.

Walling tanguait sur ses pieds. « J'ai horreur de l'éteindre », dit-il en agitant la main vers l'écran de télévision, puis il le fit et ils furent plongés dans le noir. Walling soupira lourdement. « Bien que ce soit quelque chose qu'on *puisse* éteindre », dit-il.

Ils marchèrent le long d'immeubles où des formes étaient allongées dans les entrées, les fenêtres au-dessus d'elles marquées de gigantesques X blancs comme les lettres d'un abécédaire. De temps à autre, Walling tombait sur Georges, puis se redressait et se jetait en avant, tête baissée, avec la détermination véhémente et confuse de l'ivresse. Il prit le bras de Georges, le serra et se mit à parler d'Alicia.

« J'étais fou – j'essayais de passer tous mes diplômes à la fois. Je voulais en finir, vous comprenez ? Avoir un boulot, un chéquier, un nom pour ce que je faisais sur terre. En plus, j'avais mon oncle Sol sur le dos. J'étais un Juif dans le temps, oui, qui d'autre a un oncle Sol ? Il payait tout ça, parce que mon père était mort... il se sentait obligé. Sol le rhinocéros, soufflant, écumant, faisant voler la poussière, piétinant dans son enclos... mais il payait. Alicia faisait une thèse sur *Orlando furioso*, l'imagerie animale, et elle parlait italien – c'était incroyable le don qu'elle avait pour les langues. Tournez à droite ici.

— Où sommes-nous ?

— Ne vous occupez pas de ça. Écoutez ! Je sais où je vais. Une fois, elle m'a réveillé à trois heures du matin pour me chanter un opéra chinois. Oh, pas du vrai chinois, du charabia, mais c'était tellement ça que j'ai cru que j'allais mourir de rire. C'était un phénomène, comme ces oiseaux qu'on dresse à faire des bruits humains. Elle pouvait apprendre n'importe quelle langue en six semaines. J'étais halluciné, exalté, déprimé... Elle était très blonde, pâle, longues jambes. L'après-midi, je la retrouvais dans un café. Je m'arrêtais à l'entrée pour la regarder un instant – ça me coupait le souffle.

Ces coudes protestants aigus appuyés sur la table, ses chevilles, un simple assemblage d'os, élégamment arquées, parfaites, sous la table. Voilà comment elle m'accueillait – avec une phrase en russe, en français, en italien, en espagnol ou en portugais. C'était comme le train de cirque, tous les wagons accrochés à la file. »

La prise de Walling se durcit, et Georges se demanda s'il n'avait pas fait quelque mouvement involontaire pour lui échapper.

« Écoutez..., l'exhorta Walling. Écoutez ! Elle n'était pas... » Il s'interrompit soudain, et leva les yeux vers les fenêtres d'un grand immeuble résidentiel qui avait été fiché là au milieu des H.L.M. nains en déroute. « Les consommateurs, marmonna-t-il. Les consommateurs ! » cria-t-il.

Georges attendait à côté de lui, mal à l'aise – que surgît la police, qu'on lui jetât un pot de fleurs sur la tête.

« J'étais en train de vous expliquer, poursuivit Walling sur le ton de la conversation, tout en se remettant en marche, qu'elle n'était pas perceptiblement petite-bourgeoise. Ni bohème, non plus. Singulière, déplacée.

— C'est encore loin ?

— On y est presque, répondit Walling.

— Je ne vous écoute pas, cria soudain Georges. Comment voudriez-vous ? J'ai trop faim, nom de Dieu ! Qu'est-ce que vous me racontez ? »

Walling poussa un grognement. « Allons, Georges ! Comment allez-vous réussir à ce que moi je vous écoute si vous ne me laissez pas vider mon sac d'abord ? Donnant donnant ! Je vous agace, hein ? Lorsqu'elle s'est mise à parler exclusivement anglais, Alicia disait que c'était la seule manière que je connaissais de *commercer* avec les gens. Commercer ! Quelle façon de parler ! Lorsque je n'ai plus supporté de coucher dans le même lit qu'elle, elle a pris l'habitude de s'installer dans un fauteuil et de m'entretenir du besoin de *contacts charnels*. Doux Jésus ! J'étais trop gêné pour ne pas écouter. C'est là que ça devient amusant. J'avais cet ami très gros, Billy – on a vadrouillé ensemble pendant des années. Quand Alicia et moi nous sommes mariés, il était notre témoin. En fait, c'est avec lui que nous nous sommes mariés. Il nous a trouvé un appartement, il l'a installé, et il nous faisait la cuisine. Ça a vite dégénéré. Elle avait horreur de se lever le matin. Il m'a dit que c'était parce que nous n'étions pas faits l'un pour l'autre. Il l'avait toujours pensé. Après sept ans de jus d'orange en boîte et de nourriture brutalement frite, mon estomac m'a lâché tout d'un coup, sans avertissement. Lorsque Billy ne nous préparait pas le dîner, nous mangions des hamburgers. Je n'arrêtais pas de courir à la salle de bains au beau milieu d'une dispute. Lorsque je revenais dans la salle de séjour, il était là, en train de lui apporter une tisane – c'est du moins ce que tous deux disaient. Qu'est-ce que je peux savoir de ce qui se passait réellement ? Il parlait un peu français aussi, le saligaud ! À l'époque où cette idylle psychotique tirait à sa fin, elle s'est mise à tout appeler "Monsieur" – dans le genre : "Oh, regarde ! Voilà Monsieur Écureuil !" ou "Monsieur Policier". Ça me rendait dingue, comme si elle me racontait des obscénités en langage de bébé. J'essayais tous les trucs possibles pour lui faire parler d'autres langues – comme de lui demander comment on disait ceci ou cela. Pendant tout ce temps, j'enseignais – c'était mon premier poste – et je les retrouvais le soir en rentrant à la maison. Lui, avec un de ses petits tabliers à elle perché sur le ventre, débitant à n'en plus finir de sa voix grasse et blanche toutes les recettes qu'il avait découvertes dans *La Revue des gourmets*. Elle, me disant que, bien sûr, ce n'était pas de la nourriture kasher comme j'avais l'habitude… »

Il fit soudain un bond de côté, si bien qu'il se retrouva face à Georges. « Une minute. Nous y sommes presque. Il faut que je finisse maintenant. Un soir, je suis descendu dans un drugstore pour m'acheter du bismuth et j'y ai ramassé une fille. Je suis rentré tard. Quand je suis arrivé, ils étaient tous les deux dans la cuisine, des tasses à café sales partout, en train de fumer mes cigarettes et de parler d'argent – en *anglais*, mon pote ! Ils allaient ouvrir une école, une école de langues. Lorsque je suis entré, ils ont tous les deux éclaté de rire. J'ai tout cassé dans la cuisine.

— O.K., dit Georges. C'est une histoire atroce. Allons-y.

— Vous trouvez vraiment que c'est atroce ? demanda Walling d'un ton presque ravi.

— Oui.

— Sur quoi elle s'est mise à parler de je ne sais quel cousin suicidaire à Chicago. Elle n'avait pas le choix, il fallait qu'elle y aille pour aider le gosse à s'en sortir. Je suppose que le vieux Billy est parti avec elle. Pendant leur absence, cette fille est venue s'installer chez moi. Elle était reposante, elle ne parlait pratiquement aucune langue. Je ne faisais pas attention – ses affaires répandues un peu partout, des messages. J'imagine que je voulais qu'Alicia le sache. Et je crois qu'elle était précisément partie pour que ça puisse arriver. Eh bien... elle m'a dit que j'avais violé le cinquième commandement... Je lui ai dit qu'elle n'était pas au point sur son Ancien Testament. Elle m'a répliqué qu'il fallait évidemment s'attendre à ce qu'un Juif sache ça – mais elle ? Une chrétienne et tout. Billy a dit que j'étais indigne d'une épouse belle et incorruptible comme Alicia. »

Ils avaient traversé Washington Square et descendu un bloc dans Thompson Street.

« C'est ce restaurant-là ? demanda Georges.

— Voilà ce qui m'est arrivé. Oui, c'est là.

— Vous avez divorcé ?

— Il y a longtemps. »

Ils descendirent quelques marches et pénétrèrent dans une salle avec de nombreuses tables, un gigantesque climatiseur et une photographie brune et passée de la *padrona* au-dessus du bar.

« C'est fini, dit un serveur. La porte aurait dû être fermée.

— Juste une assiette de *pasta* pour mon ami, demanda Walling.

— La cuisine est fermée, dit sévèrement le vieil homme. Allez voir plus bas dans la rue. Nous sommes fatigués.

— J'ai horreur de la bonne conscience prolétarienne », déclara Walling. Le serveur attrapa une chaise et la retourna sur une table, sans accorder un regard aux deux hommes.

Ils remontèrent Bleecker Street. Les noctambules encombraient la rue. Parfois, un groupe s'arrêtait pour jeter un coup d'œil par les portes ouvertes d'un bar ; l'œil vide, fiévreux, les couche-tard paraissaient effondrés, comme si l'épuisement les avait estropiés. Un homosexuel noir portant un pull-over à col roulé jaune se faufila par le bord du trottoir ; ses pas étaient aussi pointus, aussi courts que ses chaussures vernies. Il semblait fragile et craintif, et pourtant son visage baissé laissait voir un sourire matois, comme s'il lisait sur le trottoir un message qui lui était adressé.

Walling parlait sans pouvoir s'arrêter, de sa vie, de sa famille. Son père, disait-il, n'avait pas faibli un seul instant sur le chemin qui l'avait mené à une crise cardiaque fatale à moins de cinquante ans. « Les Juifs et l'étude sont un sujet bien plus compliqué que vous ne pouvez l'imaginer, dit-il.

— J'imagine.

— Non. Vous ne pouvez pas. Étudier pour le plaisir, pour l'enrichissement, est tout autre chose que de s'équiper pour la bataille. »

Georges prit le bras de Walling et l'entraîna dans un bar qui vantait ses pizzas. Ils se glissèrent sur les bancs légèrement graisseux d'un box.

« Durant toute l'école, il a pensé au collège, dit Walling. Durant tout le collège, il a pensé à l'université. Et puis il a eu son diplôme. Où était la guerre ? Où était l'ennemi ? Il n'y avait rien. Rien. C'est pour ça que je hais Rubin. »

Walling se commanda à boire et quand le serveur lui apporta son verre, il le vida rapidement et en redemanda un autre. « En fin de compte... Rubin veut tuer le monde.

— Pourquoi est-ce que vous le haïssez ? Il y a quelque chose qui m'a échappé. Vous ne croyez pas que vous devriez manger quelque chose ?

— Il y a beaucoup de choses qui vous échappent, Georges, dit Walling avec une pointe de méchanceté. Vous savez pourquoi je déteste mes élèves ? À cause de mon pauvre vieil imbécile respectueux de père. Ils sont assis devant moi avec toute leur insolence – qui n'est qu'un refus d'étudier – et je sais qu'ils ne vont pas mourir d'une crise cardiaque, parce qu'il y a quelque chose dans le monde pour *eux*. J'imagine qu'ils ont raison. Est-ce qu'ils ont raison, Georges ?

— Je ne sais pas. Je ne les déteste pas.

— Mais ils vous ennuient. C'est pire. N'empêche, l'ennui est un privilège de *goy*. Les Juifs n'en ont pas le temps.

— Vous parlez comme Rubin. À la place des autres. »

Walling hoqueta. « Ça me rappelle quand je m'étais mis à faire des réussites le soir. Alicia détestait ça. Un jour, elle m'a dit : "Quand tu perds une partie, c'est parce que je l'ai gagnée !" » Il rit, enfouit sa tête dans ses mains, puis leva les yeux vers Georges. « Qu'est-ce que vous en dites ? Qu'est-ce qu'on peut répliquer à ça ? »

Georges était en train d'enfourner une part de la pizza qui avait été déposée entre eux. À mesure que son estomac se remplissait, il se sentait gagné par un apaisement maussade.

« Vous vous souvenez trop, dit-il.

— Regardez les jeunes filles », dit Walling en se redressant et en désignant la fenêtre. Dehors, dans la rue, deux jeunes femmes regardaient par la vitrine. L'une d'elles louchait agressivement ; les yeux de l'autre étaient ouverts rêveusement, comme si ce qu'elle voyait était l'objet de son désir le plus profond. Sa bouche faisait la moue. Georges releva son dessin comme s'il l'eût suivi du bout du doigt. C'était une bouche humaine ordinaire, semblable à des millions d'autres, charnue dans le milieu de la lèvre inférieure. Elle portait un rouge à lèvres névrotique – c'est le mot qui lui vint à l'esprit –, un rouge violacé. Mais c'était une jolie bouche. Ce serait médiocre, mais captivant, de l'embrasser – une bouche molle, sans réaction, mais pourtant il en avait envie à cet instant, tandis qu'elle se tenait là dans ses beaux habits comme la bourre dans un oreiller, recousue tout autour, gantée, chapeautée et ceinturée. Bien emballée, prête à être éventrée.

Son regard revint avec gêne à Walling, mais Walling contemplait le bar où un petit groupe de gens s'amusait bruyamment.

« Je connais ce jeu », dit Walling.

Celui que je joue ? se demanda Georges. La fille était toujours là, perdue, rêveuse. Son amie lui tenait le bras. Georges frissonna, grogna pour lui-même, endolori. Il les voulait toutes, scellées dans leurs enveloppes, alignées pour son plaisir exclusif.

« C'est un jeu sicilien, disait Walling. Vous connaissiez ?

Pierre, papier, ciseaux. J'y jouais quand j'étais gosse. Tous ces jeux sont italiens.

— Pas si fort, chéri ! » cria une femme. Debout à côté d'elle, ses doigts ouverts comme des ciseaux, se trouvait l'homme qui lui tenait le bras. Tout d'un coup, il abaissa violemment les doigts en les faisant claquer sur la peau de la femme. « Salaud ! » dit-elle. Le petit groupe devint silencieux. Puis, l'un après l'autre, ils se retournèrent vers le bar.

« Je vais vous emmener à une fête, annonça Walling. Sortons d'ici. »

Georges paya leur addition, tandis que Walling fouillait stupidement dans ses poches. « Votre tournée », marmonna-t-il.

De nouveau des rues ; de nouveau des visages, qui parurent à Georges plus étranges que ceux qu'il avait vus auparavant, ni animaux ni tout à fait humains, pourtant marqués par une souffrance lointaine – peut-être, se dit-il, savent-ils que les plaisirs de la nuit qu'ils recherchent avec une telle impénitence ne se matérialiseront jamais.

Le rez-de-chaussée du H.L.M. dans lequel Walling l'emmena était carrelé de losanges aussi gris que ceux des sols de pissotière. Ils montèrent lentement cinq volées d'escalier. Un chien aboya derrière une porte verte. Des bruits de fête se brisaient en vagues incohérentes contre les murs. La porte était ouverte. Ils entrèrent dans une cuisine dont les murs étaient couverts de flèches peintes pointant dans toutes les directions.

Un gros homme roux débitait énergiquement du jambon, une expression d'impatience contenue mais quelque peu théâtrale sur le visage, tandis que plusieurs femmes gloussantes et virevoltantes s'appuyaient contre lui en s'exclamant devant le travail résolu du couteau. Il portait un petit tablier d'organdi. De temps à autre, il s'interrompait et regardait les femmes autour de lui avec un air d'incrédulité comique. « La frontière entre le chic et l'atroce est très confuse ces temps-ci », dit-il à Georges et à Walling.

Dans chacune des trois autres petites pièces, hommes, femmes et autres se pressaient en groupes compacts, certains étaient assis par terre. Une femme d'âge mûr contemplait désespérément une étagère de livres. Walling abandonna Georges et alla dans la pièce la plus éloignée. Georges bavarda avec quelques personnes : un jeune avocat soûl qui tenait à la main un oignon en or qu'il regardait de temps à autre ; un couple de Noirs, lui un travailleur social, elle une actrice au visage délié et tranquille ; une femme brune aux jambes lourdes qui lui attrapa le bras et lui dit qu'elle venait d'arrêter de fumer parce qu'elle voulait savourer chaque minute de sa vie. Elle s'appuya contre lui avec espoir, mais il ne voulait pas être savouré.

Walling apparut soudain à côté de lui. « Il faut que je mange quelque chose de chinois, dit-il en poussant Georges vers la cuisine. Ils commencent à mettre du Vivaldi… »

L'homme aux cheveux roux était en train de hacher un chou chinois.

« Merci, dit Walling.

— Ç'a été ? » demanda l'homme, les yeux noyés de larmes. Oignons ? Alcool ? Chagrin ?

« Impeccable, dit Walling.

— Toujours le même enculé, hein, Harve ? L'éducation est une circonstance atténuante. La mienne. » Il versa le chou dans un bol, puis se retourna et tapota le derrière d'une jeune femme en robe bleue. Au moment où Georges et Walling sortaient, l'homme lança : « Il paraît qu'Alicia s'est installée en Yougoslavie.

— Oh, merde… » dit Walling.

Ils prirent un taxi jusqu'à la voiture de Georges. À partir de là, Walling le dirigea jusqu'à la 125e Rue. « Ce sera fermé, dit Georges.

— Ferme jamais… »

Georges se sentait mal. Il avait bu plusieurs verres de vin blanc ; la pizza semblait s'être reconstituée juste sous ses côtes.

Il se gara sous le gigantesque Mécano du métro aérien. Au moment où ils descendaient de voiture, une rame fila au-dessus d'eux. Quand le tonnerre se fut éloigné, un silence menaçant envahit la rue, ponctué seulement par le discret cliquetis des feux passant du vert au rouge. Une légère brise balayait la 125e Rue depuis la rivière où s'élevaient les restes des anciens docks de la Hudson River Day Line, un inexplicable tumulus désormais. Le restaurant chinois était fermé.

« Il ne ferme jamais », répéta tristement Walling en contemplant les fenêtres obscures.

De l'entrée d'une construction délabrée voisine du restaurant, un jeune garçon apparut soudain. Il courut vers Georges.

« Hé, m'sieur. Vous voulez voir un mort ? »

Surpris, Georges rit. « J'en ai suffisamment vu », dit-il. Le garçon fixa Georges avec étonnement, le bras tendu vers l'entrée de l'immeuble derrière lui.

« Non. Je veux dire un mort pour de vrai… »

Georges et Walling revinrent à la voiture. Lorsque Georges se retourna, le garçon avait disparu.

« Un pochard…

— Nous aurions peut-être dû aller chercher la police, dit Georges.

— Pas de conneries, dit Walling. Retournons à la 10e Rue. Vous pouvez prendre le lit de camp. Je me mettrai dans le fauteuil. Il y aura peut-être un film pour insomniaques, plein de morts. Tout est tellement insatisfaisant. Il va falloir que je me couche le ventre creux.

— Pourquoi est-ce que vous ne vous contentez pas d'une omelette au jambon ?

— Je n'ai pas l'intention de me contenter de quoi que ce soit.

— Vous êtes sûr que vous ne voulez pas qu'on s'arrête quelque part ? »

Walling était affalé sur son siège, les genoux coincés contre le tableau de bord. Si Georges n'avait pas eu le regard tourné vers lui, il n'aurait pas vu Walling secouer la tête. Quel culot de penser que les gens vont prendre la peine de le regarder pour saisir au vol ses molles dénégations !

« Je ne savais pas que vous viviez là-bas. »

Walling grogna. « Vous avez l'air tellement... choqué. Mon taudis de rêve ! Mon écran de soixante-dix centimètres ! Rêves d'été... Quand septembre vient, je suis un homme différent. Georges, j'ai un appartement de deux pièces, en plein milieu de ce centre du réalisme capitaliste, Lincoln Square. Une vieille dame vient une fois par semaine aspirer mon tapis vert et récurer ma foutue baignoire. J'ai même des placards, où mes habits sont bien rangés, et un cendrier à côté de mon lit. » Il s'interrompit, puis dit avec rogne : « Ce *studio*... Le principe stratégique, c'est la survie. Voilà pourquoi je lui ai laissé Alicia. Mais quoi qu'on en dise – comment on s'est détestés des années durant, et tout – c'est *toujours* atroce. On ne le sent pas tout de suite. J'ai d'abord été soulagé. Je flottais librement. L'air était purifié. Je me suis débattu pendant quelques semaines, puis je suis revenu ventre à terre et je me suis jeté à ses pieds. Elle m'a dit que j'avais besoin d'aide. Elle connaissait un charmant petit analyste. Ou Billy en connaissait un. J'ai oublié. Alors j'y suis allé – sournoisement. Vous voyez, je croyais que c'était un truc pour me donner rendez-vous. Je me disais qu'elle était prisonnière et qu'elle avait échafaudé un plan pour que nous puissions nous rencontrer en secret.

— L'analyste vous a plu ?

— S'il m'a plu ? Georges, vous êtes un incorrigible nigaud !

— Si vous croyez que je comprends quelque chose à ce que vous racontez…

— Je suis allé le voir pendant un an, poursuivit Walling. C'est à cause de lui que j'ai loué ce merdier sur la 10e Rue. Il m'a dit de bouger, de me mettre à quelque chose, n'importe quoi. Pendant des mois j'ai continué à croire qu'elle allait venir me retrouver à son cabinet. J'étais toujours en avance pour être sûr de ne pas la rater. Elle me téléphonait chaque semaine… pour voir comment j'allais. En Yougoslavie. Mon Dieu, mais que fait-elle là-bas ? »

Walling était-il ironique ? Qu'était-il ? Si A n'est pas B, il doit être C. Lorsque quelque chose n'était pas clair, c'était seulement parce qu'on n'avait pas saisi l'enchaînement. Mais ce n'était pas ça non plus. Comment pouvait-on savoir ce qu'était A ? A pouvait être une pensée, une chose, l'ombre de l'un ou l'autre. La voix de Walling, alternativement pâteuse et larmoyante, commençait à taper sur les nerfs de Georges.

« J'ai loué mon appartement pendant l'été pour pouvoir payer le studio. Alicia n'a pas appelé depuis des mois. Je songe à épouser cette catholique. Mais pas tout de suite. »

Walling s'était tourné ; Georges sentait qu'il était en train de l'observer. L'attente semblait claire : c'était maintenant à son tour de parler de lui, mais il ne le pouvait pas. Quelques heures plus tôt à peine, il avait été capable de dire quelque chose à Martha Palladino. Il ne se souvenait plus de ce qu'il avait dit. Il était déjà trop tard. La vérité gisait parmi ses propres éclats. Il avait mal à la tête ; c'était comme si une partie mal définie de son corps souffrait, mais la nature de la douleur, sa localisation lui échappaient.

« Je ne le sens pas ! » s'écria-t-il soudain.

Et Walling, comme si Georges avait énoncé quelque principe universel, grogna et se prit la tête dans les mains. Il ne dit rien jusqu'à ce que Georges eût garé la voiture. « Je l'épouserai quand je quitterai le studio », dit-il lorsque Georges se baissa pour verrouiller sa portière.

De retour dans la pièce, Walling alluma le poste de télévision, puis s'affala dans le fauteuil de cuir, la tête enfoncée entre les épaules, les yeux rivés sur l'écran silencieux.

Georges s'étendit sur le divan. Il y avait quelque chose de dur juste dans le creux de ses reins. Il ne prit pas la peine de l'enlever. Un livre, probablement. Il commença à se sentir étrangement petit, comme s'il avait été fondu dans un creuset et avait perdu l'essentiel de son poids d'adulte. Et se sentant petit, il éprouva un sentiment de solitude angoissée, la solitude impuissante de l'enfance. Il tourna les yeux vers Walling, mais celui-ci dormait déjà, le visage zébré par la lueur blême de la télévision. Un lointain murmure émanait du poste, telle une conversation dans une pièce voisine. Quel réconfort pouvait-on trouver ? Il avait amené sa misère à deux personnes pour ne parvenir qu'à leur remémorer la leur.

Quelque chose menaçait dans le noir autour de lui, inimaginable, funeste. Georges se redressa. Il fallait qu'il rentre chez lui. Il n'y avait ni crayon ni papier pour laisser un message, et il n'y avait pas de mots pour expliquer l'urgence de son départ. Il se faufila dans le couloir obscur.

Il parcourut les rues de la ville jusqu'à la voie rapide, où seules les stations d'essence jetaient une brève chaleur acide, puis plongea dans la nuit de la campagne. Chemin faisant, il avait commencé, non sans quelque hésitation, à élaborer un programme – une semaine pour nettoyer la maison à fond et organiser son retour à New York, puis les préparations pour la rentrée des classes. Quelles raisons aurait-il de rester à la campagne ? Tant d'efforts pour un triste paysage d'hiver et une petite maison sordide ? Tôt ou tard, il faudrait qu'il voie Emma ; du moins faudrait-il que quelqu'un la voie. Argent, avocats, papiers, comptes en banque.

Quelques heures auparavant, il avait fait en sens inverse cette même route, qui, maintenant qu'elle n'était plus éclipsée par le désespoir brut avec lequel il l'avait parcourue plus tôt, lui paraissait sienne, comme si elle conduisait à un lieu à lui seul réservé.

Conduire la nuit était pour lui fondamental, archétypal, essentiel. Avait-il éprouvé une sensation différente lors de son premier parcours solitaire de nuit, lorsqu'il était allé jusqu'à Provincetown un été, quatorze ans plus tôt ? Alors, comme aujourd'hui, la boîte à roulettes l'avait délivré de tous ses soucis terrestres. Du début à la fin du voyage, il avait été l'esprit de la machine. C'était certainement une nouveauté en ce monde que cette parenté avec les voitures. C'était une sorte de possession. Il avait entendu dire qu'à Milan, le dimanche, on arrivait à dénombrer jusqu'à soixante accidents graves dans un rayon de vingt-cinq kilomètres autour de la ville.

Ce trajet jusqu'à Provincetown avait eu lieu il y a si longtemps. Quel âge avait-il lorsque par quelques centimètres de vitre de train embuée il avait vu le sombre village perdu dans la neige ? C'étaient des parcelles du cœur même de sa mémoire – pas des souvenirs – éprouvées à neuf chaque fois qu'elles lui revenaient. S'il roulait toute la nuit, peut-être la matière primordiale de sa vie reviendrait-elle tout entière. Presque tout le reste était de l'information, se dit-il. Comme tous ceux qu'il connaissait, il était devenu de l'information plus que toute autre chose.

Comme tous ceux qu'il connaissait ? Et Martha, pour qui le manteau du quotidien était tombé en loques ? Mais quelle fichue manière d'être : suspendue entre deux absolus, la santé ou la dissolution, méprisant l'une, raillant l'autre, et vice versa probablement. Elle était la personne que l'on rencontre après un accident, une affligée permanente. Il se rappela comme ses bras lui avaient semblé beaux.

Pensant à ces bras, il se souvint de ceux de sa mère. Un jour, il les avait vraiment regardés. Elle portait un chemisier de coton sans manches, à col haut. Entre son aisselle et son coude, il avait vu l'arc de chair tendre, mouchetée de son, flottant, un drapé de chair. Simultanément, il avait saisi qu'elle était vieille. D'une manière ou d'une autre, elle avait dû savoir ce qu'il pensait parce qu'elle l'interpella sèchement et l'envoya faire une commission inutile. Elle n'avait plus jamais porté de manches courtes. Mais la connaissance pécheresse de la mort était déjà profondément logée en lui – le crochet déchirant les chairs, la pelle enfoncée dans la neige. Tout mourait ; la mort était éternelle.

Il passa le pont qui enjambait le réservoir du barrage de Croton, en ralentissant pour quitter la voie rapide. Pour la première fois, il vit une autre voiture. Elle aussi avait ralenti. Une lumière s'alluma et il vit un groupe de jeunes gens entassés sur les sièges avant et arrière. L'un d'eux tenait une bouteille qu'il leva pour boire. La lumière s'éteignit ; avec un gargouillement sénile, la voiture s'éloigna. Peut-être Ernest avait-il été là-dedans avec les autres. Georges se dit que non. Ernest ne boirait pas ; il fallait qu'il fasse attention.

Il arriva à une bifurcation ; la route de droite conduisait à sa maison. Et si Ernest l'attendait là-bas ? Et s'il n'arrivait jamais à se débarrasser d'Ernest ? Saisi d'un dégoût subit et violent pour ces pièces vides – il savait parfaitement qu'Ernest ne reviendrait plus maintenant –, il prit la branche de gauche, qui menait chez Devlin. Sans penser à grand-chose, il gara sa voiture à quelques mètres de l'allée des Devlin.

Les lumières étaient allumées partout dans la maison, sauf à une fenêtre du côté sud. Sans faire d'effort pour se cacher, Georges traversa la pelouse en direction des fenêtres du salon. Il y avait un bourdonnement d'insectes. Des grappes de moustiques étaient collés sur les moustiquaires dans une attitude de supplication. Il n'y avait pas un souffle de vent, seulement cette étrange suspension du mouvement qui apparaît à la fin de l'été, quand tout semble arrêté au bord du changement critique. La lune avait décliné, mais les étoiles brillaient ; jetées à travers d'inimaginables distances, leurs lumières étaient celles d'une ville inversée.

Le bruit d'insectes décrût. Georges s'arrêta à quelques pas de la fenêtre qui donnait sur le salon. Il déboutonna le haut de sa chemise, se sentant gêné par ses vêtements et sale, comme si les rues de la ville, la chambre de Walling, le bar à pizza l'avaient contaminé.

Si seulement il pouvait envoyer valser tous ses habits ! Cette pensée le mit aussitôt terriblement mal à l'aise. Il regarda dans le salon.

Un grand vase de fleurs jaunes à demi fanées était posé dans l'âtre où il avait vu flamber des bûches. Sur la table, devant la fenêtre, il vit une boîte d'où débordaient les touffes légères de copeaux d'emballage. À côté de la boîte, comme pour l'expliquer, était posé un verre à pied en cristal taillé auquel adhéraient encore quelques copeaux.

« Qu'est-ce que tu lui as dit ? » demanda la voix de Minnie. Georges fit un bond en arrière. Elle voguait vers la fenêtre enveloppée dans des flots de fine soie verte, le visage fermé. Elle se pencha sur la boîte, les mains vibrant passionnément comme si tout son être avait afflué aux extrémités de ses doigts. Elle grogna, retira précautionneusement un nouveau verre, arrondit les lèvres pour souffler la poussière et le déposa à côté de l'autre, puis se releva et les contempla. Elle se tourna, comme pour écouter.

« Je t'ai demandé : qu'est-ce que tu lui as dit ? » Elle baissa les yeux sur sa poitrine, ôta quelque chose d'une pichenette, rappuya le menton pour voir. Puis elle sourit. Georges sourit, lui aussi. Il frémissait ; il avait envie d'éclater de rire. Il plaqua sa main devant sa bouche et recula encore un peu. Minnie se tenait là, regardant alternativement les verres à pied et ses seins. Il y avait un lointain bruit d'eau courante. Georges courut de l'autre côté de la maison et découvrit Charlie Devlin en train de se brosser les dents dans une petite salle de bains.

Il brossait avec une froide énergie, de haut en bas, selon la technique recommandée, le visage éteint, sauf lorsqu'il était animé par une grimace rituelle à intervalles réguliers. Grand, fort, dents de loup. Il brossait, l'écume coulant des coins de sa bouche, des postillons de pâte giclant sur la glace. Brosse, brosse... ses dents, pas ses dents. Ces crocs appartenaient au monde – pour le mordre, pour le broyer. Un filet de sang rosâtre coula sur le menton de Charlie. Il s'avança vivement vers la glace, fronça le sourcil, se massa les gencives avec le coin d'une serviette puis essuya la glace avec le même coin de serviette. Il rinça ensuite sa brosse à dents en soupirant bruyamment.

« Je leur ai dit – il se pencha de nouveau, s'éblouissant lui-même d'un sourire dentu – que s'ils engageaient cet emmerdeur pour me coller au train avec une encyclopédie dans la tête je les plaquais, Avec ou sans doc, je leur ai dit, Charlie Devlin est capable de parler de n'importe quoi à n'importe qui n'importe quand. Alors ils m'ont demandé comment je pouvais faire une série d'émissions sur l'existentialisme sans rien lire dessus. Je leur ai dit qu'en deux heures j'avais liquidé Kirkegaard. Tout ce que j'ai besoin de connaître, c'est la première et la dernière lettre de n'importe quel alphabet. La première et la dernière. » Il jeta la serviette dans un panier.

« Alors ils m'ont sorti cette horrible petite pédale avec le cul emballé par le Comptoir des Lopettes S.A. en me disant qu'il était à mon service. Bourré de diplômes, qu'ils disaient. Je leur ai dit que j'avais déjà assez de trucs sur les bras sans être obligé de surveiller mes arrières en plus. »

Minnie apparut dans l'encadrement de la porte. « Devant lui ? demanda-t-elle.

— Je ne suis pas dépourvu de tact », répondit Charlie. Il mit les mains à la taille et virevolta en plissant les yeux. « Tapette, chouquette, loquette, zozota-t-il.

— Eh bien… C'est épouvantable ce qu'on te fait subir, mon chéri. »

La main de Charlie jaillit brusquement et empoigna Minnie dans la région du sein droit. Elle poussa un cri, gloussa, recula. Ils disparurent.

Georges s'écroula sur la pelouse, enfonçant son visage dans l'herbe humide. Il entendit battre son cœur : un insecte grimpa sur son nez. Il se releva lourdement. Il était tordu de rire. Sans précaution, il refit précipitamment le tour de la maison. Les Devlin admiraient les verres à pied.

« Je sais ce que tu aimes, disait Minnie, tandis que Charlie attrapait deux verres. Est-ce que je ne sais pas toujours ce que tu aimes ?

— Ça c'est vrai, répondit Charlie, une expression absente

sur le visage. De toute façon, ils ont vidé le gars et embauché la fille. Mais elle, je n'aurai même pas à la voir, c'est une assistante documentaliste.

— Une fille ? »

Charlie rit et commença à parcourir le salon. Minnie le suivait, un air d'attention aiguë sur le visage. Cercle après cercle, ils serpentaient parmi leurs choses : sofas, ottomanes, tables, rideaux, magazines, paniers. Qui suivait qui ? Puis Charlie s'arrêta.

« Dis donc… j'entends quelque chose. »

Minnie s'arrêta juste derrière lui. Elle tourna le regard vers les fenêtres.

« Ouais. J'entends quelque chose. Déjà tout à l'heure.

— Un chien.

— Un chien ? »

Ils restèrent immobiles et silencieux. La main de Minnie caressait le bras du sofa. Georges écoutait, lui aussi.

« C'est peut-être Trevor, dit-elle.

— Trevor dort à poings fermés. » Devlin pivota vers les fenêtres, tournant le dos à Minnie. La main de Minnie s'immobilisa, puis son visage eut l'air d'enfler, comme si un afflux d'air le remplissait ; même ses yeux se bombèrent tandis que son regard de marbre se posait sur la nuque de son mari. S'il l'avait regardée à cet instant, se dit Georges, il aurait été changé en pierre.

Mais il se tourna effectivement, et aussitôt Minnie sourit.

« Un petit chien de la campagne, dit-elle, sorti faire la fête. »

Charlie fronça le sourcil. « Toutes les villes par ici sont pleines de bons à rien.

— Allons nous coucher.

— Des tueurs… Tu n'as pas vu les statistiques. » Les yeux de Charlie se rétrécirent. La conviction de la présence d'ennemis semblait donner au visage humain son expression la moins ambiguë. Comme Charlie avait l'air effrayé ! Tout en regardant monter la peur, Georges se souvint du contact de la porte qui l'avait séparé d'Ernest, de ce premier éclair de terreur pure qui l'avait cloué à la porte. Puis Ernest était apparu. Comme il avait été facile d'oublier cette terreur ! De se dissoudre dans la bienveillance ! Il avait cru qu'il n'y avait rien qui pût résister à la compréhension. Quelle absurdité ! Il n'avait essayé d'étreindre Ernest que pour maintenir les mains d'Ernest à distance de sa gorge. Il n'avait jamais rien ressenti envers Ernest, seulement de la peur.

Minnie avait commencé à éteindre les lampes, se penchant doucement vers elles, sa main grassouillette s'enroulant autour d'elles avec une lubricité possessive, souriant à mesure que les lumières disparaissaient. « Au lit, au lit, au lit... », chantonnait-elle. La pièce fut soudain noire.

Ils allaient probablement monter maintenant. Mais Georges ne pouvait pas retomber dans la nuit, pas encore, retrouver sa maison, ses lampes, ses objets et ses tâches. C'était comme si cette étrangeté qu'il ressentait n'était pas une émotion, mais un endroit qu'il lui fallait explorer entièrement avant de retourner à sa propre existence.

Enfin, la lumière de l'entrée s'éteignit. Georges courut à l'arrière de la maison, puis refit le tour, glissant et trébuchant, revenant sur ses pas, tournant en rond, fouillant l'obscurité du regard pour attraper le rayon de lumière qui lui indiquerait où ils étaient allés.

Il y avait eu un bruit, mais il ne l'avait pas entendu. Cela fut si rapide qu'il ne comprit pas ce qui se passait. Il était assis par terre, aveuglé par la lumière jaillissant de la porte ouverte. Les Devlin couraient vers lui, Charlie un pistolet à la main, Minnie hurlant, les mains dans les cheveux.

« Tais-toi ! » brailla Devlin. Mais elle hurlait : « Il essaie de défaire ses lacets ! Il essaie... » Charlie la gifla de sa main libre.

Georges, stupéfait de ses propres sanglots, farfouillait dans ses chaussures ; quelque chose lui faisait affreusement mal dans la poitrine ; il avait de nouveau mis ses chaussures à l'envers, et Maman et Lila le regardaient. L'une d'elles allait dire : « Il n'arrive même pas à *sentir* quoi que ce soit ; même ses pieds ne lui disent pas à quel point il est stupide ! »

« Mecklin... » gémit Minnie. Elle fit soudain demi-tour, et Georges retomba en arrière dans l'herbe. « Trevor est là ! cria-t-elle. Monstre, tu l'as laissé voir ça !

— Appelle une ambulance », dit Charlie en se penchant sur Georges. Georges leva les yeux vers lui, conscient maintenant qu'il saignait, qu'un trou avait été percé en lui, que Charlie avait caché son pistolet dans son dos, que Charlie devenait de plus en plus grand, comme un arbre prenant ses racines dans la poitrine de Georges où brûlait la douleur.

# 6

L'une s'enfuit dans la nuit ; l'autre resta ; puis apparurent d'autres silhouettes. Les longues feuilles d'herbe jetaient des ombres sur leurs jambes.

« Est-il conscient ? demanda une voix lointaine.

— Aussi conscient que toi, Barney Google [1], répondit une voix proche de l'oreille de Georges.

— Demande où il habite », fit la première.

Un cri – celui de Charlie : « Je sais où il habite ! »

Immédiate, comme si elle était dans sa tête, une voix gémit : « Pourquoi est-il là ? »

Les grosses chevilles de Minnie, teintes en rouge par les feux arrière de l'ambulance, tremblaient ; un moustique se posa sur l'une d'elles.

Le visage de Charlie fondit sur lui. « *Où est Emma ?* demanda-t-il, comme s'il parlait à un étranger.

— Partie », chuchota Georges.

Un bras passa derrière ses épaules. « Il faut que je vous rebouche... Vous êtes troué des deux côtés, v'voyez ?

1. Barney Google : héros d'une bande dessinée américaine des années vingt. *(N.d.T.)*

— Au secours ! » s'écria Georges tandis qu'on le retournait.

Minnie s'étrangla.

« Ça fait toujours un plus gros trou par où ça ressort, ma p'tite dame. »

Deux visages inconnus se rapprochèrent, dont celui d'un Noir qui demanda : « Ça va pas fort ?

— Est-ce qu'il a dit qu'Emma était *partie* ?

— *Tais-toi, Minnie !* Écoutez, je vais vous accompagner à l'hôpital. C'est un ami.

— Vous traitez toujours vos amis comme ça ? demanda le Noir, qui restait penché sur Georges.

— Vous êtes médecin ? demanda Georges, incapable d'entendre sa propre voix,

— Peut-être », répondit le Noir. Georges n'avait jamais rien entendu d'aussi mystérieux ; il jeta un regard éloquent au visage du jeune homme. Mais le Noir regardait la poitrine de Georges. « Nous allons vous mettre sur une civière, maintenant, vous soulever. Bientôt vous ne sentirez plus rien.

— Allons-y, Barney Google, dit quelqu'un.

— C'est votre nom ? chuchota Georges.

— Mon Dieu ! Qu'est-ce qu'il dit ? cria hystériquement Minnie. Personne ne va me le dire ?

— Non, ce n'est pas mon nom, dit le Noir, agenouillé, sur le point de se relever. C'est la blague de mon copain.

— Tuez-le », dit Georges en sombrant dans un tourbillon obscur qui l'emporta à une vitesse terrible jusqu'à ce qu'il revînt à lui, une odeur répugnante dans le nez, sentant un oreiller sous sa joue et Devlin accroupi dans les parages.

« Bon Dieu, mais qu'est-ce que vous foutiez par ici ? Vous savez quelle heure il est ? Comment j'étais censé savoir que c'était vous ?

— Ne lui parlez pas.

— Et pourquoi donc ? Il est conscient.

— Parce que j'ai dit que non. »

La main du Noir était posée à côté de celle de Georges. Georges la prit faiblement, se cramponnant.

« Merde..., s'exclama Devlin.

— Ne parlez pas, dit le Noir à Georges. Nous serons bientôt arrivés. Ils vont vous donner quelque chose de bon, vous vous sentirez bien. » Il serra la main de Georges, retira la sienne et tourna le dos à Devlin.

Des lumières cinglaient le visage de Georges et disparaissaient aussitôt. Il entendait le bruit de la circulation, apercevait des toits basculés. La sirène de l'ambulance retentit.

« Va tomber », dit Georges. Le Noir se tourna vers lui. « La maison...

— Non, dit le Noir.

— Je peux fumer ? demanda Devlin.

— Pourquoi vous me posez une question pareille ?

— Pourquoi pas ?

— Si vous ne savez pas pourquoi, ce n'est pas moi qui pourrai vous le dire.

— Règlements imbéciles...

— Foutez-le dehors », dit Georges d'une voix grinçante qu'il ne se connaissait pas.

Le Noir regarda Devlin. Devlin haussa les épaules.

Puis ils arrivèrent – une rampe, des portes battantes à bourrelets de caoutchouc brun, un couloir, une odeur d'hôpital, une chambre, deux lits, sur l'un d'eux un homme gémissant sous les bandages qui lui couvraient le visage, un rideau à demi tiré autour de lui, mais ne cachant que ses jambes. Georges fut soulevé, reposé comme une poterie cassée.

« Qu'est-ce qui s'est passé ? demanda un homme au crâne

couvert d'un bonnet blanc, le menton et les joues hérissés de poils durs.

— Je l'ai pris pour un rôdeur, dit la voix de Devlin, toute proche. Mon Dieu ! Vous avez vu l'heure qu'il est ? Comment vouliez-vous que je sache qu'il viendrait nous voir à trois heures du matin ?

— Alors vous êtes sorti en canardant, hein ? » C'était la voix du Noir.

« Pourquoi vous n'allez pas vous faire voir ailleurs ? dit Devlin.

— Calmez-vous », ordonna le médecin. Il se pencha. « Faut que je regarde, dit-il à Georges en tendant la main vers la compresse.

— Ça n'est pas grave ? demanda Devlin d'une voix faite d'une substance épaisse et végétale.

— Je ne sais pas...

— Vous ne savez pas ?

— Si le poumon lâche, il peut collapser sur le cœur – c'est le pneumothorax. Et si du sang ou de l'air traverse la paroi... » La voix du médecin était impatiente. Il n'était pas jeune. Georges ne quittait pas son visage des yeux – peut-être y lirait-il ce qui allait lui arriver.

« Mais ça n'est pas grave ? » implora Devlin.

Le médecin eut un rire sarcastique. « Nan... » dit-il. Un agent de police apparut derrière la porte.

« Qu'est-ce qui s'est passé ici, Sam ?

— Je viens d'arriver », répondit le médecin avec agacement.

Devlin agrippa le bras de l'agent. « C'est un ami, dit-il. Un bon ami. Mais il a des drôles de façons. Comprenez, je ne pouvais pas savoir qui c'était. À trois heures du matin... » L'agent secoua le bras pour faire lâcher prise à Devlin et le poussa dans le couloir.

« Oh… oh… bon Dieu…, gémit l'homme qui était couché sur l'autre lit.

— Qu'est-ce qui lui est arrivé ? interrogea Georges.

— Vous voulez une chambre individuelle ? demanda le médecin.

— Non. Ça commence à faire très mal.

— On va vous donner quelque chose.

— Quoi ? »

Le médecin fronça les sourcils, et se retourna pour parler à une infirmière qui était adossée à la porte.

« J'ai une mutuelle, dit Georges en s'étonnant de sa voix, si fêlée, si enfantine.

— Félicitations. Mettez-le en 206 », dit le médecin à l'intention de l'infirmière. Puis il se pencha sur Georges et sourit avec une timidité étrange, comme s'il le rencontrait pour la première fois. « Ça va aller, dit-il. Il faut que nous posions une sonde là-dedans… pour laisser l'air s'échapper. Ne faites pas la grimace. Vous avez de la chance. Il aurait pu toucher l'autre côté.

— Mr. Mecklin, demanda le Noir en apparaissant à côté du lit, voulez-vous que je prévienne quelqu'un ? »

Georges secoua la tête. Il n'avait jamais été aussi fatigué de sa vie entière. Il voulait remercier le Noir de savoir son nom. Après avoir été blessé, après le désastre, ça faisait du bien d'entendre son nom. Il était toujours là. Mr. Mecklin. Il espéra qu'il souriait à l'homme, même s'il n'était pas sûr de la localisation de son propre visage.

La maladie faisait un enfant d'un adulte ; le présent refluait, et il restait un enfant seul dans la nuit. Avec un fragile désespoir, il cherchait du réconfort autour de lui, quelqu'un qui le touchât autrement qu'à des fins médicales, se souvenant de l'étreinte de la main du Noir dans l'ambulance – et ne le trouvant pas, il parla avec trop d'abondance à l'interne qui vint l'interroger sur son passé médical, sourit trop largement à l'infirmière qui vint prendre sa tension et afficha un air radieux lorsqu'ils installèrent une sonde dans sa blessure et branchèrent un autre tuyau sur un flacon de glucose. Ses questions furent ignorées ; son acceptation enjouée de la douleur, pas visiblement appréciée.

Peut-être, après tout, voyaient-ils clair dans son jeu. Le tremblement dans sa voix n'était pas seulement le produit du choc, mais aussi celui de la peur. Ce qui était né en lui, c'était la connaissance de sa propre mort. Comment pouvaient-ils apaiser cette peur ? Ils la connaissaient parmi eux, secret ultime et partagé de leur profession – au-delà de ce que requérait la nécessité, pourquoi le toucheraient-ils ? Il était intouchable. L'interne le regarda même d'un air accusateur, comme si le maigre dossier de Georges l'avait déçu ; une amygdalectomie, diable ! Un peu de sinusite ; une petite infection urinaire. Rien de bien remarquable.

L'effet de la drogue que lui avait administrée l'infirmière avait été bloqué par toute l'agitation ; il y avait eu des radios et l'interrogatoire, des tests sanguins, des feuilles tournées, des mains et des machines à l'œuvre. Il faudrait attendre un peu avant qu'on puisse lui donner du Demerol, lui dit l'infirmière d'un ton sévère, comme pour le prévenir que ses plaintes ne serviraient à rien.

Puis tout le monde s'en alla, au moment même où la pâle lumière cendrée du matin franchissait l'appui de la fenêtre. Il y aurait, après tout, un nouveau jour pour lui. Il était heureux d'être seul, bien qu'effrayé de ce qu'il verrait lorsque les trois autres lits de sa chambre seraient dévoilés. Il écouta les bruits : une lourde exhalation, presque menaçante, tout près, un timide renflement dans le coin diagonalement opposé au sien, et, provenant du dernier lit, étouffé par les rideaux verts, un grognement doux et irrésistible émis comme un mot chargé de sens.

Mais, plus terrible encore que ce qu'il risquait de découvrir dans ces autres lits, il y avait sa propre blessure. Les pansements, lorsqu'il regardait vers le pied du lit, affleuraient délicatement au bord de son champ de vision.

Son corps semblait être effroyablement déployé, perdu pour lui, ce *lui* qui avait été son tout. Avait-il imaginé qu'il était le seul soutien de la totalité de ses cellules ? Et que *lui* avait réellement plus d'importance que les cellules de ses poumons, de ses doigts en sueur ? La démocratie du corps était une chose terrifiante à envisager ; il avait cru qu'il *était* ce qu'il pensait ; ce qu'il était réellement, c'était un paquet de nerfs à la dérive.

Le tuyau qui allait de son poumon à un récipient en verre accroché sous le lit l'effrayait. Il avait peur des mouvements involontaires qu'il risquait de faire. Le lit, haut perché sur ses pieds, avec son fonctionnalisme affiché, son affirmation d'indifférence, blanc, tubulaire, implacablement virginal, était, il le savait, sujet à de soudaines convulsions déclenchées par des leviers situés à son pied. Et si une infirmière non avertie de son état projetait sa foutue poitrine trente centimètres en l'air ou, dans un accès catastrophique d'efficience maniaque, le faisait basculer cul par-dessus tête ? Le jour pénétrait maintenant à flots ; c'était la lumière jaune et chaude de la fin août. Les dormeurs se réveillaient. Georges entendit un moteur hurler derrière la fenêtre. Il y eut une explosion de blanc lorsque trois infirmières entrèrent dans la chambre en dansant ; puis elles reformèrent les rangs de leur milice empesée.

Il lui revint soudain à l'esprit qu'il avait rendez-vous avec Ernest devant la banque. Une exclamation de rage s'échappa de ses lèvres et, pour sourde qu'elle était, attira sur lui l'attention des infirmières. Elles le dévisagèrent impassiblement. Puis une voix juste derrière lui dit : « Ça parle ! »

Il tourna lentement la tête. Une autre infirmière se tenait là, une petite maigrichonne au visage livide, aux pommettes comme des articulations et à la bouche large et souriante. Elle avait été là depuis le début, supposa-t-il.

« Je suis votre infirmière, dit-elle.

— Je peux bouger ? chuchota-t-il.

— Si vous pouvez ? Pourquoi vous n'essayez pas ? »

Il leva légèrement les genoux, puis les laissa aussitôt retomber. Il allait soulever la main gauche quand il se souvint du flacon au-dessus de son lit.

L'infirmière montra le flacon du doigt. « Petit déjeuner, déjeuner et dîner pour quelque temps, dit-elle.

— Oh la la ! À quoi d'autre je suis encore branché ?

— Chut ! Vilain ! Vous devriez dormir.

— Vous êtes restée là tout le temps ?

— Pour vous surveiller... » répondit-elle. Son sourire avait l'air amical, pourtant il semblait avoir une autre dimension, être un sourire privé, sévère.

Les rideaux étaient tirés autour des autres lits. Georges sentit le déferlement résolu de la douleur, la fin d'une anesthésie partielle, et il se demanda jusqu'où, sachant si peu de chose de la souffrance de sa chair, *ils* laisseraient la douleur aller. Et s'il criait ? Et s'il hurlait ?

Un vieux Noir couché en chien de fusil, le dos tourné vers Georges, gémissait d'une manière solitaire et abandonnée. En face de lui était couché un homme si maigre que seuls ses genoux faisaient des bosses sous les draps. Il contemplait fixement les montants de son lit à bascule. Sur la droite de Georges, un jeune homme était allongé quelque peu langoureusement, le coude plié pour soutenir un menton pointu. Ce dernier observait Georges d'un regard affable.

« Bonjour », dit-il.

Georges ne répondit rien. L'infirmière posa un doigt sur ses lèvres. Georges ferma les yeux.

Au cours des jours suivants, il découvrit qu'il était aussi difficile d'entendre l'extérieur des choses qu'il l'était d'entendre leur intérieur. Il remarquait à peine les visages ; seuls les gestes l'intéressaient. Son pouls, sa tension, sa respiration, les antibiotiques, les sédatifs, tout se chargeait de sens. Il attendait cupidement les examens, les questions et les piqûres. Même l'air mystérieusement pensif de Miss Hyslop, son infirmière, lorsqu'elle regardait les prises par où les tuyaux entraient dans son corps, le remplissait d'une sorte de joie.

Mais ce qui lui était dit, ce que signifiait tout ce qui n'était pas destiné à sonder et évaluer, il ne le savait pas. Miss Hyslop le fatiguait, et pourtant, lorsqu'elle s'absentait quelques minutes, il attendait son retour avec impatience. Un certain goût pour la conversation la poussait à lui parler sans interruption. À ses questions – Quelle matière enseignait-il ? Aimait-il les sports ? Avait-il déjà été à Porto Rico ? – il répliquait par des demandes : L'oreiller était humide... Il avait le soleil dans l'œil... Quand pourrait-il absorber un vrai repas ? Elle eut l'air ahurie, comme si elle tâtonnait dans son esprit à la recherche de l'interrupteur. Il se demanda s'il se conduisait à ce point différemment des autres.

Le matin du troisième jour, le malade noir disparut. Personne ne voulait dire où il était. Le jeune homme au menton pointu secoua la tête lorsque Georges demanda ce qui s'était passé. L'autre homme n'ouvrait jamais la bouche. Georges insista jusqu'à ce que Miss Hyslop dît : « Il s'est éteint», dans un murmure si furieux que Georges comprit que la mort ne devait pas être mentionnée en ces lieux. Les gens ne mouraient pas dans le temps, mais hors du temps. Il n'y avait pas moyen de parler d'eux.

Cet après-midi-là, il fut débranché de son flacon de glucose et on le fit asseoir au bord du lit. Ils essayaient de le tuer. Le sol se souleva pour le gifler. Miss Hyslop tenait son bras et riait.

« Quelle poule mouillée ! fit-elle

— Taisez-vous ! » répliqua-t-il d'un ton haineux.

Ses lèvres tremblèrent ; elle ouvrit les yeux tout grands.

« Excusez-moi, dit-il. J'ai peur. Écoutez, je me sens déjà beaucoup mieux.

— Chut…

— Comment pouvez-vous nous supporter tous ?

— Ne soyez pas sentimental, répondit-elle avec une sévérité inattendue. Économisez vos forces, Mr. Mecklin. Voulez-vous le bassin ?

— Pas vraiment.

— Vous n'aurez plus besoin de moi après-demain.

— Oh, non ! fit-il d'un ton pitoyable.

— Allons, Mr. Mecklin…

— Je me sens maintenant affreusement mal. »

Elle se pencha sur lui. « Si vous croyez que vous avez des problèmes, regardez un peu autour de vous.

— Je ne veux pas regarder autour de moi.

— Vous êtes tout énervé. Les malades se mettent toujours dans tous leurs états quand leur infirmière s'en va. Dans vingt-quatre heures, vous m'aurez complètement oubliée. » Elle le regarda alors avec une certaine mélancolie, mais sa bouche avait pris une inflexion de détermination, comme si elle avait énoncé une vérité essentielle à sa perception d'elle-même, une vérité gagnée à la dure, sans sentimentalité.

Il allait pleurer. Miss Hyslop fit quelque chose d'extraordinaire. Elle plongea sous son lit et commença à marteler son matelas. Il éclata de rire ; il n'arrivait pas à s'arrêter de rire. Le visage de Miss Hyslop apparut à la hauteur du matelas. Le jeune homme était appuyé sur son coude, comme toujours, et souriait.

« D'accord, d'accord, Miss Hyslop.

— Je vous prépare seulement à la visite de la police, dit-elle, souriante maintenant. Un enquêteur va venir vous poser des questions.

— De dessous le lit ? »

Elle rit, tripota un peu ses cheveux et son col. Il se l'imagina débarrassée de son uniforme, hors de l'hôpital, descendant la rue en émettant de légers appels sexuels, comme les craquements d'une radio défectueuse. Elle était un peu comme Emma, se dit-il.

« Je vais vraiment beaucoup mieux ?

— Joliment ! Encore une semaine et on vous verra vous promener dans les couloirs. »

L'enquêteur qui arriva plus tard dans la journée ne cessa de détourner scrupuleusement les yeux du visage de Georges. Peut-être soupçonnait-il que ce qu'il risquait d'y lire contredirait l'histoire que lui raconta Georges. Oui, il s'était rendu compte qu'il était vraiment tard pour aller rendre une visite. Mais il n'était pas dans son assiette – sa femme l'avait quitté. Il avait absolument besoin de voir des gens. Puis, lorsqu'il était arrivé chez les Delvin, il avait hésité à faire irruption chez eux. Pourquoi avait-il laissé sa voiture sur la route ? Eh bien… il s'était dit qu'ils risquaient de dormir. « Je n'étais pas dans un état à me conduire de manière rationnelle. » Le détective lui dit qu'il avait de la chance. Oui. Tout le monde avait eu de la chance, répéta-t-il.

Miss Hyslop arriva avec ses antibiotiques. Puis, lorsque l'enquêteur fut reparti, confirmant ses pires appréhensions, elle se plaça au pied du lit et commença à actionner le mécanisme qui en relevait la tête.

« Laissez-moi ! » supplia-t-il, sans se soucier des autres malades, sans se soucier de rien d'autre que de sa terreur à l'idée que sa poitrine allait se vider de son être, que ses poumons allaient se convulser sur les draps comme des poissons tirés hors de l'eau. Le monde prit un angle de trente degrés. Miss Hyslop souriait. « Gentil », le gronda-t-elle.

Puis elle lui dit que ça irait « très bien ». Comment osait-elle dire ça ? Il était menacé de tous côtés, par la pneumonie, par la justice, par ses entrailles tourmentées et ramollies, par la brutale certitude que tout avait changé pour lui et que sa vie ne serait plus jamais la même.

Miss Hyslop glissa une lettre sur ses genoux.

Elle était d'Emma. « Quelle histoire affreuse, avait-elle écrit. Si tu veux que je vienne te voir, tu peux me faire appeler chez Sarah Friedricks. J'ai téléphoné une bonne centaine de fois chez Lila, mais elle n'était pas là. J'ai aussi appelé Mr. Ballot à Westport. Où est la voiture ? Affectueusement... »

« Cette balle n'était pas pour moi, Miss Hyslop », dit Georges.

Miss Hyslop lui passa un doigt sur la joue. « Vous devriez vous raser », dit-elle.

Le lendemain matin, elle n'était plus là et, comme elle l'avait dit, il ne pensa plus à elle. Les Delvin y aidèrent. Ils arrivèrent à midi, s'approchèrent de son lit dans une bruyante affectation de précaution.

« Vous n'avez pas l'air trop fiévreux, dit Charlie.

— Il a une mine splendide, si on pense que... », dit Minnie.

Splendide s'envola dans la chambre en battant de ses ailes humides. Voici les lanceurs de splendide qui t'ont cloué le bec instantanément, qui t'ont avalé tout rond en une goulée de crapaud, à côté de ton lit.

« Splendide..., répéta-t-elle froidement, tout en regardant d'un œil éteint ses pansements, ses tuyaux jaunes et ses flacons.

— Droit au but, dit Charlie. Je présume que vous recevez des soins adéquats... je ne fais que le présumer... j'ai parlé avec certaines personnes : Georges, vous admettrez que c'était quand même bizarre, votre présence devant la maison à trois heures du matin. Je veux dire : quand il n'y a personne dehors sauf les voyous. Disons que vous étiez ivre. Je ne suis pas contre, absolument pas.

— Charlie, tais-toi ! coupa Minnie. Charlie présente le derrière pour qu'on lui donne des coups de pied au cul. Pas moi. Trevor a vu son papa tirer sur quelqu'un. J'aurais préféré qu'un cheval vous piétine à mort plutôt que Trevor voie ça. » Sa voix était sourde et ferme ; elle emplissait exactement l'espace au-dessus de la tête de Georges, sans chevauchement. « Je ne sais pas ce que vous aviez dans la tête. Quelle saleté vous aviez dans la tête. Quand votre femme m'a appelée, je lui ai dit quel sale type vous étiez : un voyeur ! Oh, oui... elle est désolée. Je lui ai dit que ce n'était pas la peine d'être désolée. Pas pour vous. Que je me fichais de savoir si c'était les derrières de garçon ou de regarder par la fenêtre qui vous intéressait. Ôte ta main de mon bras, Charlie ! J'ai dit : je m'en fiche. Mais si vous croyez que vous allez pouvoir nous faire un procès, nous extorquer des dommages et intérêts ou quoi que ce soit, essayez seulement. Essayez donc ! » De façon incongrue, elle sourit.

« Minnie se fait du souci pour le gamin, dit Charlie. Bon, attends, Mine. Je veux dire : nous paierons l'infirmière particulière, tous les extra. Vous voulez une radio ? Mais nous n'irons pas plus loin. Il n'y a pratiquement rien eu dans les journaux. Juste un petit entrefilet ironique, vous voyez le genre, sur les dangers des armes à feu. Je ne peux pas me permettre... Vous savez que c'était un accident. Vous êtes d'accord avec ça, n'est-ce pas ?

— Sortez ! dit Georges. Sortez... ou je crie ! » Il rit en regardant Minnie ; puis il ferma les yeux, pris d'un malaise, sachant qu'il pouvait mourir devant eux, que ça ne serait pas brillant de mourir, qu'il avait perdu son sentiment d'immunité.

Lorsqu'il rouvrit les yeux, les Delvin avaient disparu et une infirmière était là, tenant son poignet, qui lui prenait le pouls, ce petit martèlement cognant contre rien.

Graduellement, sensiblement, le monde extérieur se reconstitua à portée de ses pensées. Ballot écrivit et envoya des fleurs. Martha Palladino téléphonait tous les jours. Mais ni les Delvin ni Emma ne se manifestèrent de nouveau. Il n'était qu'à peine surpris de ne pas avoir de nouvelles de Lila. Joe avait sûrement dû lui dire quelque chose. Pourtant, il ne lui en voulait pas particulièrement. Il lui semblait maintenant que toutes ses relations avaient été ténues, nourries uniquement par l'habitude. Peut-être avait-il seulement un plus grand sens du devoir que Lila. Lui serait allé la voir. Mais se souciait-il réellement plus d'elle qu'elle ne se souciait de lui ?

Chaque jour, il s'éloignait un peu plus de son lit. Le flacon et les tubes avaient disparu. Il mangeait de nouveau. Il n'était jamais bien, mais il ne connaissait plus ces épouvantables accès de douleur durant lesquels il se crispait silencieusement sur son lit, les yeux rivés sur la porte, dans l'attente de l'infirmière et du Demerol.

Il pensait parfois à Ernest – ou plutôt, se le représentait, revoyait son visage dissimulé dans sa vulgarité et son mystère tandis qu'il lisait affalé dans un fauteuil ou fumait les cigarettes d'Emma assis à la table de la cuisine.

Quelques semaines après la nuit de la catastrophe, alors que Georges descendait le couloir à petits pas prudents pour voir s'il y avait de nouvelles revues dans la salle d'attente des visiteurs, les portes de l'ascenseur s'ouvrirent au moment où il passait à leur hauteur, et Martha et Walling en sortirent au même moment. Ils n'avaient pas su qu'ils venaient tous deux voir Georges. Il les présenta l'un à l'autre et les emmena dans la salle d'attente déserte. Walling avait rasé sa moustache ; il paraissait plus vieux. Il s'assit avec raideur, regarda Georges d'un air grave mêlé d'une certaine impatience. Les mains de Martha tremblaient ; elle serra les pans de sa veste avec détermination. Comme elle était bizarrement habillée ! Comme si elle n'était pas sûre de ce qui se portait au-dehors. Son visage était lourdement poudré de ce qui semblait être du talc. Il y avait quelque chose d'étrange dans sa coiffure. Quelques boucles en tire-bouchon reposaient comme des chérubins dodus sur la masse de ses cheveux raides. La dévisageant, Georges vit les boucles se défaire doucement. Elle avait dû essayer d'arranger ses cheveux, se dit-il. Sans doute avait-elle fait des grimaces devant son miroir. Elle lui tendit gauchement deux livres. L'un était un roman policier ; l'autre, l'autobiographie d'Edwin Muir.

« Où avez-vous déniché ça ? lui demanda-t-il en brandissant le Muir. Il est difficile à trouver.

— Je l'ai depuis des années, répondit-elle. Je ne savais pas ce que vous aimeriez. » Sa voix était serrée, et elle se tenait très droite dans son fauteuil, comme pour l'empêcher de s'éteindre entièrement. Walling plongea la main dans sa poche et en ressortit un casse-tête, de l'espèce où il s'agit d'immobiliser des billes dans des trous à force de petites secousses bien dosées.

Il le posa sur les genoux de Georges. « Je ne savais pas quel genre de jouet vous aimeriez », dit-il.

Les yeux de Georges s'emplirent de larmes. Martha boutonna sa veste jusqu'au cou. Walling était pétrifié sur sa chaise. Rêves de nudité... Georges n'arrivait pas à s'arrêter. Il s'essuya les joues du dos de la main.

« Lorsque mon infirmière particulière est partie – j'ai oublié son nom – ç'a été pareil. Ça va s'arrêter tout de suite. Je suis désolé.

— Effectivement, vous réagissez vivement aux cadeaux, dit Walling.

— Comment allez-vous ? demanda Martha.

— Bien », répondit Georges. Les larmes avaient cessé ; son visage était agréablement frais. « Je crois que je pourrai rentrer à la maison la semaine prochaine. Je me fatigue vite. Mais je vais sortir d'ici, vendredi peut-être.

— Eh bien... je m'étais dit que vous préféreriez rester un moment en ville, dit Walling. J'ai pensé que je pourrais venir vous chercher et vous emmener à la maison. Ils ont rapporté votre voiture. Au moins... jusqu'à ce que vous sachiez ce que vous voulez faire. Il y a une réunion de professeurs le 15. Ça ferait un gros déplacement pour vous. Il y a de la place dans l'appartement. Non, pas là-bas. Je l'ai sous-loué à un ébéniste. Il achètera peut-être une ampoule. La télévision a fini par rendre l'âme. Elle a eu une attaque – crachait des jets de lumière comme des fusées. J'ai cru que je perdais la boule. Quoi qu'il en soit, je peux aller vous chercher quelques affaires. Comme ça, vous n'aurez pas besoin de prendre une décision tout de suite. »

Georges hocha la tête. Entre son état présent et la décision, il y avait du chemin.

« Minnie a déboulé comme un loup dans le parc à moutons,

dit Martha. Ils sont tous les deux terrifiés. Elle n'arrêtait pas de faire état des relations de Charlie – toutes sortes de relations.

— Ils sont venus me voir…

— Elle parle comme si vous étiez allé mettre le feu à leur maison.

— J'imagine qu'elle a dû en raconter de belles sur mon compte. »

Martha esquissa un sourire. « Oh oui. Elle ne s'en est pas privée. » Elle plongea la main dans sa poche et en sortit une paire de gants en cuir brun qu'elle commença à lisser. « J'ai essayé de joindre votre sœur », ajouta-t-elle.

La petite pièce était très tranquille. Walling effleura du doigt sa lèvre supérieure, là où avait poussé sa moustache. Martha avait le regard baissé sur les vieux gants.

« C'est très gentil de votre part, dit Georges.

— Je n'ai pas réussi à la joindre. Je crois qu'elle a dû partir. » Elle brandit les gants. Des mains de momie…

« Comment avez-vous su que j'étais ici ? demanda Georges à Walling.

— Ballot m'a écrit. Il pensait que j'avais pu vous voir pendant l'été… je ne sais pas pourquoi. Il m'a suggéré de passer voir si vous aviez besoin de quelque chose… d'argent, j'imagine. Avez-vous besoin de quelque chose ?

— De rien du tout, sauf que, quand vous irez à la maison, vous trouverez un dossier dans la chambre à coucher, quelque part, avec des chéquiers et des papiers d'assurance. Si vous pouviez rapporter ça, et le courrier aussi.

— Ce que Ballot voulait savoir, en réalité, c'est si vous seriez en état de revenir. Il n'aime pas les changements. Il a même fait marche arrière pour Rubin.

— Rubin va rester ?

— Non, pas sans contrat. Et ça, il n'en était pas question. »

Un silence d'hôpital s'installa ; les visiteurs et le malade se dévisagèrent mutuellement par-dessus un abîme.

« Tout est ma faute », dit soudain Georges.

Martha secoua la tête. « Ne dites pas cela. Ça n'a plus d'importance maintenant.

— Si. »

Walling se leva. « Il faut que je rentre, dit-il. Il y a un train dans une demi-heure. J'ai cette manie de vouloir absolument prendre le train pour lequel je me suis décidé.

— Il y a beaucoup de trains.

— C'est bien ça le problème. Une fois que j'ai raté celui que je veux prendre, ça n'a plus d'importance. Comprenez ? »

Martha jeta ses gants dans une corbeille. « Vous vous rendez compte que cela fait des années qu'ils traînent dans ma poche. Georges ? Vous viendrez me voir, après, quand vous irez mieux ?

— Oui. »

Walling lui tendit un bout de papier. « Voici mon numéro. Faites-moi prévenir quand vous serez prêt. »

Georges se leva lentement, les genoux mal assurés. Il se sentait très fatigué.

« Au revoir… au revoir. »

Les jours passèrent. En esprit, il avait déjà quitté l'hôpital. Il s'intéressait de moins en moins aux maux des autres malades. En tout cas, la nature de son intérêt changeait ; il acquérait une distance, perdait son avidité. Son lit, autrefois neutre, puis refuge, était redevenu neutre. Il reposait légèrement dessus. Il se sentait plus mince, et était plus mince. En se rasant dans la fluorescence brutale de la salle de bains, il examina son visage pâle. Son nez semblait s'être allongé ; ses yeux fixaient avec déférence leurs doubles réfléchis.

Personne ne s'occupait beaucoup de lui. Un médecin lui dit que ça resterait légèrement douloureux pendant quelque temps et que, même lorsque la blessure serait complètement guérie, il y sentirait des élancements lors des changements de temps. Parfois, Georges posait légèrement la main sur l'endroit par où était entrée la balle, comme pour témoigner de quelque chose.

Plusieurs collègues lui envoyèrent leurs vœux de bon rétablissement. Ballot écrivit un nouveau mot disant qu'il avait donné à Georges un emploi du temps allégé pour commencer, et quelle terrible épreuve cela avait dû être, et oh, le monde moderne !

Puis arriva une enveloppe portant le nom de Martha à la place de l'expéditeur. À l'intérieur se trouvait une coupure de journal, portant trois mots à l'encre baveuse écrits en haut de la page et en travers : « Je suis désolée. » Il ne la lut pas tout de suite, mais la tint par un coin comme si elle brûlait et se tordait sous la flamme en remontant vers ses doigts. Puis il la prit à deux mains.

LA VICTIME IDENTIFIÉE

> *Peekskill* – Le corps du jeune homme découvert le 25 août derrière le nouveau parking de Grand Union a été identifié par Mr. Carl Jenkins, habitant 2113, 3e Rue, comme étant celui de son fils, Ernest, âgé de 18 ans. La police dit que le jeune homme appartenait à une bande de jeunes des environs. Un membre de la bande, Roy Kinsman, mécanicien automobile au chômage, est actuellement interrogé. Jenkins avait été battu à mort.

Georges alla à la salle de bains, voyant les mains d'Ernest tendues, le sang séché. Il s'assit sur le cabinet et s'accouda au lavabo qui était à côté. Puis il baissa la tête. Il n'avait rien fait pour lui, rien. Ernest, entraperçu par une fenêtre de train la nuit, impossible à connaître, désormais perdu pour toujours.

La veille du jour où Georges devait quitter l'hôpital arriva une lettre de Lila.

« Cher Georges, écrivait-elle. J'ai été bouleversée en apprenant l'accident (Tu ne peux pas imaginer ce que c'était de trouver le mot de Joe sous la porte, *tellement* son genre d'écrire au lieu de téléphoner – il ne supporte pas de parler ou d'entendre parler des ennuis de quiconque), mais soulagée de savoir que tu t'en sortiras bien. Emma a fini par m'appeler et elle m'a dit que tu te remettais bien. Elle m'a aussi dit que vous vous étiez séparés. Pauvre Georges ! On dirait que tu as autant d'ennuis que nous autres. »

Arrivé à ce point, il posa la lettre, sourit amèrement, et alla dans la salle d'attente où il passa un moment avec un exemplaire en lambeaux du *Saturday Evening Post* posé sur les genoux. L'infirmière vint le chercher ; il y avait des papiers à signer et un enquêteur qui voulait le voir.

Il retourna dans sa chambre, où il retrouva l'enquêteur qu'il avait déjà vu la fois précédente. Il fit un bref sourire à Georges.

« Bon. Alors ? Vous revoilà sur pied, hein ?

— En pleine forme, répondit Georges. Ça n'est pas encore fini cette enquête ?

— Pas du tout. Comprenez, il faut que nous soyons sûrs, sûrs que c'était un accident, pas une affaire criminelle. »

Ils récapitulèrent une nouvelle fois les faits. Avec une feinte spontanéité, Georges confessa son ivresse de ce soir-là, sa confusion d'esprit, sa détresse, l'absurdité de sa conduite. Oui, c'était bien ça. Devlin et lui n'avaient aucun compte à régler. Il ne connaissait, à vrai dire, pas si bien les Devlin. En fait, il considérait que tout était sa faute. Voyant les factures répandues sur sa table de nuit, il les tendit au détective. « Vous voyez ? Devlin les a payées. Imaginez devoir vous occuper d'un homme que vous avez blessé en toute légitimité ! »

L'enquêteur le dévisagea avec suspicion.

« Je ne suis pas un imbécile, dit-il.

— Moi si, répliqua Georges.

— Eh bien... nous verrons. » Il s'en alla. Georges finit de lire la lettre de Lila.

« Maintenant, j'ai des nouvelles étonnantes. Claude et moi allons rester dans cette ville. Elle est très mignonne, à pas plus de quatre-vingts kilomètres de Boston, et il y a une colonie d'artistes ici, alors les étés seront probablement intéressants. Il y a une vieille auberge avec une de ces enseignes anglaises accrochée sur la façade, un peu comme, j'imagine, doit être un "pub" anglais. Bien sûr, tu dois connaître, puisque tu as été en Angleterre. Et, Georges, je suis la réceptionniste. C'est affreusement mal payé, mais depuis que j'ai dit à Philip que j'avais quitté la ville, il envoie ses chèques régulièrement. *Je ne comprends pas !*

« Même moi, j'ai finalement compris pour Joe que c'était une cause perdue. Mais ça n'est pas plus facile pour autant. Pas quand on est accrochée comme je l'étais. C'est devenu si atrocement clair. Oh, comme ça m'a fait mal ! Alors j'ai compris que la seule chose à faire était de partir loin. Une amie m'a parlé de cet endroit et au départ je voulais seulement prendre une semaine de vacances et *réfléchir*. (C'est pour ça que je ne suis pas venue te voir.) Donc, nous sommes arrivés ici et j'ai compris que je ne pourrais plus retourner à New York. Pas avant longtemps. Il y aurait des pages à écrire sur les adieux. Mais tu n'as sûrement pas envie d'entendre parler de ça maintenant.

« Nous avons une jolie petite maison avec une cuisine qui donne sur un jardin. Il y a deux pommiers et ils font vraiment des pommes ! Le soleil entre par les fenêtres en ce moment même et j'ai une tasse de café à côté de la main. Hier, Claude ne voulait pas quitter la véranda. Il est resté collé dans mes jupes depuis que nous sommes arrivés ici. Mais aujourd'hui, j'ai jeté un coup d'œil par la fenêtre, et Claude a presque atteint la petite barrière derrière les pommiers où il y a deux enfants en train de jouer. Peut-être que tu n'es pas aussi proche de ton enfance que moi, mais je *sais* quelle difficulté ça représente pour lui d'aller trouver ces enfants. Est-ce que je peux faire quelque chose pour toi ? Quel type abominable ! Du moment où je l'ai vu ce soir-là à leur fête, j'ai su qu'il allait fatalement tirer sur quelqu'un, tu n'es pas d'accord ? »

Georges déchira le coin supérieur gauche de l'enveloppe et jeta la lettre. Le lendemain matin à dix heures, il quittait l'hôpital.

Walling lui avait apporté des vêtements. Tout en s'habillant, il se demanda avec désarroi où étaient passés les autres vêtements, ceux qu'il portait cette nuit-là. Qu'en avait fait l'hôpital ? Il ne se souvenait pas bien de ce qu'il portait. Il dit au revoir au garçon au menton pointu qui arpentait maintenant les couloirs sur des béquilles. Puis il alla saluer Howard, qui n'avait vu Georges que lorsque le lit basculait sur son axe. Suspendu verticalement un bref instant, le visage émacié de Howard, au-dessus des bandages et des sangles, réussissait à esquisser un sourire. « Hello… » chuchotait-il à Georges à travers la pièce avant que le terrible lit ne le laissât retomber afin que l'infirmière pût examiner son dos, qui n'était qu'une vaste escarre. Il n'irait jamais mieux. Les seules choses qui bougeaient chez Howard étaient ses yeux et le petit doigt de sa main droite. Georges se pencha et plongea son regard dans les yeux bleu pâle. « Amusez-vous bien », chuchota Howard.

L'hôpital en avait fini avec lui ; il était presque rétabli, périmé en ce qui le concernait.

À travers les portes vitrées, il vit le jour. Lorsque Walling ouvrit la porte, Georges passa de l'atmosphère de couveuse de l'hôpital au grand air. C'était le mois de septembre ; le ciel était dégagé, prismatique, bleu. L'air avait le goût d'une pastèque fraîchement tranchée. Il vit sa voiture sur le parking.

« Votre amie, Martha, m'a aidé à faire vos valises, dit Walling en montant en voiture.

— Comment allait-elle ?

— Nous avons bu un verre ensemble – à neuf heures ce matin.

— Elle allait bien ? »

Walling lui jeta un coup d'œil. « Un peu toquée, dit-il. Mais gentille. Et vous, comment ça va ?

— Bien, répondit Georges. Un peu toqué. »

Il sommeilla tandis qu'ils descendaient la voie rapide jusqu'à Hawthorne Circle, distraitement conscient du mouvement de la voiture dans le matin clair.

« Comment ç'a été de votre côté ? demanda-t-il plus tard à Walling, au moment où ils passaient le péage du pont Henry Hudson.

— Je ne sais jamais avant le lendemain comment ç'a été. Reprendre le collège me déprime.

— Vous n'en tirez jamais de satisfaction ?

— J'imagine que si, lorsque je n'en escompte pas. Mais j'ai horreur de ces réunions de prérentrée. Il y a un éducateur noir qui est censé venir nous faire un speech. Il va nous expliquer quels salopards nous sommes.

— Comment savez-vous ce qu'il va nous dire ?

— Parce que c'est ce que nous sommes. »

Walling finit par s'arrêter devant un immeuble neuf de la 68e Rue. « Vous descendez là, dit-il. Je vais en avoir pour un moment à trouver une place à cette heure de la journée. Tenez, les clefs. »

Georges ouvrit la porte d'entrée, puis décida d'attendre Walling dans le hall. Il s'assit sur un banc en plastique vermillon à côté d'une plante en plastique dont les langues vertes disparaissaient sous la poussière.

Un numéro s'alluma au-dessus des portes de l'ascenseur, et bientôt celui-ci débarqua deux passagers, homme et femme, portant des lunettes de soleil. Les portes se refermèrent derrière eux. Assis là, Georges ressentait un profond silence intérieur, comme s'il avait été purgé de toute pensée. Puis Walling apparut à la porte. Georges se leva pour le faire entrer.

« La question, dit Walling tandis que l'ascenseur s'élevait, est de savoir laquelle des deux est la plus répugnante. Cette bicoque, ou celle de la 10e Rue ? Il doit bien y avoir une autre solution. »

Il reprit la clef à Georges et se pencha pour déverrouiller sa porte, puis montra du doigt un graffiti à l'encre rouge sur le mur à côté de la sonnette.

« Betsy aime Paul, lut Georges.

— Toujours pareil, les gars et les filles, commenta Walling. Les cons ! »

Georges se pencha. Inscrits d'un léger coup de crayon après les deux noms, apparaissaient les deux mots : « pouffiasse » et « schnock ». Georges rit. « C'est votre contribution ? » demanda-t-il.

Walling regarda. « Ça n'y était pas ce matin », répondit-il.

Ils entrèrent dans l'appartement. Walling posa la valise de Georges.

« Cet endroit est une vraie épicerie, déclara-t-il. Et ma maison est votre maison. Avez-vous faim ?

— Pas encore.

— J'espère que vous avez noté la délicatesse avec laquelle j'ai omis de vous demander comment vous aviez réussi à vous faire tirer dessus, Georges. Je veux dire… pourquoi est-ce qu'un brave type comme vous tournicotait autour de cette maison à une telle heure de la nuit ? » Il alluma une lampe, puis dit d'un air légèrement embarrassé : « Si vous voulez me raconter… »

Georges passa du petit vestibule dans la salle de séjour. Il n'y avait rien à voir : des livres, des fauteuils, une ou deux lampes.

« D'accord, dit Georges, je vais vous raconter. »

Walling s'assit pour écouter.

*Cet ouvrage a été composé*
*par Entrelignes*
*et achevé d'imprimer par la*
*Société Nouvelle Firmin-Didot*
*à Mesnil-sur-l'Estrée, le 25 avril 2006.*
*Dépôt légal : avril 2006.*
*Numéro d'imprimeur : 79371.*

Imprimé en France.

**130607**